二 見 文 庫

仮面のなかの微笑み

イーヴリン・プライス／石原未奈子＝訳

A Man Above Reproach
by
Evelyn Pryce

Published in the United States by Amazon Publishing, 2013.
This edition made possible under a license arrangement originating
with Amazon Publishing, www.apub.com.
日本語版版権代理店　(株)イングリッシュ エージェンシー ジャパン

夫、スティーヴン・M・フォランドへ。
あなたは稀有にして正真正銘の、非難を超越した男性よ。

献辞

アマゾン・ブレイクスルー小説賞の受賞は、じつに奇妙な体験でした。けれどこうしてみなさんに本書を手にとっていただいたからには、実現する手助けをしてくれた人たちに謝意を表したいと思います。

アマゾンのチームはすばらしい仕事をしてくれました。とくにテリー・グッドマン、トム・ケファート、アリソン・ダショー、そしてモントレーク・ロマンスの優秀な女性陣（ハイ－イエン・ムラ、スーザン・ストックマン、ジェシカ・プーア、ジョヴォン・ソタク、ケリ・マーティン、マリア・ゴメス）。担当編集者のジェンナ・フリーは本物の天才です。本書を真に理解して、ブラッシュアップするのを助けてくれました。本書の編集作業が鬼のようにたいへんだったことを知っているので、勇敢なキャシー・アームストロングにも感謝を捧げたいと思います。

家族もすばらしい人たちばかりです。わたしが幼かったころ、祖母と母は何時間も本を読み聞かせてくれました。祖母と父がアマゾン・ブレイクスルー小説賞のことを知って、電話で楽しそうにおしゃべりしていたときのことは、この経験が与えてくれた最良の瞬間のひとつです。ママ、パパ、ジャスティン、秘密を守ってくれてありがとう。想像力を鈍らせないまま成長させてくれて感謝してるわ。ロス家の三人のおば、デビーとエレンとキャシーは、わたしに大きな影響を与え、強さの源になってくれました。

創作の過程でわたしを支え、慰めてくれた友人たちにも感謝を。アル・ドランテス、ケリー・プレスラー、アン・デハート、ジョー・ボウミラー、ジェイソン・グロウクル、アンソニー・ヴェスキ、アシュリー・ナグラント、ジェイムズ・フォアマン、そのほかたくさんの大切なみんな。エイミー・ラヴリッジにはお礼のしようがありません。死ぬまで感謝しつづけても足りないでしょう。そしてジョスリン・ヒレン、愛してるわ。あなたがいなかったら、とっくの昔にやめていたかもしれない。

わたしの共同執筆者にしてソファ仲間である、夫のスティーヴと、猫のオルソンとロー。ここまで来られたのは純粋にあなたたちのおかげよ。

仮面のなかの微笑み

登　場　人　物　紹　介

ジョセフィン・グラント	娼館〈眠る鳩〉のピアノ弾き
イライアス・アディソン	レノックス公爵
ニコラス・サッカレー	ブリストル侯爵の推定相続人 イライアスの友人
サリー・ホープウェル	娼館〈眠る鳩〉の娼婦 ジョセフィンの友人
マザー・スーペリア	娼館〈眠る鳩〉の女主人
ディグビー	娼館〈眠る鳩〉のバーテンダー
ソフィア・アディソン	イライアスの母
アレッサンドラ・アディソン	イライアスの妹
セバスチャン・フロスト	ハリントン伯爵の後継者 イライアスのいとこ
ドライデン	イライアスの近侍
セシリー・フランシス	イライアスの花嫁候補

1

一八三二年　イングランド

テーブルが揺れて、紳士たちのグラスがかたかたと音をたてた。小さな地震の原因はイライアス・アディソン。いやいやながらレノックス公爵の肩書きを継承したばかりで、〝肩の力を抜いて楽しめ〟という親友の要望に応えるべく苦労している人物だ。イライアスは、友人のニコラスに引きずられるようにしてここ〈眠る鳩〉へやって来たが、心配事やなすべきことのリストが頭をよぎるたびに、落ちつきなく足を動かさずにはいられなかった。

「緊張してるのか、レノックス？」

イライアスは、ニコラス・サッカレーに視線を移した。ブリストル侯爵の推定相続人にして、イライアスのもっとも親しい友人だ。同じ学校に通っていたころからずっと、よかれ悪しかれふたりは親友だった。イライアスは、ニコラスにそそのかされて何度も度を越した放《ほう》蕩《とう》にふけってしまったと考えているが、この親友は、あれは冒険だったと言い張っている。爵位を継承したあとのイライアスは、地所から引き剝《は》がすのが難しい男になっていた。機嫌は悪く、会話も暗い。いきなり背負わされた責任――負債だのなんだの――のことばかり考えている。まったくの不意打ちだったわけではないが、父は永遠に生きているものと半ば思っていたところもあった。葬儀の手配と債権者と、父の書斎に残された無秩序かつ膨大な量の書類にまみれているうちに、気がつけば楽しみを求める気持ちが著《いちじる》しく衰えていた。そんなイライアスの無気力さゆえに、ニコラスはコヴェント・ガーデンにある紳士のクラブへ――謎めいた奥の部屋で知られるクラブへ――一緒に来るよう彼を誘ったのだ。

「ここでならきっといい気晴らしが見つかるぞ」ニコラスが質問への答えを待たずに続けた。「朝になれば、やっぱり召使いと帳簿がアシュワースでおまえを待っているだろうが、ここの女性たちを一目見れば、そんなものはきれいさっぱり消えるだろうよ、じいさん」

たしかにじいさんだ、とイライアスは思った。イライアスは三十一歳で、母は自分が公爵未亡人用の家に引っ越すことが息子の結婚を意味するのなら喜んでそうするという意志を示してはばからない。レノックス公爵の肩書きを担ったいま、後継者問題はいっそうの急務だ。それでも、疲れるだけの舞踏会のたびにダンスの相手を務めさせられる、作り笑いを浮かべた女性のだれかと過ごす人生など、想像できなかった。ああいう社交界デビューしたばかりの娘たちは、片目をイライアスの財産に、もう片方の目を〝公爵夫人〟という肩書きに据えている。いったい彼女たちは、イライアスがピアノの名手で、書斎の窓から毎晩明かりが漏れる状態をむしろ楽しんでいることに、関心を持つだろうか？　父が亡くなる前、社交界とはきっぱり縁を切って教授の職に就《つ》こうかと考えていたことについては？　射撃は嫌いだが、それでもおこなうのは、紳士のたしなみだと思われているからだということは？　密かな自尊心のあかしとして、近侍《きんじ》にクラヴァットを結ばせたことがないのは？

　きっとはなから、気にもかけないだろう。

　ニコラスが立ちあがり、あたかも機密書類であるかのように、顔の上半分を覆《おお》う黒い仮面を差しだしてきたので、イライアスはわれに返った。周囲の男性はみなバーの奥にある通路のほうへ向かっている。ニコラスはその通路に期待と情熱の視線を送っていた。

「あの通路に入る前に仮面をつけなくちゃならない。マザー・スーペリアは、紳士が顔をあらわにすることを許していないんだ。貴《キ》族の奇《キ》癖という機《キ》密を守るためだとか言われている」ニコラスが、みずからの頭韻に気をよくしてにやりとした。

「ばかばかしい」イライアスは言い、手のなかの仮面を見おろした。「どうせ正体は見え透いているだろうに」

「調子を合わせろよ、イライアス」ニコラスがうんざりした声で言うと、ついにイライアスの顔にも小さな笑みが浮かんだ。おおやけの場でニコラスに洗礼名で呼ばれるのは愉快だったし、それが要点をつくための作戦だということはイライアスにもわかった。そこでイライアスは友人のあとに従って、せめて〈眠る鳩〉に上等のブランデーが用意されていることを祈った。

　ひとたび通路に入ると、イライアスは頭から仮面をかぶり、すでに乱れていた髪をさらにくしゃくしゃにした。伸ばしすぎてしまったことは認めるが、人前に出られないほどではない。公爵になったいま、イライアスに面と向かってあなたは間違っていると言う者はひとりもいなくなった。イライアスにとってはもはやゲームのようなものだ——境界線を試すための。最近の記憶では、社交界のささやかな決まりごとを破るのが唯一の楽しみだった。

ふたりは狭い通路の列に合流した。〈眠る鳩〉はこのごろ人気の場所だ。先ほどニコラスから聞かされたところによると、マザー・スーペリアの〝巣〟は最高級の美しい鳥たちを生みだす場所としてすでに定評があるらしい。うち数羽は高額で愛人として引き取られたという。イライアスは愛人を探しているわけではない。同胞が卑《いや》しいおこないをするのも、純粋にありあまるほど金を持っているのと、退屈のせいだろう。父もそんなひとりだった。地所のことは崩壊していくに任せて、自分はつかの間の満足を追い求めることに熱中するような男。自分の欲求とは合わない社交界の厳格なルールに逆らって、後援者も妻も存在しないこのような場所を必要とする男。イライアスの一部はそれを心から理解し、別の一部は嫌悪した。後者は、父の帳簿を目にして、イライアスと妹の遺産の大部分はいったいどこへ消えたのだろうと思ったときから、むくむくとふくらみはじめていた。

むせかえるような香水のにおいが漂ってきたと思うと、胸の大きな女性がひとり、列のあいだをすり抜けていって、先頭に立った。

「あれがマザー・スーペリアだ」ニコラスが共謀者のように耳打ちした。「娘たち全員を仕切ってる。マザーに好かれれば、苦労知らずだ。だがもちろん、おまえはいまや公爵さまで、だれからも好かれているがな」

イライアスはばかげた仮面の下でふんと鼻を鳴らし、髪をなでつけようと無駄な努力をした。いまではところどころの房が仮面の紐《ひも》にからまって、こぶになりかけている。くだらない仮面は、イライアスの嘲《あざけ》りの表情を隠すどころか強調していた。

「やはり帰るべきではないか、サッカレー」

「ばかを言うな」ニコラスはもはや興奮しきっていて、間抜け同然にかかとを浮かせてはおろしをくり返しており、イライアスのことなどほぼ眼中にない。「いいからおれを信じろ。なかに入ればかならずおまえも感謝する。おれが間違った方向におまえを導いたことがあるか？」

「ああ。あるとも」

奥の部屋へと続くドアが開くと、期待のささやきが紳士たちのあいだに走った。酒と汗の混じったにおいが鼻をつき、イライアスの鼻孔は不快感で広がった。ニコラスの説教を聞かされる前に、こっそりこの娼館から抜けださなくては。友人の説教だけはなんとしても避けたい――ニコラスは反論が通用しない男なのだ。せめて十五分だけとどまって、酒を飲もう。イライアスにとって女性は優先事項リストのそれほど上位にないが、酒は別だ。

静かに戸口を抜けようとしたとき、マザー・スーペリアに気づかれた。マザーはさっと片腕を伸ばし、色っぽい仕草で戸口をふさいだ。娼館の女主人は皿用のふきんそっくりだった――はりもこしもない髪、汚れたギンガムチェックのエプロン、着古したモスリンのドレス。おまけに少し湿っているようにも見えた。戸口をふさいだマザーは、計算高い緑色の目でふたりをしげしげと品定めした。イライアスには、マザーは六十歳くらいに見えたが、ひびの入った厚化粧で真相は隠されていた。

「こちら、新顔ね」マザーが猫なで声で言う。「あなたのお友達かしら、ニコラス？」

マザーの馴れ馴れしい呼びかけに、イライアスは鼻にしわが寄るのを感じた。とはいえニコラスは常連客だし、きっと彼が許可を与えたのだろう。

「そうだ。きみには関係ないが」イライアスは唇を閉じたまま答えた。言葉遣いが痛烈だと指摘されたことは一度ではなく、それを利用できるときはいつでも利用してきた。マザーに正体を知られようとかまわない。あとで困るようなことをするつもりはないし、この女性にはだれを相手にしているのかはっきり知っておいてもらいたい。「レノックス公爵だ」

「閣下」マザーが言って深々とお辞儀をし、胸をいっそう見せつけた。「失礼をどうぞお許しください。ようこそおいでくださいました。今宵《こよい》はわたくしどもの誇るレディのなかから真っ先にお選びいただけますことをお約束いたします」

イライアスは軽く会釈《えしゃく》をしたが、心のなかではマザーのおべっかにも、襟ぐりからこぼれ落ちそうな胸のふくらみにも嫌悪感を抱いた。熟《う》れすぎている。イライアスは、ここからそっと抜けだすまでの時間を数えはじめた。人ごみに目を走らせてニコラスを探すと、友人は早くもイライアスを置き去りにして、女性と一緒にくつろいでいた。部屋の向こう側で、ほとんど服をまとっていない美人と楽しげに話している。女性が着ているものはすべて赤で、羽とビーズに覆われた仮面も同じ色だった。

「あの娘は深紅《クリムゾン》と呼ばれております。理由はおわかりでしょう？」マザー・スーペリアがイライアスの視線を目で追って、背後から言った。「閣下のご友人はこの数週間、クリムゾンをずいぶんとひいきになさっておいでで」

イライアスは鼻を鳴らす無礼な音をどうにかこらえた。代わりに、無関心と丁重さを混ぜ合わせた音を漏らした。

「お飲み物をお持ちしましょうか、閣下？」

イライアスにはマザーの思考回路がよく読めた――たぐり寄せて、酔っぱらわせて、ベッドに送りこむ。問題ない。イライアスの意志の固さ――家族は強情さと呼ぶが――は伝説的だし、いまは少しばかり相手をだます必要がある。酔っぱらいはしない。数杯飲んだら、貸馬車を見つけて帰宅する。ここへ来るのに、まさか紋章のついた馬車を使いはしなかった。イライアスはあきらめてマザー・スーペリアに続き、集まった紳士のなかに、上院議員や、教会関係者のうちでも中心的な人々を見つけた。思ったとおり、仮面はまったく無意味だ。

イライアスはブランデーの入ったグラスを手にした。アシュワース・ホールの机に置いてあるボトルの質にはほど遠い代物だ。美しいマホガニー材の机が恋しかった。執事にだれも通さないよう命じて引きこもれる部屋、慣例にしか興味のない人々の絶え間ないおしゃべりなど存在しない、ひとりだけの空間が。

そのとき背後から、遠慮がちでやわらかなピアノの音が聞こえた。弾き手は大いに気が利くのだろう、楽しさを邪魔することなくほどよい雰囲気をかもしだす、軽やかで泡のような曲を奏《かな》でていた。娼館で男がピアノを弾くとは、イライアスには少々滑稽《こっけい》に思えた。なんと奇妙な職業だろう。ぜひとも土産《みやげ》話に持って帰らなくては。イライアスは向きを変えて男の風采を見てやろうとしたが、途端に驚いて息を吞んだ。

「まったく、レノックス」ニコラスが背後に現れて、くっくと笑った。「さすがおまえだな。金で買えない唯一の女に目をつけるとは」

イライアスの目はその女性の全身をとらえようとした。部屋中を彩《いろど》る、女らしく体をしならせたほかの女性たちに比べると、ありえないほど背筋をまっすぐに伸ばしてピアノ椅子に腰かけた姿を。ビーズと羽の飾りがついた精巧な仮面が顔のほとんどを覆い、のぞいているのは目と唇だけだ。茶色の髪は頭の高い位置でまとめられ、優美な首筋と魅惑的な鎖骨をあらわにしている。ドレスの襟ぐりは、ふつう娼館で目にするだろうものより控えめで、男の関心を引くほどには深く開いているが、ロンドンの壮麗な舞踏室で最新流行とされているものともそう変わらない。しかしスカートは慎みからほど遠く、斜めにカットされた裾《すそ》は前がぐっと短くなっていて、両脚を見せつけており、イライアスの正気を揺すぶった。ピアノ椅子に巻きついたその脚は、鮮やかなブルーのストッキングに包まれていた。

「レノックス？」ニコラスはいまもイライアスの背後にたたずみ、聞かれないまま濃密な空気に消えていった言葉への反応を待っていた。イライアスはブランデーを一口含んでから応じた。思っていたより勢いよく飲んでしまい、のどを焼く痛みでかすれた声になった。

「なんだ？」

「彼女にまつわる物語を聞きたいかと尋ねたんだが、賭けてもいい、聞きたいんだろう？彼女は〝みだらな青絹の靴下《ボウディー・ブルーストッキング》〟と呼ばれてる。常連客のあいだではＢＢだ。高級娼婦という噂だが、彼女を所有していたという男にはお目にかかったことがない。じつは社交界の一員で、愛のない結婚からつかの間でも逃れるためにここで異世界をのぞき見ているんだと言う者もいるが、顔をしっかり見たおれに言わせると、あの目は社交界に存在しない。一晩中ピアノを弾いて、腕はたしかだ。話すこともできるが、時間で金を請求されるし、ひとりだけのために演奏はしない。イライアス？　聞いてるのか？」

ニコラスの青い目は丸くなったが、イライアスはそちらを見ていなかった。すでに部屋の隅へと歩きだしていた。

ピアノの上に数枚、シリング硬貨を置いた。

「会話を頼めるかな、マダム？」

そのとき初めてイライアス・アディソンは――常に計画を立てることを忘れないレノックス公爵は――自分がなにをしようとしているのかまったく理解していないことに気づいた。

ジョセフィンは硬貨に目をやり、聞き覚えのない声だと思い、それから顔をあげると、そこには細い指をさりげなくピアノの上に載せている堂々とした男性がいた。一日も肉体労働をしたことのない手だ。上着の裁断やその立ち姿だけで公爵とわかる。ただ、わかるのだ。目にしたものすべてが自分の所有物であるかのようにふるまう、こういう特権階級の男性と話すのは大嫌いだ。

「もちろんですとも、閣下」ジョセフィンはうなずいた。

公爵が片方の眉をつりあげた。「面識があったかな?」

「いいえ、いまこうしてお会いしてるのを別にすれば。わたしはここではBBと呼ばれてます。とりわけ好きな呼ばれ方ではないけれど」

じつを言えばこの館のすべてが好きではなかったが、必要ではあった。彼女を生きる神話にするべく、〈眠る鳩〉に来る男性たちが編みだした奇想天外な物語とは裏腹に、ジョセフィン自身の物語はさほどドラマティックでも珍しくもない。ジョセフィン・グラントは乏しい収入源とさらに乏しいコネしか持たない女性だ。父がこの世を去ったときに遺《のこ》されたのは、父が所有していた小さな書店と、そこにつながる幾多の借金相手だった。書店での収入だけでは、どうにか借金を増やさないことと、従業員ひとりを雇うことしかままならない。〈眠る鳩〉でのピアノ演奏は、収入の補助になると思って始めたことでしかなかったが、この館の真の恐怖を知ってからは、それ以上のことになっていた。その部分は珍しい。

「ではなんと呼ばれたい？」公爵の声で物思いから覚めた。

「会話のためにわたしを名前で呼ぶ必要はないわ。話してるのはあなたとわたしだけだから、だれに向けて語りかけてるのか、お互いちゃんとわかってるはずだもの」いくつか鍵盤をたたくと、不協和音が気になった。このピアノには修理が必要なのに、マザー・スーペリアは彼女の意見に耳を貸そうとしない。

「きみの楽器には調律が必要なようだ」

「あなたのには必要ないでしょうね」ジョセフィンは小生意気な笑みで答えた。彼女に近づいてくる男性のほとんどが求めているのが、これだ。マザーが通りで拾ってきた娘たちのなかからひとりを選ぶ前に、軽口や性的なあてこすりで気分を高めてもらうこと。

　公爵がピアノ椅子の彼女のとなりに腰かけてきた。この男性の相手を引き受けるべきではなかった。そうすれば、こんなふるまいもされなかったのに。公爵のビロードの上着のせいで、体の片側がやけに熱い。もちろん純粋に布地のせいだ。この高価な布地の代金があれば、父が法廷弁護士に借りている額の大部分を支払うことができるのだろう。その弁護士は、いまやジョセフィンが本当の意味で所有している唯一のものを奪い去ろうとしている。愛する書店を。

「もちろん必要ない。わたしのピアノは常に可能なかぎり最高の状態を維持している。わたしは毎晩弾くし、どんなに小さな音の変化も聞き逃さない。この俗物を弾いたら途方もなくいらだつだろう」と公爵が言った。

その口調に冗談めかしたところは微塵《みじん》もなかった。ジョセフィンはあらためてまじまじと公爵を見た。危険な顔立ちだ。正統派の二枚目ではないけれど、もっとじっくり眺めたくなる。実際、ジョセフィンはそこにある独特な顔から目を逸《そ》らしがたくなっていた。頬骨のラインは仮面の下に消えて、仮面が作りだす影に半月を残している。ジョセフィンはどうにか目を逸らした。会話に意識を集中させて、見つめていると思われないように。

「経験豊富なピアノ奏者がもうひとりいらっしゃるのなら、がっかりさせてないといいのだけど。たいていの場合、だれも演奏を聴いてないの」

公爵が批判的な目で室内を見回した。

「その点についてはきみが正しいようだ」と言って口をつぐむ。失礼なことを言ったと気づいたのだろう。「だが雰囲気には貢献している」

「おっしゃるとおり、少なくとも女性たちの気分を高めてはいるわ。彼女たちがそう言ってくれるの。それがなければわたしはここにいないでしょうね」なぜ彼にこんな話をしてしまったのか、ジョセフィンにもわからなかった。個人的すぎる。ほかになにを言えばいいのか思いつかなかったので、実際に考えていたことを口に出してしまったのだ。公爵の奇妙な冷たい茶色の目と感情のこもらない口調は、賭け事をする男性が用いそうな粗野な言葉遣いとはそぐわなかった。

「それだけか？」

「それと、もちろんお金と」ジョセフィンは明るい笑みを繕《つくろ》った。「いま目にしてらっしゃるモスリンの切れっ端が、自分が楽しむためにここにいるとは、まさかお思いにならないでしょう？」

「きみの率直さが気に入った」公爵がピアノに指を載せ、軽やかなメロディを奏でた。「演奏で金をもらっているのか？」

「このふたりきりのおしゃべりが、わたしがふだんしてることの代表的なものだとは言えないわ」

「ふだんしていることとは？」

「ほんの数シリングで、いったいなにを期待してらしたの、閣下？」

公爵の謎めいた態度のせいでジョセフィンは不安になった。だれかに身辺を嗅ぎまわられたりあれこれ質問されたりすることだけは避けたい。むしろ目立たないようにして、できるだけマザー・スーペリアを遠ざけていたい。

「きみがわたしをイライアスと呼ぶなら、貸し借りなしと考えよう」

別の表情では冷たく見えるその唇は、ほほえむと衝撃的だった。

「そんなに礼儀を欠いたことはできないわ」

公爵がくっくと笑った。「そしてきみは礼儀作法の手本だと、ブルー？」

魅力的ではないわけがない。この厳しい貴族と予期せぬ呼び方は、ジョセフィンの防壁にひびを入れた。この男性が払った額に見合うものを与えようとジョセフィンは決心した。

「あとであなたのためにトマス・ムーアの曲をいくつか演奏してさしあげるわ、イライアス、あなたが存分に飲んで、気に入った女性を選ぶあいだ」

公爵が会釈をしてジョセフィンの目を見た。親しげな呼び方が、マホガニー色の球体の奥のなにかを刺激したらしい。その目はいたずらっぽい光を放っていた。

「気に入った女性はもう見つけたが、まだ存分には飲んでいない」彼がブランデーの入ったグラスを手で示すと、色濃い液体が底のほうで躍った。「これは泥水だ」

「マザーはつまらないことにお金を使うのが好きじゃないの」

「良質のブランデーは断じてつまらないものではない」公爵がピアノの上に二ポンド置いた。

「少なくともきみの雇い主はこれの代金を請求しなかった。おかげでわたしはほかのことに金を使える」

「たいへんな無駄遣いだわ」

「一晩きみを独占するにはいくらかかる？」

「それは選択肢にないと言われてるはずよ」

「きみとベッドをともにしたいと言っているのではない」公爵がぞんざいな口調で言う。「わたしがそうしたいと思ったときにいつでもきみと話がしたいと言っている」

「わたしはピアノを弾かなくちゃ」ジョセフィンは甲高い声で言った。そんな声を出すつもりはなかった。そんな声を出す習慣などない。

「曲の合間でいい。休憩のときで。いくらだ?」

公爵とか、貴族とか、そういう人種は、ほしいものはなんでもお金で手に入ると思っている。お金のにおいがしたのだろう、気がつけばマザー・スーペリアが満面の笑みを浮かべてそばにいた。

「すでにお支払いのぶんと合わせて十ポンドいただければ、今宵はどなたもBBとはお話いたしません」あんまりにっこりほほえむので、奥歯の抜けたところまでよく見えた。

「マザー……」ジョセフィンは言いかけた。

「静かに、BB、閣下はとても寛大でいらっしゃったのよ」つまり、マザーはそのお金の大部分を持っていくということ。一晩のあいだに複数の異なる男性がジョセフィンに話しかけたほうが、彼女が実際にいくら稼いだか、ごまかすのは簡単だ。

マザー・スーペリアがおかわりをもてなそうと公爵を連れて行った——きっと今回はもっと上質のものを提供するのだろう——ので、ジョセフィンはふたたび鍵盤に向き合った。演奏以外、することがなかった。

「なにをしたって？」ニコラスが驚いた顔で言った。その腕には、先ほどの深紅の娘が幸せそうにしなだれかかっている。ふたりはすでに何杯もきこしめしているのだろう、ほろ酔い加減でぴったりと寄り添っていた。

「十ポンド出して、今夜のブルーとの会話を独占した」

「それってボウディー・ブルーストッキングのこと？」クリムゾンが割って入った。イライアスは、クリムゾンの本名がサリーだということをすでに知っていた――彼女とニコラスの関係は、色でしか呼ばないことがくだらなく思えるほど親密なものになっていた。

「あたしの大親友よ」サリーが続ける。「ときどきまじめすぎるけど、あなたもちょっとまじめそうに見えるわ、閣下」そう言ってにっこり笑った姿を見て、イライアスは彼女がいかにしてニコラスの賞賛を勝ち取ったかがわかった。サリーもここでは異色のひとりだ――くたびれてしおれた多くの女性たちのなかで、真に美しい娘。輝き、際立っている。魅力的なハート型の顔をして、大きなエメラルド色の瞳はほぼニコラスから逸れることがない。お似合いだ、とイライアスは思った。サリーの波打つ茶色の髪は、ニコラスの黒髪よりほんの少し明るい。身長は頭ひとつぶんだけニコラスのほうが高いので、たやすくサリーの頭のてっぺんに愛情のこもったキスができる。

「サリー」ニコラスがたしなめるように言った。「レノックスは最近いろいろあったんだ」

「いや、いや」イライアスは言い、もう一口酒をすすった。今度のブランデーははるかにましで、量もずっと多かった。「彼女の言うとおりだ。わたしは少しまじめすぎる」

ニコラスが愛《いと》おしげにサリーの腕をぎゅっと握った。「ぼくが何年かかっても説得できなかったことを、きみはこいつに認めさせたぞ」

イライアスはちらりとピアノのほうを見た。奏でられはじめた明るい曲は、このにぎやかな場のために作られたかのようによく溶けこんでいた。聞き覚えのない曲なので、きっとオリジナルだろう。まさか、あの女性はこんな〝子守りの館〟のために作曲までしたのか？その労力に見合う給料をもらっているわけがない。調子の外れたピアノで奏でられていても、その曲はなめらかでかぐわしい腕のごとく部屋を包みこんでいた。ブルーの指はそれ自体が生きているかのように鍵盤の上を躍る。目は閉じている。ブルーはここにいない。

「彼、じっと見つめてるわ」サリーがニコラスにささやいた。

「見つめるのをやめないんだよ」ニコラスが笑う。「彼女を一目見た瞬間から」

「並の腕ではない」イライアスはふたりのからかいを無視して言った。「どこかできちんと学んだのだろう。それも幼いころに」

「それはおまえが彼女に見出した才能のひとつにしかすぎないんだろうな」ニコラスがにやにやして言った。

イライアスが友人をにらむと、サリーがくすくす笑った。

「あなたに見られても彼女は気にしないわ」サリーが言う。「〈眠る鳩〉の娘たちはちっとも高慢じゃないもの」

「そのようだな」イライアスはつぶやいた。周りにひしめく好色な連中から彼のピアノ娘を遠ざけておきたかった。ブルーに嘘はついていない――ベッドに連れて行く気はない。誘惑しようとも思っていない。先ほどの短い会話のおかげで気がまぎれて、ここにとどまる気になれたのだ。知的な女性との気の利いた会話というものの価値を見くびっていた。一瞬とはいえ、父が田舎の地所周辺の借地人に好き勝手なふるまいをさせていたことも、妹をロンドンの社交界にデビューさせる計画を立てなくてはならないことも、忘れられた。そこにあるのは、羽のついた仮面とその下でいきいきと動くふっくらとした唇だけだった。彼女が演奏しながら会話できるといいのだが。あるいはふたりで一緒に演奏するのもいいかもしれない。

くだらない妄想にふけりすぎてしまった。公爵たるもの、娼館でピアノを弾くわけにはいかない。ばかげている。

ブランデーのおかわりが注がれたことにも気がつかなかった。ニコラスがこちらを見てほほえんでいた。

「言っただろう、ここでは時間が止まるって」ニコラスが言う。

「あなたのお友達、恋しちゃったのね！」サリーが言い、うれしそうに手をたたいた。

「恋ではない」イライアスは訂正した。「好奇心だ」

「レノックスは高尚すぎて、恋なんかしないんだ」ニコラスがにんまり笑って言う。「だれでも有名な女性後援者に訊いてみるといい。レノックスは頑固者だ」そう言って、満足そうに娘の頬に鼻をこすりつけた。「みんなから〝つかまえられない男《ジ・アンキャッチャブル》〟と呼ばれてる。BBにも教えておくといい」

「きみの紳士は誇張している」イライアスはサリーに言った。「わたしはただ、高い基準を設けていて、ロンドンの舞踏会で目の前に押しだされる女性はだれひとりとしてその基準に見合わないだけだ」

「BBはあたしがいままでに出会ったなかでいちばんいい人よ。いつも本を読んでるの。だれにでも親切で、相手の地位なんて気にしない。女の子たちを助けてるわ、マザーが……」サリーが言葉を切り、目を逸らした。「なんでもない。とにかくBBは天使みたいなの、閣下」

マザー・スーペリアは、自分の名前が人の会話に出てくることに関して第六感が働くのだろう、船酔いを起こしそうな荒海のごとくスカートを翻《ひるがえ》らせて、三人の輪に入ってきた。そして、非難の目でサリーを見て言った。

「おやクリムゾン、まさかくだらないおしゃべりで閣下を退屈させちゃいないでしょうね。おまえとロード・サッカレーのために部屋を用意しましたよ」

「早いな」ニコラスが少々ぶっきらぼうに言った。「まだここで楽しんでるんだが」

「クリムゾンは会話では報いを得られません」マザーが猫なで声で言う。「ですがそのルールを考えなおすべきかもしれませんね」

「なんだと？」

ニコラスがかっとなるのを感じて、イライアスは割って入った。

「わたしのことは気にするな。おまえたちはその用意された部屋を使って、会話だろうとそれ以上のことだろうと、好きなように楽しむといい。わたしは金を払ったぶんだけBBと楽しませてもらう」

「ルールを重んじる紳士というのは、ありがたいものです」マザーが浮かべた笑みは、猫そっくりだった。

「二重の意味で役に立つ。グラスは満たされ、マザー、きみをピアノのそばから追い払える」

イライアスは背筋を伸ばした。身長のおかげで、そうしようと思えば威圧的になれることを知っていた。それからマザーの反応を見る前に向きを変えたが、ニコラスの笑みを見れば、いまの言葉がマザーにかなりの打撃を与えたことはわかった。

「いい夜を、ニコラス」イライアスはとっておきの礼儀正しさでお辞儀をし、サリーの手にキスをした。「会えて光栄だった」

ニコラスの愛鳥はかわいらしく頰を染め、イライアスはピアノの演奏が始まった場所へと歩きだした。

ジョセフィンは、公爵がそばに来る前にその香りに気づいて、片目を開けた。公爵の香りは、革と富と白檀《びゃくだん》と……まさか自分が男性の香りについてうっとりと思いめぐらすとは考えもしなかった。ジョセフィンがもう片方の目も開いたとき、公爵がふたたびピアノ椅子に腰かけた。まるで彼の位置は彼女のとなりと定められているかのように。この乱れた髪と、感情のこもった濃い榛《はしばみ》色の瞳の男性。厄介な質問を投げかけてくるこの男性。

「失礼ですけど、閣下、わたしはすべての鍵盤に手が届かなくてはならないの」

腕と腕とがこすれた瞬間、体がぞくぞくした自分を、ジョセフィンは恨《うら》めしく思った。

「こちらは気にしない、ブルー」公爵が唇をよじって言う。「それから言ったとおり、わたしのことはイライアスと呼べ」

「その呼び方は落ちつかないわ。親密すぎるもの」

「ああ、親密だ。きみがここで男たちに許してきた最大限の親密さだろう？」

「ええ」

そんなでしゃばりな質問には、これでじゅうぶん答えになっている。

「マザー・スーペリアが用意している部屋のひとつにきみを連れて行くだけの額を申しでた

男はひとりもいないのか？」

「その行為に金額はついてないわ。それにあなたが言ったはずよ——わたしをベッドに連れこむ気はないって」

「ないとも。ただ興味があるだけだ。われわれには言葉で埋めるべき夜があり、きみは礼儀作法を気にするわりにはずいぶんとげとげしい」

「わたしを怒らせようとしてらっしゃるのね。あなたの態度と口の周りのしわを見れば、若いころにちっとも礼儀正しくなかったことがわかるわ」

「わたしの口を見ていたのか？」問題の体の一部の片端がきゅっとあがって、笑みを浮かべた。ジョセフィンは指がすべり、音を外した。「慎重に、かわいい人。聞こえたぞ」

「じゃあシューベルトの曲をご存じなのね、閣下」

「イライアスだ。三部屋離れていてもシューベルトはわかる。これほど反逆的かつ邪悪な楽器で奏でられても、シューベルトなら」

ジョセフィンは思わず笑った。「ここにはこの一台しかないの」

「残念だな。きみの才能がもったいない」

公爵の褒《ほ》め言葉に意表をつかれた。ジョセフィンは数秒のあいだ無言を保ち、曲に集中した。

「ありがとう」と、遅ればせながら口下手に答えた。

公爵はなにも返してこなかったが、代わりにブランデーをすすりながら彼女の演奏に耳を傾けていた。かたわらに彼のぬくもりを感じているのは心地よかった。彼の堂々たる存在感を感じているのは。ふと気がつけば、部屋にいるかなりの人々がこちらを見ていた。なかにはひそひそささやき交わしている人もいる。予期しておくべきだったとジョセフィンは思った。公爵と娼館のピアニスト。破廉恥《はれんち》な服装にもかかわらず、堅苦しくて取り澄ました女と噂されるブルーストッキング。ある意味ではそのとおりなのだろう。これほど抑制を解かれた場所にいるのは、ときには興奮させられるものの、ほとんどのときは深い羞恥心《しゅうちしん》しか感じなかった。独力で生きる女性が相当の収入を得ようとしたら、選択肢は多くない。これが最良でおそらくは唯一の道なのだ。けれど〈眠る鳩〉には、酔ってみだらに手を出そうとしてくる男性よりも大きな危険がひそんでいる。営業時間が終わったあと、ジョセフィンには帰る場所があるけれど、ここにいる娘の大半はそれほど幸運ではない。〈眠る鳩〉で一夜を明かすことが危険を意味するのは、よく知られた事実だ。

「演奏が感傷的になってきたな」公爵が低い声で言った。「なにを考えている？」

「ただ、この楽しい夜もいつかは終わると」ジョセフィンは嘘をついた。この男性が、支払った額の見返りとしてなにを求めているのかよくわからなかったが、小生意気であだっぽい役を演じつづけたほうがいいだろうと思ったのだ。ほかの人々は男女一対《いっつい》になって部屋を去りはじめており、マザー・スーペリアはバーカウンターのそばで進行具合に目を光らせていた。

その緑色の目は金で満ちている。金でその目は強くなる。

公爵が笑った。

「どうかした？」ジョセフィンはきつい口調で言った。

「きみは嘘が下手だ」公爵がほほえんで、鍵盤に指を載せた。ジョセフィンの〝感傷的〟な演奏の下で、はるかに甘いメロディを奏でる。「正直になってもらうためにはもっと支払わなくてはならないか？」

ジョセフィンは公爵の演奏に合わせて曲を調節した。さらに多くの目がふたりのほうに向けられる。

「正直な女を求めて娼館にいらしたの？」

「もっと早く帰るつもりだった」公爵が言う。「とどまって、きみの楽曲の選択を修正するのではなく。あのままでは、きみはレクイエムを演奏しているのかと思われていたぞ」

「少し気が散ったの」

「酒が必要かもしれないな」公爵がマザー・スーペリアに手で合図をすると、たちまちマザーがふたりのそばに現れた。イライアスが心をこめた笑みを浮かべる。ジョセフィンは、彼のことをファーストネームで考えるのをやめなくてはと心のなかで決心した。「ブルーストッキングが景気づけを必要としている。われわれに最高のワインをふるまってくれないか？」

その提案に、マザーが一瞬言葉に詰まった。「わたくしどもの娘たちはお客さまのための品を求めたりはいたしません」

公爵の目が狭まり、危険な光を放った。ジョセフィンは演奏をやめた。指を鍵盤の上に掲げたまま。

「公爵の要求だ」

マザーがこそこそ去って行くと、ジョセフィンは思い切ってイライアスのほうを向き、しっかりと顔を見た。

「いつもこんなふうに肩書きを突きつけてまわるの?」ジョセフィンは小声で言った。

「とんでもない。そうするのは極端な状況下だけで、きみのしかめ面は、お嬢さん、極端な状況だ」

これにはジョセフィンもほほえむしかなかった。本音を言えば、公爵の怖いくらい端正な顔立ちの、鷹のような特徴は好ましかった。これほど長いあいだ彼のとなりに座っていると、長年こういう人種を観察してきたあとではもはや無縁だと思っていた考えが頭に浮かんでしまう――この乱れた髪に両手をもぐらせて、顔から仮面を剝ぎ取って、作り笑いを浮かべるこわばった唇にキスをしたい。ああ、いったいその考えはどこから来たの? ジョセフィンは息を吸いこみ、鍵盤に視線を戻した。

「友人のロード・サッカレーはきみの知人のひとりに夢中のようだ。彼女の言葉を借りれば、きみの〝大親友〟に」

「ええ、サー――クリムゾンね。彼がここに来るとふたりはいつも一緒なの。クリムゾンは誤解してるんじゃないかと心配だわ。わたしたちのような女性が、貴族の男性がこの悪夢から救ってくれると思うなんて危険なことよ。あなたならおわかりでしょう？　よくて夢物語、悪ければ深い悲しみをもたらすわ」

公爵がしばし考えこんだ。慎重な男性なのだろう。自分の言葉を吟味《ぎんみ》するたぐいの。やがて彼が口を開いた。

「ロード・サッカレーが彼女をとても好ましく思っているのは知っているし、ふたりが共有する楽しみについて、彼女はじゅうぶんに報酬をもらっているだろう。彼は彼女を愛人にしようとしているのかもしれないが、夢物語の件については……。サッカレーの家族はこれほど身分の離れた女性との結婚を絶対に許さないだろう」

「わたしも彼女にそう言ったの」ジョセフィンはため息をついた。「だけど彼女は若くて世間知らずで」

バーテンダーが――一度もひげを剃ったことがない、ディグビーと呼ばれている男が――うなるような声を出し、ジョセフィンの前にがちゃんとグラスを置いた。勢いで、なかの液体が躍った。

「おまえにだ、ＢＢ」ディグビーが吐きだすように言った。「わかってるだろうが、マザーは喜んじゃいないぞ」

「わたしのお相手が今夜はたいた金額でじゅうぶん喜んでるはずよ」

「今夜〝これまでに〟はたいた額でな」イライアスが付け足した。

「マザーは要求されるのが好きじゃない」

「金は好きだろう？」公爵が言い、なにかをディグビーの手に握らせた。ディグビーは汚い歯を見せてにやりとし、去っていった。

ジョセフィンはワインを一口すすった。辛口でおいしく、これまでに〈眠る鳩〉で口にしたなかで最高の品だ。飲みこむ前にしばし舌の上で転がしつつ、言わなくてはならないことをどう言葉にするべきか、考えた。

「イライアス」と切りだした。公爵が望んでいる呼び方をすれば、与えなくてはならない打撃がやわらぐのではないかと期待して。「すでに話したと思うけど、もう一度お断りしておいたほうがいいと思うの。わたしはここでは売り物ではないわ。どれだけのワインもお世辞も魅力も、いくら法外な額を積まれても……わたしを好きなようにはできないの」

「それはもう二度聞いた、ブルー。わたしは女性目当てでここへ来たのではない。とはいえ、きみの脚と、たとえけばけばしい仮面越しでも、その美しい目を鑑賞するという特権のためなら、いくら金を出してもまったくうしろめたくないのも事実だが」

今度はジョセフィンもごくりとワインを飲んだ。こういう言葉は、ちっとも魅力を感じていない男性から聞かされるほうが楽だ。認めよう。ジョセフィンはこの憎らしい男に魅力を感じている。風変わりで禁欲的で粗野とも言える男性だけれど、なぜか惹《ひ》かれた。一刻も早く時間が過ぎてくれたらいいのに。これ以上、この男性との近さと会話には耐えられない。

「返事はなしか？　ついさっきまで、打てば返すようだったのに」

「ええと……ありがとう」

「ふだんきみとの会話のために金を払う紳士は、なにを話題にする？」

「わたしの容姿を。詩的とはほど遠い言葉で。卑猥《ひわい》なことを言ったり、娘たちのだれを選ぶべきか尋ねたり。ふたりきりで演奏してくれとしつこくせがんだり。マザー・スーペリアやお酒のことで不満を述べたり。仮面の下のわたしの顔を知りたがったり。ドレスの下のわたしの体を見たがったり」

　部屋は閑散としはじめて、わずかな落伍者だけが残されていた――盛りを過ぎた女性たちは最後の紳士たちを誘おうとし、手のつけようがない乱暴者たちはポケットに硬貨を入れたまま、失望して立ち去るのだろう。町のもっといかがわしい地域に、彼らの欲求不満を鎮めるための場所が数多くあるのが慰めだ。

「ひどく気の滅入《めい》りそうな話題だな」

「滅入りますとも、閣下。だけどわたしを気の毒に思う必要はないわ。哀れみはいらないの」ジョセフィンは部屋を去りつつある人々を手で示した。「みんなふたり連れで、あるいは三人連れで出て行ったからには、もうじきマザーがバーを閉めるわ。あなたがお金をだまし取られたように感じなければいいのだけど」

「これっぽっちも」公爵が、あたかもキスするかのようにジョセフィンの手を掲げたが、実際は親指で手のひらをこすってじっと目を見つめただけだった。触れ合った瞬間、ジョセフィンの体に電気が走った。肌をこする指のしわ一本一本さえ感じる気がした。

「とても……すてきな夜だったわ」

「いかにも」

ジョセフィンは、もう少しでまた会えるかと訊きそうになった。なんて愚かで非現実的で子どもっぽい質問。ジョセフィンは魅入られたように彼の目を見つめ返していたが、やがて手を引っこめると、残りのワインをぐっと飲み干した。今夜、マザーと精算をするのはあまり楽しみではなかった。

「家に帰る手立てはあるのか?」イライアスが尋ねた。

「貸馬車に乗るわ。いつもどおりに。その前に、あなたが愚かな使い方をしたお金の上前をマザー・スーペリアに渡して、賢く稼がせてあげなくちゃならないけれど」

「馬車で家まで送らせてくれ」

ジョセフィンはつい噴きだした。「ごめんなさい――閣下――だけど娼館の女性が公爵の馬車で家まで送られたら、たいへんな騒ぎが起きるわよ。驚くほど親切な申し出だけど、それは受けられないわ」

公爵が傷ついた顔になった。

「住んでいる場所をわたしに知られたくないのだな」

鋭い人。それでもジョセフィンの口実は筋が通る。この社会では、そんな行為は許されないのだ。きっとだれかに見られるし、かならず噂が広まる。ふたりはつかの間、ただ見つめ合った。ジョセフィンには、あの信じがたい茶色の目が、どれだけ説得すれば彼女に考えを変えさせられるだろうかと推し量っているのがわかった。そして、説得が実を結ぶことはないだろうと結論をくだすのが。公爵の目に、奇妙な尊敬の表情が浮かんだ。

「マザーに多く取られすぎるな、ブルー」

「それについてはどうにもできないわ」ジョセフィンは悲しげな笑みで答えた。「さようなら、イライアス」

最後にもう一度だけ、礼儀を欠いた呼び方を。

「そうだな、今夜のところは」公爵が立ちあがってお辞儀をした。けれどそのまま動かない。まるで時間稼ぎをしているかのようだ。

ジョセフィンはゆっくりと立ちあがり、上品さのかけらもないお辞儀をした。仮面をつけた、狼のように官能的な顔をまじまじと見つめる。二度と目にすることのないだろう顔を。突然、この男性の腕のなかに引き寄せられるのではないかという途方もない予感がした——いったいわたしの頭はどうしてしまったの？　ジョセフィンは身じろぎし、あからさまにならないよう、彼の熱い視線を断とうとした。この男性のことは夢想することにしよう。いつもむさぼるように読んでいる小説のなかに登場させてもいい。サリーと違ってジョセフィンは、この貴族の男性が彼女の日常生活における奇妙なしゃっくり以上の存在なのではないか、などと愚かな希望を抱いたりはしなかった。

「おやすみなさい」ジョセフィンは声を絞りだした。

明日になれば、なにもかも現実には起きなかったのだと思えるだろう。

いわゆるスポーツとしてのキツネ狩りには奨励すべき点がさほどない。社交活動としてのみ機能しているなら、もっと愉快でもっと血の流れないことをいくつも挙げられる。こう考えずにはいられない――猟犬と紳士は、その資質においてあまりかけ離れていないのではなかろうかと。そして諸賢に問いたい、われわれは犬以上のなにものかになりたいと願っているのではなかろうかと。

『ロード・イライアス・アディソン随筆集』より

2

翌朝、イライアスは二日酔い気味で、全身鏡に映るわが身を見つめながら、引きずりだされた夢を思い出そうとしていた。ピアノが一台と、床に流れ落ちる長い長い布。近侍がそばで世話を焼き、主人の髪の状態について、声に出さずに悪態をついた。

「今日は御髪《おぐし》にもっと時間をかけなくて、本当によいのですか？　毛先を揃《そろ》えることも可能でございますよ？　奥さまが、市場までご一緒してほしいとお望みで、奥さまがだらしない格好をお嫌いなのはよくご存じのはずです」

「ああ、もちろんだとも。〝野蛮人のように見える〟というのだろう？　だが今朝、チープサイドまで一緒に来いというのなら、母上にはこのままのわたしを受け入れてもらうしかない。いつものようにアレッサンドラを連れて行けばいいのだ」

「公爵未亡人さまは、旦那さまとお話がなさりたいのだと思いますよ」

当然だ。公爵未亡人が、ふたりきりで息子に説教をできるときに、なぜその妹を連れて行くというのか。

「わたしと話がしたいのではなく、わたしに話がしたいのだよ」

イライアスは鏡に映った自分を見つめた。喪服を脱ぐことができてうれしかった。黒はもう息苦しくなっていた。ドライデンが選んだ紺色のほうが、自分にはずっと似合う。クラヴァットはまぶしいほど白く糊《のり》の効いた状態で、鏡台に載せられていた。

「さがっていい、ドライデン」イライアスが言うと、近侍は不満そうに顔をしかめた。

「ですがまだクラヴァットが……」

「ああ、ああ」イライアスは手を振った。「わかっている。不適切だというのだろう？　だからおまえが世話をすると。それでも、さがっていい」

イライアスは椅子にどさりと腰かけて長いため息をついた。ひとりのときしか漏らさないため息を。チープサイドは嫌いだし、買い物も好きではないし、一日を無駄にするのは大嫌いだ。それより父の書斎の整理を終わらせたい。ジェイムズ・アディソンには、まずいと思った書類は隠すという癖があった。何人もの愛人のために買った品々の売渡証書、その愛人たちに買ってやったロンドンの家の売渡証書。イライアスが父に財産を浪費されたと愚痴《ぐち》をこぼすときは、いつも誇張して言っている――それに、愚痴をこぼす相手はニコラスだけだ。レノックス公領はとてつもなく裕福なので、父の放蕩にも揺るぎはしなかったが、それでもイライアスは不快に思っていた。レノックスの田舎の地所の周りに広がる農地は甚大な被害をこうむってはいないものの、父は状況を改善する努力をほとんどしなかった。新しい公爵として、イライアスはこれを修正しようと考えていた。妹のアレッサンドラを、彼女にふさわしいやり方でロンドンの社交界にデビューさせ、イライアス自身は貴族院に加わろうと。計画はいろいろにあり、そのなかにいますぐ妻を見つけることは含まれていなかった。

この小旅行で母が話したがっていることは、まさにそれに違いない。

イライアスはクラヴァットを手に取り、数学的な几帳面《きちょうめん》さで結びはじめた。きつく結わえておけば、母のソフィアが延々、適切な女性を見つけて跡継ぎをもうけることについてしゃべりつづけるあいだも、首の上に頭を据えておけるのではないかと期待しつつ。母は父ジェイムズがこの世を去る前からイライアスを結婚させようとしていたが、父が亡くなって跡継ぎがいないとなったいま、努力の目盛りをあげてきた。息子のことを、独身でいるには年を取りすぎだと考えているのだ。イライアスが舞踏会に出席するたびに未婚の女性を目の前に押しだしてくるご婦人方と同様に。

いずれは結婚する。するしかない。ただ、これまでに紹介された女性たち——厳密に言えば、娘たち——のひとりとして、彼のような男と暮らして幸せになれるとは思えないのだ。彼女たちのくすくす笑いを恨めしく思っている自分がいまから想像できる。彼が結婚する女性は、その後一生、朝食と夕食のときにテーブルの向かいに座る女性であり、イライアスは口数が少なく不機嫌な人生を送りたくはなかった。子どものころに、そんな光景を見た。ジェイムズとソフィアが一緒に食事をして、あとは別々の道を行くところを。原因の大半はジェイムズにあったとはいえ、ソフィアのふるまいも一端を担っていたことは、イライアスにはわかっていた。

これまでに何度も、馬丁《ばてい》の息子に生まれていたらと願ったものだ。自分のことは自分で決められる立場に生まれていたらと。妹には、ひどい農場労働者になったに違いないと言われた。兄さまのお顔では、狼が仲間だと思うに違いないと。そういうアレッサンドラは、いずれどこかの男にとって理想的な結婚相手になるだろう。

イライアスの母はノックというものをしない。自分の入室が歓迎されないことなどありえないと思っているのだ。たとえそれが息子の私室だろうと。

「お願いだから急いでちょうだい。市場に着いたときにもみずみずしい花でいたいし、おまえもわたくしもまだ朝食をとっていないのよ。アレッサンドラは具合が悪くて、今日は一緒に来られないの」

「なんと好都合な」イライアスはつぶやき、母のしゃれた喪服と手のこんだ髪型を眺めた。顔には過剰なまでに化粧を施している。公衆の面前に出るときはいつでも、最高にお金のかかる公爵未亡人という姿を崩さないのだ。といっても、母は昔から本当の年齢よりはるかに若く見えた。化粧が濃くなったのは父の死後で……いまだに年齢のわりには美しい母のこと、もしかしたらお相手にできる男性を探しはじめたのかもしれない。イライアスは内心、身震いした。そんなことには断じて関わり合いたくない。

「十分以内におりていらっしゃい」母がさえずるように言った。「食事が終わりしだい、ドライデンが二頭立ての四輪馬車を用意してくれるわ」

「わかりました、母上」

母がなにを買うつもりで、雨が降らないようどんなに願っているかを聞かされながら、せわしなく朝食を終えたイライアスは、いったいどうやってこの小旅行を切り抜けたものかと思案しながら、ふさいだ気持ちで馬車に乗りこんだ。

「今日は荷箱が四つ届いたわ、ジョージィ！」サリーが言った。彼女は〈眠る鳩〉ではクリムゾンとして知られているが、〈紙の庭〉ではただのサリー・ホープウェルだ。「新刊書と、ちょっとしたお金になりそうな古い本が詰まった箱が四つよ！」

サリーは新たな蔵書目録の作成を思って胸を躍らせられるのかもしれないが、ジョセフィンには整理して片づけるべき荷物が増えたとしか思えなかった。背中が痛い。昨夜はだらしない姿勢で公爵に礼を失するまいと、全身をこわばらせてピアノの前に座っていたし、今日は買い物客を呼びこむべく、店の正面の飾り窓に並べる本を、ああでもないこうでもないとやっている。たいていの人は店の前で足を止めることなく、そのまま通りすぎてしまう。

ジョセフィンは書店のなかを見回し、長いため息をついた。マザー・スーペリアは、昨夜イライアスが出したお金の半分を持っていった。けれどジョセフィンはさほど気にしていなかった。なぜなら興味深い夜だったから。それでもお金はますます必要になってきている。現状、〈眠る鳩〉と〈紙の庭〉での収入を合わせればどうにか借金をしなくてすむというレベルだ。サリーがそばにいてくれて助かった。とはいえ、気の毒なこの娘にはほかに選択肢がないのだが。ジョセフィンと同じように身寄りのない娘たちは、〈眠る鳩〉ではとくに危険にさらされている。ある男たちがやって来て、娼館の娘のひとりが永遠に消えてしまう夜があった。えじきになるのは決まって家族のない娘だ。

「また心配してるのね」サリーが、体の不自由な客のもとへ配達する本の山を点検しながら言った。「くよくよしないの。状況はきっとよくなるわ」

「あなたは本当に楽観的ね。ロード・サッカレーそっくりよ。あの人にくだらないことを吹きこまれてるんでしょう」

鈴が鳴って、客の到来を告げた。化粧の濃い、見るからに裕福そうな女性だ。まるで重ねた年齢をおしろいの量で埋め合わせようとしているかに見える。なかなかうまくいっているけれど、数本のしわは隠しきれていない、とジョセフィンは思った。女性の後ろに続く長身の男性は、ぱりっとしたビロード縁の上着をはおり、その香りは……革と富と白檀。ジョセフィンは悪態をついて向きを変えた。信じられない。彼のはずがない。いったいここでなにをしているの？

「やっと噂のミス・オースティンを読む時間ができたの」女性のほうが宣言する。「これ以上、ほかのご婦人が彼女の噂をしているときに、なにも知らないではいられませんからね」

「喜んでお力になります、レディ……？」サリーが問いで言葉を終えた。

「レノックス公爵夫人です」

「ああ！　申し訳ありません、閣下夫人！」サリーがちょこんとお辞儀をした。「心からお詫《わ》びします」

レノックス、とジョセフィンは思った。レノックス公爵と、その妻。飾り立てた年配の、少なくとも十五歳は年上の妻。この女性はきっとあふれるほどお金を持っているのだろう。公爵がその年齢差を無視できるほどたくさん。あるいはふたりは愛し合っているのかもしれない。そう思った瞬間、ジョセフィンはぞくりとした。頭を振ってその感覚を払おうとしたものの、体のどの部分も動いてくれなかった。その場に凍りついていた。公爵夫人をオースティンの著作がある場所まで案内するのには三十秒ほどしかかからないし、それぞれのいい点悪い点を紹介するのにはさらに数秒しかかからないというのに。それなのに、彼に気づかれるのが恐ろしくて向きを変えることができなかった。あの威厳と品のある顔が仮面を外したところを見るわけにはいかなかった。記憶に刻みたくない。忠実そうに妻のとなりに立っている彼の姿など。サリーもようやく気づいたのだろう、そっと視線をジョセフィンのほうにすべらせた。

昼の光のなかで彼と対面しなくてはならないという考えに、ジョセフィンの脚が目を覚ました。さりげなくその場から逃げだそうとした。

「この店にはまずまずの稀覯《きこう》本を集めた部屋があると聞いた」イライアスの深い声が言った。ジョセフィンはその声が胸に響き、全身に広がって、体の内側の壁から跳ね返ってくるのを感じた。まるで五十歩先から幾本もの矢が放たれて的を射たかのようだった。ジョセフィンは指の関節が白くなるほど強くスカートを握った。「公爵夫人が店内を見ているあいだに、もうひとりの売り子が案内してくれると助かるのだが」

「ああ、閣下！　ミス・グラントはただの売り子じゃなくて、このすてきなお店の持ち主なんです。あたしたちが集めてきた稀覯本をお見せできたら、きっと誇らしく思うでしょう」

正確には、誇らしい、ではない。むしろ、恐ろしい、だ。けれどこうなってしまったら、おとなしく向きを変えて、なにも異常はないかのようにほほえむしかない。店に貴族階級の人間が来たのを喜ぶべきだ。ジョセフィンは偽りの笑みを顔に貼りつけて、黙ったままでいるための理由を必死に探した。いくら〈眠る鳩〉で使っているのがいつもよりハスキーな声だとしても、しゃべってしまえば気づかれるかもしれない。

「よろしければ、閣下——どうぞこちらへ」しとやかな育ちを裏切るような、甲高い声のロンドン訛りで言った。それを聞きつけて、サリーが怪訝《けげん》な顔でこちらを見た。イライアスの目に、ジョセフィンの正体に気づいた様子はなく、ただ彼は妙に超然としてその場にたたずんでいた。気づかれないのは安堵《あんど》であり、失望でもあった。イライアスにはまさに公爵らしい雰囲気が備わっている。昨夜、ジョセフィンは何度もそう感じた。けれど昼の光のなかでは、もっと冷たくもっと遠い印象を受けた。背筋はまっすぐに伸びて、じつに礼儀正しい。よもやこの男性が前の晩を娼館で過ごしたとはだれも思うまい。残念なことに、それでもジョセフィンは彼をハンサムだと思った。なんとも不都合なことに。

ジョセフィンが廊下を進むと、イライアスがついてきた。洗練されたヘシアンブーツがこつこつと石をたたく音がする。ジョセフィンは、息をしなさいと自分に命じなくてはならなかった。目や唇や声で気づかれる可能性はほとんどないと自分に言い聞かせる——彼はずっとお酒を飲んでいたし、なにしろ公爵だ。毎日のように大勢の女性と出会って、記憶があやふやになっているに違いない。ジョセフィンは代案として、なにも知らないふりをしようと決めた。つまり、〝なにを言われても否定する〟の控えめな言い方だ。

「ここです、閣下」ジョセフィンは滑稽な訛りで言った。「あたしは失礼しますんで、どうぞご自由にご覧ください」

イライアスが一冊の本を手に取ってちらりと視線を向け、それから射るような目でジョセフィンを見つめると、やがて本をもとに戻した。魅惑的な笑みが口元を飾る。それは昨夜ジョセフィンが目にしたどの笑みよりも官能的だった。

「ブルー」

ジョセフィンは咳きこんだ。というより、荒く息を吐きだした。

「失礼ですが、本は色別じゃなく、著者かシリーズ別に整理してあります」

「いや、ブルーストッキング。きみだ。ブルー。これほど早くまた会えるとは思っていなかった。仮面を外したきみは抗しがたいな。たとえ着ているのがその醜悪な昼用のドレスでも」

「申し訳ありません――が、どなたかと勘違いしてらっしゃるんだと思います。あたしはこのとおり平凡なんで――」

「きみは平凡とはほど遠い」

「――よくあることなんです。それじゃあ、あたしは店のほうに戻らせていただきます。ここにふたりきりでいるのは正しいことじゃありませんので」

「まったくだ」

ジョセフィンがしどろもどろに訴えているあいだに公爵は近づいてきて、いまでは彼女の目の前にいた。昨夜と違って、仮面を外した状態で。黒い布の下に消えていた頬骨は、ジョセフィンを悩ませてやまないあの瞳へと視線をいざなう。瞳に浮かぶ情熱は、見る者をうろたえさせ、興奮させる。まぶしい昼の光の下では、ジョセフィンにはとても直視できなかった。

「仮面を外した顔のほうがはるかに好ましい。あれは邪魔だった」公爵がつぶやくように言う。「それで、きみは書店を所有しているのか。驚いたな、まさか女性実業家だったとは。本当にあの文学愛好団体、ブルーストッキング・ソサエティの一員なのか？　権利を要求したりなんだりして回っているという？　熱心な運動家のきみというのも、悪くない。いや、実際、どんなきみも悪くない」

「なにを話しておられるのか、さっぱりわかりません」ジョセフィンは彼から離れようとするあまり、背後の本の山の上に引っくり返りそうになった。すると公爵が彼女の手をつかんで引き戻し、空いているほうの手を彼女の背中に回して支えた。ジョセフィンはバランスを取り戻したが、公爵はまだ手を離そうとしなかった。そして彼女の指ではなく手首にキスをした。長々と。どういうわけか、手首に触れた彼の唇は、これまで手の甲にされたどんなキスより千倍も親密に感じられた。

「わたし……だめです。いけません。あなたは……」

放蕩者。妻が本を探しているときに女性を誘惑しようとするなんて。

「わたしはイライアス・アディソン、レノックス公爵だ。きみは?」

ジョセフィンは背後の箱につまずきながらも、手を振りほどこうと身をよじった。

「ご来店ありがとうございます。誠に光栄です」ジョセフィンは早口に言った。言葉が先を競うように勢いよく転がりだす。「お求めになりたいものがありましたら、どれでも表のカウンターまでお持ちください。それでは」言い終えるなり、ふらつく脚で奥のドアに向かい、背後で閉じた。意図したよりずっと強く。

公爵の鼻先で。

イライアスは、目の前でドアをばたんと閉ざされたことなどなかった。生まれてから一度も。どこへ行ってもドアは開かれた。彼の猛攻に対してブルーが閉ざした古びた木を見ていると、笑えてきた。長々と盛大に笑った。体をふたつに折って。父の死以来、いちばん長く笑った。母が〈紙の庭〉とかいう安っぽい小さな書店に——それも、女性のための書店とやらに——寄りたいと言い張るせいで感じたいらだちが、きれいに消え失せていた。いまでは母を抱きしめたい気分だ。イライアスが金を使いたいと思える紳士のための店はほかに山ほどあるなかで、チープサイドのこのおんぼろ書店をひいきにしようというすばらしいアイデアを思いついてくれたのだから。まったく、どんな幸運がここへ導いてくれたのか知らないが、心から感謝したい。今日は通りすぎる女性全員の目を観察してきたが、ここの店主が振り返るまで、あの一風変わったブルーグレーはどこにも見つからなかった。彼女が別人のふりをしようとしたのが愉快だった。あの独特に左右非対称な顔を、イライアスが忘れられるわけはないのに。ほとんどずっと眉間《みけん》に刻まれているしわが、顔立ちを歪《ゆが》めるさまを。あれはじつに魅力的だった。警戒心を解いたときの彼女が見てみたいし、満ち足りたときの彼女がどんなだか知りたい。とはいえ、その願いが近いうちに叶うと思うほど、イライアスは愚かではなかった。

ともかく、みだらな青絹の靴下《ボウディー・ブルーストッキング》はみずからの店の所有者で、表ではけばけばしい小説をご婦人方に売りながら、周囲の書棚から察すると、裏ではもっと難解な書物を扱っているらしい。詩人のポープやクラブ、もちろんシェークスピア、そしてイライアスも知らない作家たち。彼女はどうやって在庫を選んでいるのだろう。はたまた選んだものはどこから来るのだろう。きっと毎日を果てしない調べ物に費やしているに違いない。それはどうにも説明できないくらいすばらしいことに思えた。読書で繊細な感性を磨いているからというのではない――右手には神秘主義に関する本も何冊かある。むしろ、あの女性についてはなにごとも額面どおりには受け取れないとわかってきたからだ。そんな謎に出会うのは目新しいことだ。いろんな方法で解き明かしていきたい。

先ほど、母がドレス用の型紙やレースを見ていたときに、イライアスは今夜も〈眠る鳩〉

へ行こうかどうしようかと考えていた。ニコラスからことづてが届き、今夜はあの娼館で見逃せない特別な催しがあるとのことだったので、夜九時に友人がどこにいるかはわかっている。財産の問題にどっぷり浸かった日々から逃れるいい気晴らしではあるが、イライアスは現実的な男なので、自分とブルーとのあいだで起きているのが危ういことだとわかっていた。彼女を怒らせようとするのをやめられそうにない。あの頬がかっと赤くなるのを見たいのだ。ふたり一緒にピアノの鍵盤に指を載せたところを想像していると、その指をもっと別の興味深い場所へ移動させたくなってくる。そうだ、彼の私室のピアノ椅子の上でなら……。

激しく首を振った。若いころは、空想にふけってぼんやりしているとよく叱られたものだが、年齢を重ねたいま、その害がわかった。頭のなかは青い絹のストッキングでいっぱいで、それは退屈な日常と比べるとあまりにも鮮烈だった――ろうそくの灯りで彼女とともに読書を楽しみ、やがてそのろうそくを消してベッドにもぐり、今度はもっと肉体的な喜びを……。

「レノックス！」

ドアの向こうから響いた母の声で、イライアスは現実に引き戻された。

「わたくしの買い物は終わりましたから、ぶらぶらするのは切りあげてちょうだい」母が呼びかける。「ちょうどの時間に帽子屋と約束があるの」

「くそっ」イライアスはつぶやき、少しばかりうろたえて自分を見おろした。落ちつきを取り戻すまでの短いあいだ、情熱のしるしを隠しておける大きさのものはないかと見回して、不細工な黄色の本をつかんだ。間抜けな思春期の坊やになった気がした。

公爵未亡人がドアの外でいらいらと待っていた。

「ついさっきまで、それほど急いでおられなかったのに、母上」

「ここはあまりにもほこりっぽすぎます」母が見下したように言い、スカートを翻《ひるがえ》らせて、表の広い部屋へと歩きだした。

ブルーの姿はどこにもなかった。奥の私室へ逃げこんだか、店を出たかだろう。ありがたい。なにしろ情熱のしるしが落ちついたばかりで、いままた彼女を目にしたら、その状態を保てる自信がない。ふたりは気さくな売り子の娘に本の代金を払った。だれあろう、あのクリムゾンに。イライアスは密かに笑みを投げかけたが、彼女はそわそわしてやたらおしゃべりになっていた。イライアスは母を先に店の外へ向かわせてから、つかの間、振り返った。

「よければ、きみの雇い主の名前を教えてくれないか。カードを送って、彼女の助力に感謝したい」

売り子の娘がくすくす笑った。

「ご存じなんだと思ってたわ、閣下。お求めになったのは彼女の本だもの」

イライアスは手のなかの本を見おろした――『社交界の害悪と売春の真価』、ジョセフィン・グラント著。

「彼がなにをしたですって？」ジョセフィンは尋ねた。

「あなたの本を買ったのよ、ジョージィ。だけどあたしが言うまで、向こうはあなたが書いたって知らなかったみたい」サリーは、ジョセフィンの怒りにもまったく動じていないようだ。「なにがいけないのかわからないわ。だってあなたはもっとたくさんの人に読んでほしくて、まじめな本のそばに置いてたんでしょ。もし公爵が読んで中身に賛成してくれたら、ほかの人にも広めてくれるはずよ」

ジョセフィンは読書用の椅子にどさりと腰かけたが、安らぎを与えてくれるはずの背当ても、いまは役に立たなかった。

「ああ、サリー。あの男はまさにわたしが本のなかで書いたような救いようのない放蕩者なのよ。人生に退屈して、親の決めた結婚から逃げられなくて、悪評高い施設に通ってる。ゆうべ〈眠る鳩〉で会ったでしょう？」

「はた目も気にせずピアノ弾きといちゃついてたわ！」サリーがいつもどおり芝居がかって、胸の前で両手を組み合わせた。ご多分に漏れず、ドルリー・レーン劇場にあこがれているのだ。「どうしましょう！　あなたの魅力に興味を持ってるハンサムですばらしく裕福な公爵とお話しちゃったわ。信じられない！」

「正体に気づかれたわ」ジョセフィンは椅子の肘かけにこぶしをたたきつけた。「まったく、彼はもう、わたしがだれだか知ってるのよ。わたしの名前を知ってるの」

「だから何度も言ったじゃない、筆名を使うべきだって」

「それについてのわたしの意見は知ってるでしょう。このごろは〝レディ某《なにがし》〟が書いた本が多すぎるの。いまではどうやって目録を作ればいいのかわからないくらいよ」ジョセフィンは神経質に髪の毛を引っ張った。

「今夜は〈眠る鳩〉には行かないほうがいいかもね」サリーがほんの少し不安そうに言った。

ジョセフィンは深々とため息をついた。よほどのときしかつかないそのため息は、どこまでも広がってすべての部屋を満たした。ふたりがいまいる部屋だけでなく、おそらくはこのブロックにあるすべての部屋を。

「無理よ。今夜はマザー・スーペリアの毎年恒例の催しのために演奏しなくちゃならないもの。もし行かなかったらマザーに殺されるわ。待望のイベントよ。あなたもわたしも行くしかない」ジョセフィンは壁を見つめた。自分の行動の重みがようやく胃にのしかかってきた。

「わたしはなんて愚かなの」

「そんな、ジョージィ！　そんなこと言わないで。あなたはあたしが知ってるなかでいちばん勇気のある女性よ。あなたは本当に善いおこないをしてる。ピアノの名手っていわれてる女性のほとんどは、慈善活動で演奏するだけ」

ジョセフィンは慈善活動だと思ったことはない。サリーがそう呼ぶのは妙な気がした。女性の生活は危険にさらされており、ジョセフィンは助ける方法を見つけた。そのうち、娼館から娘たちが消えるという謎めいたできごとには、マザー・スーペリアがおべっかを使う特定の男たちの出現と関係があることがわかってきた。よく観察していれば――ジョセフィンはまさにそれをやっているのだが――男たちがどの娘に狙いを定めたかが見えてくる。決まって孤児で、家がなく、家族も友達もいない娘だ。もし問題の男たちが現れる晩に条件に合う娘が〈眠る鳩〉で一夜を過ごしたら、朝にはその娘はいなくなって、マザーの懐《ふところ》はうるおっていることだろう。

ジョセフィンがつかんだところによると、マザー・スーペリアは少なくとも三つの紳士グループとこうした取引をしているらしい。高貴な肩書きと偏《かたよ》った性癖を持つ紳士たちと。彼らが娘たちをどうしているのかは知らないが、消えた娘のだれひとりとして、二度と消息が聞こえてこないからには、幸せな結末を迎えたとは思いがたい。だからジョセフィンは、手段を持っている人ならだれでもするだろうことをした――行くところのない娘を迎え入れはじめたのだ。〈紙の庭〉は狭くて窮屈でかびくさい本のにおいがするけれど、しばしとどまることはできる。

マザー・スーペリアの秘めた目的を少しずつ知るにつれて、ジョセフィンは『社交界の害悪』を書きはじめた。自分が住む世界への怒りから執筆を始め、愚かな楽観主義の発作から刊行した。まさか〈眠る鳩〉の常連客が読むとは思ってもみなかったが、いまや一冊が公爵の手に渡ってしまった。彼はジョセフィンたちが住む場所も働く場所も知っている。

「止めなくちゃ」ジョセフィンは宣言した。「レノックスにここを嗅ぎまわらせるわけにはいかないわ。もしかしたら、マザーが取引してる男たちのだれかと関係があるかもしれないのよ」

「ありえないわ」サリーが眉間にしわを寄せて言った。「彼はニコラスの友達で、ニコラスが怪しい男たちのひとりじゃないことはあなたも知ってるでしょ。それにもし彼があなたを追い求めたいんだとしたら、どうやって止めるの？」

ジョセフィンは紅茶の入ったカップを手に取り、階段をのぼりはじめた。「なにか手を考えるわ」

3

貴族の殿方はしばしば、みずからの余暇《よか》のある生活とありあまる金銭に飽きた結果、はけ口を見つけて人生にドラマを作りだそうとします。わたくしたちの偉大なる国を改善しようと労働にいそしむのではなく、金銭を浪費し、悪評高い施設でアルコールと力に酔いしれるのです。しかしそうした施設で彼らに奉仕する女性はいったいどうなるのでしょう？　貴族の女性の苦境については取り沙汰されるものの、聖マリアの鐘の音が聞こえる貧民街で生きるその姉妹たちはいったいどうなるのでしょうか？

ジョセフィン・グラント著『社交界の害悪と売春の真価』より

イライアスは母を服屋に残してアシュワース・ホールに戻った。そして午後の大半を、ミス・グラントの――実際はブルーストッキングの――高慢な意見を読んで過ごした。じつは社交界の一員なのではないかと思っていたが、彼女は過激な思想の持ち主だった。この本が刊行されたときに醜聞《しゅうぶん》を引き起こさなかったのは驚きだ。版元を見て、その理由がわかった――〈紙の庭出版社〉。大胆なブルーは、自分で出版したのだ。

ニコラスが八時きっかりに訪ねてきた。イライアスがまだ公爵ではなかったころ、ふたりが放蕩のときに使っていた紋章のない四輪馬車で。

「今夜は娘たちが踊るぞ」ニコラスが期待の声で言った。「それも、息苦しい舞踏室で見慣れた踊りとはまったく違う踊りをな」

「ブルーストッキングもか？」

「いや、それは。だれかが音楽を担当しないと」

イライアスは、感じた落胆を押し殺した。

〈眠る鳩〉に到着すると、ふたりは全員が着用義務の仮面をつけるときまで酒を飲んだ。イライアスは最初の夜と同じくらい落ちつかなかったが、今夜は不安のせいではなく期待のせいだった。ジョセフィンと対面するのが待ちきれなかった。仮に、彼女の貴重な声明をイライアスが本当に読んだと知ったとき、ジョセフィンの顔に浮かぶ表情を見るためだけだとしても。イライアスは少しばかり深く酒に酔ったが、それでも高ぶる気持ちは静まらなかった。マザー・スーペリアの甘ったるい挨拶《あいさつ》もろくに耳に入らないまま、人ごみに視線を走らせて、青絹の靴下を探した。

どこにも見当たらなかった。

だがサリーはすでに、ニコラスが大きく広げた腕のなかへと歩いてきていた。前夜よりさらに手のこんだ装いで、いくつもの宝石が輝いている。あれほどの数だ、偽物に違いない。けれどニコラスはそんなことなどおかまいなしに、人目をはばかることなくサリーを抱きしめた。きっと仮面の力を過信しているのか、あるいは単に気にしていないのだろう。

「閣下！」サリーがイライアスに言った。その息は、満面の笑みを浮かべたニコラスに半ば奪われている。「こんなにすぐにまたお会いできてうれしいわ。今夜は特別な夜なの。あたしたちの毎年恒例の催し、〝エデンの鳥〟が開かれるのよ！」

「ピアノ弾きなしで、どうやって催しを？」イライアスは尋ねた。不安を表さずに詮索《せんさく》する巧妙な方法だ。

サリーの顔が曇った。

「じつはあたしたちもちょっと心配してるの。BBはまだ来ないし、連絡もないし、催しが始まるまであと一時間だし。彼女が遅刻したことはないのよ。なにかあったんじゃないといいんだけど」

イライアスはなにかがあったことを知っている――彼女の手首のやわらかな肌にキスしたとき、ふたりのあいだをなにかがかよった。彼女は〈眠る鳩〉に戻ってこないだろう。今夜だけでなく、その先も。イライアスは愚かにも彼女を怯えさせてしまったのだ。

そう結論づけたとき、その奥で女性たちが特別な衣装とされているものをまとう緞帳《どんちょう》の陰から、問題の女性が現れた。まったく怯えているようには見えなかった。むしろ怒りで煮えくり返っているように見えた。先ほどイライアスがしたように人ごみを見渡すと、彼女の目の奥で新たな炎が輝いた。その青い炎がイライアスを見つけた途端、目が狭まった。イライアスは狙われていたのだ。

「よかった！」サリーが言う。「彼女が来たわ！」

堂々と胸を張るジョセフィンの体は、首からつま先まで流れるような絹に包まれていた――青いストッキングをあらわにするスリットの部分をのぞいて。彼女はまだイライアスをひたと見据えたまま、その目つきと表情を彼に見せしめていた。それから不意に向きを変えて、ピアノのほうに歩きだした。

「レノックス」ニコラスが慎重な声で言った。「いまBBはおまえと知りつつ無視したか？」

「いかにも」思ったより冷静な声が出た。「はっきりと無視した」

サリーは無言で、見るからに不安そうだった。

イライアスは、自分が示すべきではない馴れ馴れしさを示したとわかっていたが、彼女がしたことには弁解の余地がなかった。公爵を無視するなど、あってはならないことだ。だれかにそんな真似をされたことは一度もないが、舞踏室では何度も目にしたことがあった。考えうるかぎり最悪の侮辱《ぶじょく》だ。だれかをまっすぐ見つめてから、ついと目を逸らすというのは。言外にこう言っているようなものだ――視界には入ったけれど、認識するには足りない。イライアスは、もったいをつけるべきではないとわかっていたものの、頭が合理的に働く前に、脚が動きだしていた。

ジョセフィンはピアノ椅子に座り、人ごみのなかに偉そうなレノックス公爵を見つけたときから抑えていた息を吐きだした。彼が現れるかどうか、わからなかった。とりわけ公爵が彼女の本を読みはじめたかもしれないとあっては。彼女がなぜ夜の大半を〈眠る鳩〉で過ごすのか、知られてしまうだろうし、彼女がなにをしているのか、おそらくは推量されてしまうだろう。個人名や施設の名前は出していないものの、本の大部分は〈眠る鳩〉の非道な側面について遠回しに言及している。公爵は鋭い人だ——上流階級で育ったにしては。ジョセフィンがかつて知っていたような人々ほど頭が弱くないけれど、自尊心が強すぎる。

いま、彼がこちらにつかつかと歩いてきているのが証拠だ。

「よりによって——」公爵が言いかけた。

ジョセフィンはありったけの冷静さをかき集めると、彼のほうを向き、人差し指を宙に掲げて言葉の攻撃をさえぎった。

「閣下。今夜はあなたとお話しするための代金をいただいてないわ。導入部の練習をしなくてはならないの。最高の演出で売り物を披露《ひろう》できるよう、娘たちに頼りにされているから」

「偽善者め」公爵がうなるように言った。

「とんでもない」ジョセフィンは言い返した。スカートをふくらませて座りなおし、鍵盤に触れる。「まさかあなたにそう言われるとは。さあ、申し訳ないけどこのあたりで……」

終わりにさせてはもらえなかった。公爵は、騒ぎを起こすのも辞さないとばかりにいきり立った。

「よくも、そんな、口を」公爵が肩書きにふさわしい朗々とした声で怒鳴るのを聞いて、ジョセフィンはきっとイートン校にはそれ専門の授業があるに違いないと思った。公爵がピアノの上に二十ポンド紙幣をたたきつけた。「真剣な会話にはこれでじゅうぶんだろう、ブルーストッキング。こんなばかげたやり取りはもうたくさんだ。さあ、そっちへ寄れ」

ジョセフィンは一瞬、公爵のもっとも繊細な部分を蹴ってやろうかと思ったが、考えなおした。それに、油断も隙もないマザー・スーペリアが、紙幣と公爵を見ていた。ジョセフィンは、いまいましいレノックス公爵がとなりに腰かけたとしても居心地よくは座れないよう、ほんの少ししか横にずれなかった。

「じつに協力的だな、ミス・グラント」公爵があざけるように言った。高音のキーを試しにいくつかたたいて、じつに不快そうな表情を浮かべる。「なんとおぞましいピアノだ」

「わたしを姓で呼ぶのね。ああ、そういうこと、閣下！　お求めになった本をわたしが書いたことはご存じなんだと思って間違いないのね？」

「いかにも」公爵が言い、片方の眉をつりあげた。「まぎれもなく知っている」

音の悪さに顔をしかめつつ、公爵はピアノを弾きつづけた。試し弾きにしても、彼に真の才能があることはジョセフィンにもわかった。貴族の男性で上手に演奏するために練習に取り組むような人物をジョセフィンはひとりも知らなかったが、この男性はじつに多くの面でほかの人とは違うらしい。遠くの鍵盤のために身を乗りだすたびに、公爵は少しずつ陣地を広げていき、ピアノ椅子の上の適切な領分をものにしていった。ジョセフィンはふたりの体が触れないよう、もう少し左にずれた。

「じゃあ、こんなふうにあなたをもてなしつづけることができないのもわかってもらえるわね？」ジョセフィンは声を落とした。「わたしの店にも二度と来ないで」

「彼らは」公爵が顔をあげて室内を見回すと、いくつもの目が慌てて向こうを向いた。「彼らはわたしを恋わずらいにかかった愚か者だと思っている。きみに無視されたあとでもそばに来て、それも上流階級の人間が大勢いる前で。説明してくれ、ミス・グラント」

「説明は高価よ、レノックス。たとえ公爵のためでも」ジョセフィンは彼の肩書きが、意図したとおりの——侮辱としての——効果をもたらすよう願っていた。声にこめた軽蔑を彼が聞き取ることを。願いは通じた。わずかにつりあげられた公爵の左眉がそう物語っていた。

「じゃあ、申し訳ないけれど、じきに催しが始まるので。ロード・サッカレーのとなりに座っていただけると幸いだわ」

　公爵が腕組みをした。まるで頭上に大きな雷雲が広がったかのようだ、とジョセフィンは思った。

「ここに集まった人々に、わたしがきみの道化《どうけ》を演じていると思わせるわけにはいかない、ジョセフィン。それにきみのマザーは、きみがわたしを止まり木から突き落とすことを喜ばないだろう」そう言うと、あごでマザー・スーペリアを示した。マザーは興味津々《しんしん》でこちらを見ていたが、遠くのバーのそばからだった。「お互いのために、これは痴話げんかだというふりをしよう」

「彼女はわたしの母《マザー》じゃないわ。さあ、そこに座っていられると必要な鍵盤に手が届かないの」ジョセフィンは強情につぶやいた。「それに、そこまでのことを買えるほどのお金をあなたが持ってきているかどうか」

イライアスがついに腕組みをほどいて、首をかしげた。

「きみが考えるのは金のことばかりか」

ジョセフィンの指は鍵盤の上で凍りついた。公爵の憎たらしくも美しい目に浮かんだ真剣な表情に怒りがこみあげたものの、どうにか抑える。あの表情は同情かもしれないと思うと、いとわしかった。

「ぶしつけなら申し訳ないけれど、ゆとりのある閣下と違ってわたしには余暇などないの。その点で言えば、どの男性とも違って」目の前の楽譜をめくって導入部の曲を探していると、いつしか目がうるんできた。恥ずかしさと怒りで。歌劇の脚本は顔を背《そむ》けるのにもってこいの口実だった。「あなたに非難も同情もされたくないわ」

「わたしは別に――」

「シーッ」ジョセフィンは、ふだん酔っぱらいをなだめるときに使う口調で言った。「わたしが弾きはじめるのをみんなが待ってるわ」

ジョセフィンが序章を弾きはじめると、イライアスが片手をあげてディグビーの注意を引き、ふたりともに飲み物をと指示した。公爵がピアノ椅子から離れる気配はなかったが、演奏の邪魔にならないよう、少しだけ身を引きはした。ジョセフィンは座りなおして姿勢を整え、集中しようとした。容易ではなかった。なにしろ公爵には譜面が見えていて、あれほど尊大であるからには、ジョセフィンが弾き間違えれば躊躇《ちゅうちょ》なく指摘してくるだろうとわかっていたから。彼に見られていることは視界の隅でとらえられたが、正確な表情まではわからなかった。ひどい男。妻と一緒に家にいるべきときに、こんな場所に来て、わたしの人生をますます難しくさせているだなんて。それこそジョセフィンが本のなかで貴族階級を痛烈に非難した理由だった。貴族の男性はもっとも卑俗な欲求にふけるだけ。その過程で他人の人生が破壊されようとされまいと気にもせず。

ジョセフィンが序章の終わりに近づくと、公爵が楽譜をめくってくれた。

「弾きながら話せるか？」公爵が、彼女の耳に近すぎる位置で尋ねた。

「たいていは」ジョセフィンは彼のほうを向くことなく、楽譜の小節を区切る縦線と音符から目を逸らさずに言った。「だけどこの曲はわたしには少し目新しいものだから、集中したいわ」小節の終わりの長い休符に従うと、緞帳の陰で娘たちが動きまわる音が聞こえてきた。娘たちが落ちつくまで、始まりの曲を演奏してはならないのをジョセフィンは知っている。公爵が立ちあがった。集中したいというジョセフィンの意向を尊重してくれたのだろう。

「わたしを無視したことを謝れ」公爵がささやくように言った。踊る娘たちを待ち受ける部屋の静かな期待のなかで、ジョセフィンだけに聞こえるように腰をかがめて。それとも部屋が静かなのは、だれもがふたりに注目しているから？　ジョセフィンは当たり障りのない旋律を奏でて、その場をごまかそうとしたが、イライアスの唇はまだ耳のそばにあった。「謝れ。そして催しのあとにわたしと会え。ふたりきりで」

「だめよ」ジョセフィンはほとんど唇を動かさずに言った。

ジョセフィンがぞっとしたことに、公爵が片手で彼女のあごをつかんで彼のほうを向かせた。ジョセフィンは座っていて彼を見あげるかたちだったので、公爵は驚くほど背が高く、息を呑むほどハンサムに見えた。

「言うとおりにしろ」公爵がほとんどささやき声で言った。「いいな？」

「向こうへ行って。いますぐに」

公爵の顔にぱっと笑みが広がった。純粋な笑みが。

「もしいま向こうへ行けば、あとで会うということか？」

この男性はおとなしく引きさがりはしないだろう。いまは嘘をつくしかない。そして催しのあと、逃げだす方法を思いつくのだ。

「いいわ、レノックス。わかったから。もう行って!」

マザー・スーペリアが間に合わせの舞台の向こうから手を振っている。そろそろ演奏を始めなくては。その場にいる全員が驚いた顔でふたりを見ていた。たいした前座になってしまった。

「行って!」ジョセフィンはもう一度、声をひそめて叫んだ。

去っていく公爵は、間違いなく愉快そうに笑っていた。


「正気を失ったのか?」前方のテーブルにイライアスが戻るなり、ニコラスが尋ねた。その問いには押し殺した笑いが含まれていた。

「いかにも」イライアスは言った。頭がくらくらして心は浮き立っていた。自分が生まれるよりはるか昔に定められた規則に従って――それも厳密に従って――生きてきた男としては、この女性と切っ先を交わすのはじつに新鮮で爽快《そうかい》だった。ほかのだれでもない、自分自身のためにやっていることで、それは三年前にオックスフォード大学から引きずり戻されて以来、一度も体験していない感覚だった。噂が広まるとしても、それはあとで心配すればいい。いまは彼女の目に浮かぶ火花を見ることで感じられるつかの間の幸せがほしかった。

彼女はわたしを嫌ってはいない。嫌いたいと思っているだけだ。

「レノックス、この悪党め。全員の前で彼女にキスしたも同然だぞ」

「大げさな」

ニコラスが楽しそうにため息をついた。「おまえが楽しんでる姿を見ると、心が軽くなるよ」

「おまえは昔から誇張の天才だな」イライアスは周囲のテーブルについた人々が会話に耳をそばだてているのに気づいて、顔をしかめた。「彼女を正しい場所に置きたかっただけだ」

「正しい場所って?」ニコラスが愉快そうに言う。「おまえのベッドか?」

「彼女は生意気だ、サッカレー」できるかぎりまじめな口調で言ったが、口元にはまだ笑みが残っていた。「ほら、おとなしく催しを見てろ。ちょうどおまえのクリムゾンが来たぞ」

ニコラスの恋人が舞台上に現れたとき、イライアスが心底必要としていたブランデーをディグビーが目の前に置いてくれた。イライアスはごくりと飲んでから首を伸ばし、ジョセフィンにもワインが届いたことを確認した。ディグビーには奉仕料を、マザーにはイライアスとジョセフィンをふたりきりにするための代金を、たっぷり支払っていたので、出した金に見合うものを望んでいた。高価なワインが入ったグラスは手つかずのままピアノの上にあり、ジョセフィンは下を向いて演奏を続けている。イライアスは目を逸らそうとしたが、ジョセフィンの首にほつれ髪がかかり落ちているのを見て、視線を逸らせなくなった。想像のなかで、くっきりと美しい彼女の鎖骨に指を這わせた。

ジョセフィンが顔をあげたので、イライアスはほほえんだ。遠慮がちに。彼にしては珍しく。そのなにかがジョセフィンの気に入ったのだろう、彼女は笑みを返した。

イライアスは打ちのめされた。

「まるでかわいい坊やだな」ニコラスが愉快そうにつぶやいた。

イライアスがテーブルの下で親友の脚を蹴飛ばすと、ニコラスが小さくうめいた。

「舞台の上に注目しろ、サッカレー。あとでサリーに感想を求められるぞ」

イライアス自身はまったく舞台に集中できなかった。目を閉じて、光景をともなわないまま、ジョセフィンの奏でる音に身を任せる。コニャックの残りを飲み干した。グラスはすぐに満たされ、二十分後にまた満たされた。この催しはいつまで続く？　イライアスにはとてつもなく退屈で、ただ娘が次から次へと目の前をこれみよがしに歩いて行くだけに思えた。何人も、何人も。ふしだらなスカート姿で。少なくとも、音の伴奏はすばらしかった。どうしようもない男性陣の声でほとんど聞こえなかったとはいえ。

気がつけば心地よく酔っていた。そのせいで、あのゴージャスな生き物から無視されたことにも寛容になれた。あれは誤解だったのだ。演奏が終わったらふたりきりで話をし、彼女の本に書かれていた意見には反論しきれない明確さがあることと、イライアス自身は彼女の言う〝無頓着《むとんちゃく》な〟貴族のひとりではないことを話して聞かせるのだ。だれもジョセフィンの書店をひいきにしていないらしいのは幸いだった。もし別の公爵が彼女の本を読んでいたら、あの店の在庫は一冊残らず公共の広場で火をつけられていただろう。

イライアスはぱっと目を開いた。いままでこのことを考えなかったとは、なんと愚かだったのか――ジョセフィンは実名であの本を刊行している。娼館では用心深く偽名を使っているのに、実際の評判についてはそれほど不用心だとは、いったいどういうことだ？　いままでは運がよかっただけで、それは永遠には続かない。まずい人物が偶然あの本を手にすることは避けがたい運命だ。ジョセフィンの書店は間違いなく危険にさらされるだろうし、ジョセフィン自身にも危険が迫るかもしれない。あの本は社会的に過激なだけではない。上流階級全体への非難なのだ。ジョセフィンがしていることは危険であると同時に軽率だ。

音楽は最高潮に達しており、フィナーレとして娘たち全員がてんでんばらばらに踊っていた。時間をかけて練習したようには見えない。よろめく者あり、ステップを忘れて仲間を盗み見る者あり。イライアスは半ばまぶたを閉じてグラスを置いた。先ほどまでの上機嫌は、ジョセフィンに及ぶ危険という考えのせいで引き裂かれてしまった。催しのあとは、おふざけはなしだ。彼女が好むと好むまいと、真剣に話をする。

催しは、娘たちが舞台から跳びおりて客席のあいだに駆けこむところで終わった。それぞれがお気に入りの男性のもとへ駆けつけたり、物欲しげな目の男性に引き寄せられたりする。サリーとニコラスはすぐに互いを見つけた。イライアスが席を立とうとしたとき、濃い化粧に宝石つきのドレスをまとった女性がどさりと膝の上に乗ってきた。

「どこへいらっしゃるの、公爵さま？」目の周りをしっかり墨で囲んだ女性が猫なで声で言う。「ブルーストッキングが、今夜のあなたにはお相手が必要だって言ってたの。あたしなら、ちょっとしたお楽しみを差しあげられると思うんだけど」

イライアスは身をひねってピアノを見た。しまった、ジョセフィンはいない。ワインもない。あの生意気女め。どうやって彼に気づかれずに逃げだせたのだろう。今夜はほとんど彼女から目を逸らせずにいたのに。

膝の上の娘は世慣れていた。イライアスの視線を追ってピアノを見ると、彼のあごをつかんで視線を引き戻した。

「あれだけの演奏のあとだもの、ピアノ弾きには休憩が必要だと思わない、閣下？」そう言うと、イライアスの首に両腕をかけた。しなやかに、蠱惑《こわく》的に。「だけどあたしなら、閣下の欲望に応えてあげられてよ」

イライアスは当惑し、彼女の下で身じろぎした。この娘はたしかに美しいが、その口から出てくる言葉すべてに『社交界の害悪と売春の真価』を連想させられた。ジョセフィンは驚くほど的確に描写していた。男性に体を売らなくてはならない女性たちがいかにして自分を欺《あざむ》いているか、それ以外に収入を得る方法がいかに限られているか。耳にかかる計算ずくの息、椅子にまとわりつかせた長い脚、髪の香りまでもが……もはや純粋な女性の魅力とは思えなかった。すべては生き抜くために計算されたもの。イライアスは咳払いをした。

「ピアノ弾きにまだ用事がある」

「お金にはもっと賢い使い道があるのに」娘が口をとがらせた。

イライアスは娘の手をやさしくたたいた。「きみはすてきな女性だが、わたしが求めているものはおそらく持っていない」

「ほんとに?」娘がまつげを二度しばたたく。

「ああ。ただし……」イライアスは頭のなかでぱっと光が灯るのを感じた。あまりの鮮明さに、実際に見える気がした。「ただし、彼女が隠れたいと思ったときにどこへ行くか、知っているというなら話は別だ」

娘が迷った様子で目を逸らした。

「教えてくれたら金を払う」

唇を閉じた笑みが答えだった。イライアスは立ちあがり、サリーに話しかけた。重要な質問があった。それから、彼の向こう見ずな青絹の靴下を探しに出かけた。

マザー・スーペリアの娘たちがパン代を稼ぐむさ苦しい部屋の後ろには、小さな中庭がある。照らすものといえば、隣接した路地から細く漏れ入る月光だけだ。マザーはこの庭を荒れるに任せていたが、ジョセフィンはまったく気にしなかった。野心家のツタが壁を越えて抜けだすさまなど、なかにいる娘たちとは大違いだ。なんだかよくわからない植物が石のあいだから顔をのぞかせていても、だれひとり抜く者はいない。聞こえるのは、ときどき部屋から漏れる大げさなあえぎ声と、建物の裏で浮浪者がものをあさる音くらいだ。

わざわざここを訪れるのはジョセフィンだけで、彼女はそれをありがたく思っていた。揺らめくろうそくで細いたばこに火をつけると、ほどなくろうそくの火は消えた。ジョセフィンは煙を吐きだし、木の葉におりたつゆも気にせず壁に背中をあずけた。公爵に我慢した報酬のワインが完ぺきにのどの奥を焼く。つかの間、ジョセフィンはすべてを忘れた。

「ばかばかしい」

「たばこに悪態《ボロックス》か」庭の入口から声がした。「まさかこの中庭にレディがいるとはだれも思うまい」

聞き違えようのない声。

ジョセフィンはもどかしくて壁に後頭部をあずけた。

「アシュワース・ホールにお戻りなさい、レノックス。あなたがやるべきことは山ほどあって、そのなかに、娼館にいることと関係があるものはひとつもないはずよ」

「下調べをしたのか。わたしがきみについて知っているより、きみがわたしについて知っていることは多いのかな、愛しい人《ラブ》?」

公爵はゆったりとたたずむだけで、近くには来ない。その態度は不穏で曖昧《あいまい》だけれど、ジョセフィンが知るかぎり、彼ははっきりしていて頑固な男性だ。この日の午後、レノックス公爵について、店の数少ない常連客にサリーがいろいろ訊いてくれたのだ。

「知りうるかぎりのことは」

じゅうぶんではないけれど、彼にそれを教える必要はない。時間が足らなかったし、チープサイドでレノックスを知っている人の大半は、本当には彼を知っているわけではなかった。サリーがわずかにつかんできたところによると、先代公爵が亡くなったばかりで、後継者のイライアス・アディソンは地所を歩きまわったり先代の残した書類をあさったりで忙しく、ほとんど眠っていないということだ。女性のひとり——花売り娘——は一度、公爵が馬車に乗っているところを見たと熱心に語った——「まるでゴシック小説の登場人物みたいだったわ、暗くていかめしくて！」。公爵の半ば閉じた目を見ただけで、それくらいのことはわかった。また、ブロックの端で婦人用の服や帽子を商《あきな》っている美しい娘によれば、社交界は公爵のことを威圧的で無口とみなしているらしい。噂話からは、ジョセフィンがレノックスに出会って最初の二分で当て推量した以上のことはつかめなかった。

「きみの本は気に入った」公爵が暗がりから言った。

「気に入った？」

「ああ、気に入った。もちろん問題点もあるが」

「そう？」

「きみの編集者は性急で、版元は実績がない」

「おみごと。すべてお見通しというわけね」ジョセフィンはたばこを指ではさみ、彼にじっと見られているなかで可能なかぎり生意気にはじいてみせた。「議会に持って行くんでしょう？」

「断じてそれはしない。きみは船乗りのごとく息巻いていて、正直なところ、わたしはその怒りに恐れをなしている」

声に笑みを忍ばせながら、公爵がジョセフィンのとなりにやって来た。仮面を外した彼を見て、ジョセフィンは彼が意図的に、もっとも月光の恩恵を受ける位置に立ったのだろうと思った。計算ずくでなくてはおかしい、この数えきれない魅力の配置は。降りそそぐ月光は頬骨とひたいの線をくっきりと描きだし、影を投げかけ、いつくしむ。茶色の髪のなかでも明るめの部分が輝き、きらめいて、石に照り返す。ジョセフィンは不快感《シック》を覚えた。恋わずらい《ラブシック》ではない。嫌悪感だ。サリエリがモーツァルトに感じていただろう思いと同じような——この男に与えられた才能は、当人にはもったいないし、存分に活《い》かされるとも思えない。

「著者についての伝記的な情報は乏しい」公爵が続けた。まるで、たったいま自分を神秘的な後光で包んでなどいないかのように。「本には、ジョセフィン・グラントはチープサイド在住だということと、きみの書店の住所が記されている。いったいなぜ筆名を使うことをしなかった、ミス・グラント？」

イライアスにはそれ以上近づいてくる気配がなく、視線にも誘惑はなかった。彼の質問への答え——じつは筆名を使っている——はあまりにも単純だったので、彼女は危うく噴きだしそうになったものの、残っていたワインを飲み干すことでごまかした。

もっとも親しい友人のサリーでさえ、彼女が偽りの名のもとに生活しているのを知らない。父が死んだときに貴族の称号の一切と縁を切って、〈紙の庭〉を経営できるようにジョセフィン・グラントと名乗りはじめた。スコットランドからいとこあてに手紙を出して、静かな生活を語りまでした。残っている親類はいまもスタフォードシャーに住んでいて、おそらくは彼女のことなどめったに考えないだろう。亡き父の不埒《ふらち》なふるまいへの、いまも消えない羞恥心を別にして。

「せめてBBの名で出版すればよかったものを」公爵が続けた。「絶妙な宣伝になっていただろうに。〈眠る鳩〉の奇抜で謎めいたみだらな青絹の靴下《ボウディー・ブルーストッキング》が、売春と貧困に抗議する本を書いたという噂を流せば、ロンドン中の貴族の召使いが〈紙の庭〉に押しかけて、きみの本を買っていったはずだ。実際は、わたしがきみの店で働いているサリーと話をして、残っている在庫をすべて買い取る契約を交わすにとどまった。そうすれば大仰な仮面の後ろにいる本当の女性を守れるのではないかと思ってね。きみは愚かだった」

公爵は間違ってはいないけれど、もしジョセフィン・グラントの正体が暴《あば》かれたとしても、だれにも気づかれないうちにスコットランドへ逃げてみせる。彼女のワイングラスは空《から》になっていた。じっと見つめると、側面にまだほんの少しえび茶色がこびりついていた。

「あなたなんて怖くないわ、レノックス」

「何度言えばわかる、イライアスと呼べ。きみに感謝されるものと思っていたが」

「あら、そうね！」ぱっと壁から離れて、大げさにお辞儀をした。「公爵さまが助けに来てくださったなんて、心から感謝いたしますわ！　わたくしひとりではなにも満足にできませんの！」

「きみはまれに見るほど賢い人なのに、なぜあれほど過激なことを」

公爵が移動して、彼女の視線の先に立った。

「性別のせいか？　もしわたしが女性だったとしても、きみはこんな反応を示したか？」公爵が考えながら言った。「きみの在庫を買い占めたのが、きみの身を案じるふりをした公爵夫人だったとしても？」

「あ、あなたの公爵夫人？」声から悪意を消せなかった。公爵が不当なほど美しくても、どんなに頭の回転が速くても……それでもやはり愛人のために散財して年配の妻を補足しようとしている救いようのない気障《きざ》男なのだ。

「わたしの公爵夫人？」彼が言って笑った。「わたしの公爵夫人はそんなことなどしない。オースティンを読んだことさえない」

「まだ、ね。今日お求めになったわ。店をひいきにしてくださって、本当にありがたい」吐きだすように言ったその言葉は、のどを焼いた。お金が必要なのだ。出どころにかかわらず。

持ち物がすべてレティキュールに入っているのを確認してから、なにも考えずにワイングラスを地面に置いた。いまでは内心、自分のことをジョセフィンだと思うようにすらなっていた。本当の育ちなど、もう何年も忘れていた。それでも、公爵相手にこのゲームをしてはならないとわかるほどには上流階級について知っていた。母に連れられてスコットランドへ行く前に、デビュタントに求められるすべての教養やたしなみを習得した。刺繍《ししゅう》はできるし、ピアノは弾けるし、少しはフランス語も学んだし、ワルツも踊れる。暖炉のそばで朗読するのは得意だし、だれよりも上手にお辞儀ができる。ただ、いまはもうそういうことをまったく考えないだけだ。上流階級を去ると決めて、その決断が揺らいだことはない。公爵が連れてきた、歓迎されざる思い出だ。公爵の背後に常に存在する亡霊。

「きみのピアノの腕前は古典的な訓練を受けたことをほのめかしている。あの本を書いたのは教育を受けた女性だ。それなのに、きみはジョン・デブレットの『イングランド、スコットランド、アイルランドの貴族』に載っていない」公爵が言ったのは、すべての貴族を一覧にした大書のことだ。「〝あなたが後見するべき女性が娼婦だらけの施設で夜を過ごしている〟と伝えなくてはならない相手を、いったいどうやって見つければいい？」

「それは脅し？」ジョセフィンはあざけるように笑った。かつての自分に戻ったような気がした。怯えたねずみのように慌てて逃げだすのではなく、真正面から公爵に向き合って。こちらが逃げれば、相手の貴族は真剣に取り合わない。不埒な亡き父でさえ、うつむいて対決から逃げだすことはなかった。「だれかに後ろだてになってもらう年齢は、とうに過ぎてるわ」

「ただの質問だ」

まるで、話すのではなく肩をすくめただけのようだった。

「父は爵位を持っていたけれど、わたしの社交界デビューが優先事項だったことはなかったわ。わたしが十七になるころには、両親は別々に暮らしていたの。母とわたしはしばらくのあいだスコットランドで過ごしたわ」嘘はつくまいと決めた。このまじめな男性はいっそうまじめになっていて、すでにあれこれ掘り起こしすぎている。けれど情報を与えすぎてもいけない。そこでジョセフィンはバランスを取りつつ彼の好奇心を満たすことにした。「母はわたしが二十歳のときに、父はわたしが二十二のときに亡くなって、調べてみると父の財産のなかで唯一わたしに遺されたものが〈紙の庭〉だったの。わたしはいま二十七歳で、独身の書店経営者よ。家庭教師にはなれなかったわ。子どもの相手は昔から苦手なの。有利な結婚の望みはずいぶん前に捨てたわ。いわゆる婚期を逃した女ね。伝記的な情報はこれでじゅうぶんかしら？」

「兄弟姉妹は？」

「おやすみなさい、レノックス」天を仰ぎたくてたまらなかったけれど、どうにかこらえた。「あなたのせいで、わたしの本の第二版を刷るのになけなしのお金を使うはめになったこと、お礼を言わなくてごめんなさい」

「わたしが支払ったぶんでまかなえるはずだ。その点は確認した」

「商売人みたいな口ぶりね」ジョセフィンは冷たく笑った。「似合わないこと」

とっさに手で口を抑えた。無礼。亡き父が叱る声が聞こえる気がした。

「ごめんなさい」

彼が近づいてきた。「公爵という身分は役に立つ。われわれはお互いを理解しているのではないか？　形式ばる必要はない、ミス・グラント」

言葉もなく、ジョセフィンはただうなずいた。

もう一度、うなずいた。

「いましていることを今後も続けるつもりなら、賢く立ちまわったほうがいい」

それから向きを変えて戸口に向かおうとしたが、彼が後ろからついてきているのに気づいた。ジョセフィンは片手をあげて制止した。

「せめてこの庭に出てきたときと同じようになかへ戻らせて。堂々と、ひとりで」

イライアスは、無礼な言動をされるのが好きなことに気づいた。めったにないことなので、彼の家名や財産に尻ごみしたりおべっかを使ったりしないだれかからものを言われるのは新鮮だった。

荒れた中庭で三百まで数えてから屋内に戻ると、上気した顔のニコラスがロビーで待っていた。ブルーストッキングの姿はどこにもなかった。

「今夜はアシュワースに泊めてくれ」友人が眠たげににんまりした。「肌にまだ彼女の香りが残ってるんだ。朝になるまで風呂に入るつもりもこの上着をきれいにさせるつもりもない。うちの屋敷は、母上が夜更けに廊下をうろうろしているし、いまちょうど兄が戻ってきている。ふたりには、おれが恋をしてることがたちどころにばれてしまう」

「しっかりしろ」イライアスは、ニコラスだけでなく自分自身にも言った。

バールームでは近侍のドライデンが、外では貸馬車が待っていた。

「い、いい、おまえの母上にはなんと言うつもりだ？」忠実な近侍が馬車の扉を閉めるや、ニコラスが尋ねた。

「ふむ？」

「おまえが飼い慣らされた子犬みたいに高級娼婦につきまとっているという噂が母上にまで伝わったら、なんと言うつもりかと訊いてるんだ」ニコラスがにやりとした。

イライアスの表情は変わらなかった。「わたしは大人だ、ニコラス」

「かもな」ニコラスが鼻を鳴らした。

「クリムゾンをどうするつもりだ？」イライアスは尋ね、話題を友人のことに切り替えた。

「あの娘がいま以上のなにかを期待しはじめることはわかっているのだろう？」

「おれの愛人に育ててるつもりだよ。わからなかったか?」

「愛していると言っていたじゃないか」

「レノックス」ニコラスが笑った。「おれは侯爵になるんだぞ。彼女と結婚できるわけないじゃないか」

「もし彼女がおまえの愛人という立場を拒んだらどうする? 自分以外の女性と結婚してほしくないと言いだしたら?」

ニコラスが咎《とが》めるように人差し指を突きつけた。

「急にサリーの身の上が気になりだしたようだな。おまえだって、ブルーに同じことを考えてたんじゃないのか?」

自分の口から問いが出たときは意識していなかったものの、たしかにいまではサリーの身の上が気になっていた。ジョセフィンの忌まわしい本を読む前は、ほとんど考えもしなかったのに。ジョセフィンは、彼の頭のなかにも鋭い声明を残していた——〝もし虐《しいた》げる側の人間が本能的にみずからの過ちを悟り、相手に共感を覚えれば、虐待はなくなるでしょう。だからこそ、声が必要なのです〟。序文の言葉が一語違《たが》わず頭に焼きついていた。腹立たしい。

「わたしたちのあいだにはなにもない」ニコラスの返事がなかったので、イライアスは続けた。「彼女は頭がいかれていて、無責任だ。まだ殺されたり牢に入れられたりしていないのが不思議だよ。さておき、ブルーストッキングはわたしが解くべきパズルではない」声に出して言う端から嘘に聞こえた。「彼女はわたしを見下している。わたしを無視したときに、部屋中の人間にそう発表したようなものだ。こちらに気のある女性を探すのに娼館をうろつく必要はないし、そもそもわたしにはもっと重要な問題がある」

それでも、明日には彼女の本の売渡証書と一緒に短い手紙を送るべきだろう。すべての誤解に終止符を打つためのなにかを。

「彼女が魅惑的ではないというわけじゃない」イライアスは声に出して言った。「まったくその逆だ。おそらくそれが問題の一部だな。彼女に会って以来、ほとんどほかのことを考えられなくなった。彼女は会話で尻ごみしない。まるで娼館ではなく法廷にいるかのように堂々とあごをあげる。こちらが彼女を守ってやろうと苦心しているときでさえ、理屈に耳を貸そうとしない。じつに悩ましい鎖骨をしている。あれには気づかなければよかった。わたしとしたことが、彼女がレディではないことを忘れてばかりいる。彼女がたばこを吸うところを見た。ニック、たばこだぞ！　おまけにワインを二口で飲み干した。問題を起こせないよう、施設に入れるべきだ。それともわたしが入るべきなのか？　わたしは気が触れたようなことを言っているか、ニック？」

見るとニコラスは窓に寄りかかり、口を開けて眠っていた。アシュワースの屋敷に入るには、召使いに担いでもらわなくてはならなかった。イライアスは心底うらやましく思った。

4

〝つかまえられない男《ジ・アンキャッチャブル》〟として知られるL公が、悪名高い〈SD〉の青い鳥《ブルーバード》につかまった模様。公が石でできていなかったと知って、女性陣は安堵するだろう。

一八三二年三月の、とあるロンドン醜聞紙より

ジョセフィンは朝のコーヒーをじっと見つめた。幸いマザー・スーペリアには、家族の用事で何日か〈眠る鳩《スリーピング・ダヴ》〉に行けないと伝えてあった。頭をまとめるために時間が必要だった。公爵は一日にして彼女の人生をひっくり返した。ナポレオン軍がウェリントンに対しておこなったように。これ以上の打撃には持ちこたえられない。いまは撤退して立てなおすときだ。

サリーが店の正面のドアをほんの少しだけ開けてなかをのぞいた。ドアベルがちりんと鳴って、彼女の到来を告げる。ジョセフィンは入ってすぐの部屋にいたので、その小さな音も聞き逃さなかった。新聞を置いて言った。

「おはよう、サリー」

サリーがぎょっとする。「お、おはよう、ジョージィ」

「わたしの本の売却のことだけど」

「え、ええ」

ジョセフィンは、サリーに経営者然とふるまったことがほとんどない。サリーを雇って〈紙の庭〉に住まわせる前から彼女を知っていたからだ。それにサリーはだれよりよく働くので、ジョセフィンとしても叱る理由がなかった。

「催しが終わってすぐ、彼が近づいてきたの。あたし、きっとあなたが怒るからって言ったのよ」サリーがレティキュールをカウンターに置きながら熱心に言った。「だけど彼、すごく口がうまくて」言葉を止めて、片方の眉をつりあげた。「それにちょっぴり癪《しゃく》に障る」

「状況がどうあれ、すべての在庫の販売を許可する権限はあなたにはないって彼に言うべきだったのよ。いまさら取り消しにはできないわ。あなたはわたしに代わって公爵と法的契約を交わしたんだもの。あなたに悪気がなかったことはわかってるけど、これは深刻な状況よ。この店の資金が限られてるのは知ってるでしょう？　これ以上は印刷できないの。最初のときで破産しそうだったんだもの。そもそもばかげた思いつきだったのよ」

サリーがうなだれてとなりに腰かけた。

「ごめんね、ジョージィ。あたし、彼が立ち去ってすぐに自分がなにをしでかしたかに気づいたの。彼ってまるで霧みたいじゃない？　あの人になにか言われると、なにもかも大丈夫だって気がしてくるわ」

いまいましいことに、そのとおりよ、とジョセフィンは思った。

「言い訳にはならないわ」と口では言った。それから、厳《おごそ》かに見えるよう祈りつつコーヒーを置いたものの、内心は怯えていた。「今後、彼とは話をしないで。もしまたなにか言われたら、法的な取引がしたければわたしの事務弁護士を通すよう伝えて」

「あたし……あたし、かならずなんとか弁償するから」

「サリー、それはやめて。わたしは怒ってるんじゃないの……ただ、これ以上は進ませられないだけ。相手は公爵よ。フリート街にいる適当な男じゃないわ」

「わかってる」サリーが緊張をといた。「ほんとよ、ジョージィ。どうもありがとう」

「いいわ。さて、それじゃあ取引を終えて片をつけましょう。さよなら、公爵、よ」

〝さよなら〟と〝公爵〟のあいだでまたドアベルが鳴った。

現れたのは客ではなかった。上品なお仕着せ姿の召使いで、かつらはつけておらず、白髪頭だ。木でできているかのごとく身動きもせず、挨拶もしない。と、一歩踏み入れてあたりを見回し、本でひしめく店内にふたりの無言の女性を見つけると、歩み寄ってきた。

「おはようございます」サリーに会釈をする。続いてジョセフィンにも。

それからしわひとつない封筒をジョセフィンに差しだした。

「レノックス公爵からです」召使いがお辞儀をした。

ジョセフィンはものも言えずにうなずいて、必死に頭のなかを引っかきまわした――世間には召使いに接するときのしきたりがあったかしら？　わたしはなにか忘れていない？

「ごきげんよう」召使いが愛想よく言った。

またドアベルが鳴り、ふたたび静寂が訪れた。封筒はふたりの前に横たわっていた。

「あたし……随筆集をアルファベット順にする作業の続きをしなくちゃ」サリーが言った。そしてジョセフィンが伝染病に冒されているかのごとく、じりじりとさがっていった。

封筒はさらにたっぷり一分間、その場に横たわったまま、ジョセフィンの視線を浴びていた。宛名さえ書かれていない、ただの分厚いクリーム色の長方形だ。店にあるもっとも貴重な原稿のいくつかが印刷されている紙よりも質がいい。封筒には目などついていないのに、じっとジョセフィンを見つめ返しているような気がした。

公爵の紋章が押された封蠟《ふうろう》を破りながら、実際は彼のいらだたしい高い鼻をはじいているのだと想像した。

封筒の中身は一枚の用紙で、彼の事務弁護士を通して記された簡潔な売渡証書だった。もちろん実務家の名前に聞き覚えはない。公爵の代理を務めるような人物と取引をすることなどあるわけがない。証書には、公爵が前日に『社交界の害悪と売春の真価』の全在庫を購入すると口頭で認めたこと、その価格、そしてジョセフィンの都合のいいときに馬車が引き取りに来る旨が記されていた。いちばん下には、〝公爵ご本人による感謝の言葉を同封いたします〟とあった。

封筒にはもう一枚、小さめの用紙が収められていた。折りたたまれ、こちらも封蠟がされている。

ジョセフィンはこれを何度かひっくり返し、インクが裏まで染みていないのに気づいた。上質。なにもかもが上質。なんだか疲れる。あの男性に欠点を見つけたい。結婚しているのに足しげく娼館に通っているという事実のほかに。外見が、内面の浅ましさを映していればいいのに。

避けがたいことを遅らせてもしょうがないので、ジョセフィンは封を切った。

〝拝啓〟という書きだし。〝ミス・グラント、このようなかたちできみに語りかけることが不快なら、この手紙は読み終えたあとに焼き捨ててくれてかまわない。本の売上金と手数料を合わせれば、きみがそうしたいと思うなら、余裕をもって第二版を刷ることができるはずだ。わたしたちがこのような状況に陥《おちい》ってしまったことを残念に思っている。もしきみがわたしの蔵書の一冊に署名してくれるなら、こちらは貸し借りなしと認めよう。敬具　レノックス〟

貸し借りなしと認める！　要するに、言うことを聞けば許してやるという意味。どうして自分はなにも間違ったことをしていないと思えるの？　そもそも、なんの権利でわたしの人生に首を突っこんでくるの？　自分に逆らう人間などこの世にはいないと思っているの？　非難されることなどないとでも？

ジョセフィンは、サリーがきれいに箱詰めして正面カウンターのそばに置いておいてくれた自著のなかから、いちばん近くの一冊をつかみ取った。羽ペンはいたるところにある。というより、ジョセフィンの手のなかにも一本ある。じっくり考える前に、ジョセフィンは怒りに任せて書きなぐった。

音をたてて表紙を閉じると、歩み去った。

その日の午後遅く、アシュワース・ホールに短い手紙が届いた。取引を完了させたいので、いつでも本を引き取りにだれかをよこしてほしいとイライアスに伝える内容だ。署名すらなく、親しさのかけらもない。イライアスはむっとして、ただちに馬車を向かわせた。それから二十分間、しかめ面で窓辺に立ち、馬車の帰りを待った。自分で行こうか行くまいかと思案した結果、行かないことにしたのだ。

ニコラスが退屈そうにカフスをいじりながら言った。

「なあ、イーライ。窓から離れろ。酒でも飲め。感じが悪いぞ」

「帰ってきた」イライアスは振り向きもせずに言った。召使いたちが黄色い表紙の本をてきぱきと馬車からおろすのを窓越しに見守る。いっそ読まなければよかった活字の山を。あの忌まわしいものは赤の客間に置くよう、指示しておいた。それらが兵士のように整然と並んださまが目に浮かぶ。彼の屋敷に現れた軍隊のごとく。

「理解できないな」ひとりで飲もうと決めたニコラスが続けた。「まったく理解できないよ。おまえは彼女を見つけた。彼女は店を経営していたから、おまえは同じ本を五十冊買うことに決めたって?」

「ああ。そのとおりだ。おまえ、ほかに行くところはないのか?」

イライアスは歩きだした。ついてくるニコラスを無視して階段をおり、玄関ホールに向かう。

「じつを言うと、ない。おまえの召使いが親切にもゆっくり寝かせてくれたから、おれは家族との朝食を逃してしまった。となると今日は家族の気まぐれに振りまわされることになるだろうから、ドライデンに頼んで、帰りは遅くなると伝えてもらった」

ふたりが赤の客間に着くと、イライアスが想像したとおりの光景が待ちかまえていた。

ニコラスが一冊取ろうと前に出たが、イライアスが先だった。いちばん上の本を開いて、表紙の裏をたしかめる。署名はない。次の本にも、その次の本にも。十二冊たしかめて、山のなかほどでようやく見つけた。

非難を超越した男性へ

ＪＧより

ニコラスが疑わしそうな顔で一冊を手にした。「社交界の害悪？　おまえ、娼婦の本屋から過激文書を買ったのか？」

「彼女をそう呼ぶな」イライアスはぴしゃりと言い、上着の内側に署名入りの一冊を押しこんだ。

非難を超越した男性。

いったい全体どういう意味だ？　単純な〝ありがとう〟や、もっと甘い言葉、たとえば〝ともに過ごした短い時間を一生忘れません〟などとはまるで違う。

そうではなく、〝非難を超越した男性へ〟。

本気で書いたはずはない。なぜならイライアスはそれが嘘だと知っている。彼女はイライアスを、非難を超越しているとは思っていない。むしろ何度でも非難したいはずだ。くり返し、個人的に。

ニコラスがページをめくる音が聞こえたものの、説明する気力はなかった。

「一冊借りてもいいか、レノックス？」ニコラスが尋ねた。

イライアスはうわの空でうなずいた。彼女を訪ねるのはやめよう。なにもしないでおこう。本来そうしているべきとおり、地所に集中するのだ。〈眠る鳩〉に足を踏み入れたことなど一度もなかったかのように。

一週間が過ぎた。ジョセフィンは、公爵のことを考えまいとして日々を送っていた。なにがあっても彼のことをファーストネームで考えない。わたしを探して〈眠る鳩〉に行っただろうかと思い悩まない。どうでもいい。頭のなかに貼りついて離れないときは書き留めた。小さな紙片に、〝どうでもいい〟とか〝なにも変わらない〟といった文句を。ときにはそれらの紙片をツタできれいに飾りつけもした。いっそ刺繡にしてしまおうかと思いはじめた。

それでもマザー・スーペリアから伝言が届いて、娼館に来てくれと言われたときは、ジョセフィンは〈眠る鳩〉に駆けつけた。

なかに入ると、やけに静かだった。娘たちが集まった中央には――ジョセフィンの古びたピアノがあった場所には――大きくてつややかなピアノが置かれていた。娘たちはまるで教会にいるかのごとく静かだ。娼婦のサファイアがピアノ椅子に腰かけ、弾くのが怖いと言わんばかりにおぼつかない音を奏でた。男性陣はまだ外のバールームにいるので、女性陣だけが畏怖の念に打たれていた。

「BB！」ジョセフィンに気づいて、サファイアが言った。「公爵からよ！　すばらしいわ！」

ジョセフィンは両手を左右に広げ、くだらないことは終わりにしてとポーズで訴えようとした。

「返さなくちゃだめよ」横柄な口調で言ったつもりだったが、目の前のみごとな贈り物に圧倒されていることは自分でもわかっていた。「そもそも受け取るべきじゃなかったわ」

「ジョージィ、相手は公爵よ」サリーが肩のそばで言った。うろたえた声で。「こんなすごいもの、断れないわ――そんなことしたら、あたしたちの収入まで危険にさらされるかもしれない。それに彼はあたしのニコラスのお友達よ。彼、そんなにひどい人なの？」

「不愉快きわまりないわ」

「すごくすてきな人よね」サファイアがうっとりと思い出すように首を傾けて言った。「それに、とってもいいにおいがするの。知ってるのよ。彼の膝に乗ったことがあるから」

マザー・スーペリアがピアノの正面に寄りかかった。ジョセフィンが見たこともないくらい真剣な顔をしている。

「もうおまえとおまえのお遊びだけのことじゃなくなったのよ、お嬢さん」マザーが言う。「あの方は〈眠る鳩〉に贈り物をくださったばかりか、その贈り物の値段の半分以上の額まで出して、おまえにふたりきりで演奏会を開いてほしいとおっしゃってるの。いますぐに」

ジョセフィンの目に怒りの涙がこみあげてきた。彼のせいでなにもかも台無しにされる。なんて愚かな男。こんなやり方はフェアじゃない。

「冗談じゃないわ」ジョセフィンは高くかすれた声で言った。自分を抑えなくては、子どものころのように癇癪《かんしやく》を起こして地団駄を踏みそうだ。亡き父はそれを、母方の〝育ちの悪さ〟のせいだと言っていた。「彼のお金にも肩書きにも、従う義務はわたしにはないわ」

サリーがジョセフィンの腕にそっと手をかけて耳打ちした。「あるでしょう。わかってるはず」

「あんな男、くそくらえよ」ジョセフィンは吐き捨てるように言った。

女性たち全員が息を呑み、いっせいに裏口のほうを見た。

イライアスが戸口に寄りかかっていた。足首を交差させて、ゆったりと、まるで芝居でも見物しているみたいに。最初からそこにいたに違いない。

「ジョセフィン」公爵がゆっくりと言った。その声で呼ばれると、ジョセフィンの体に細かな震えが走った。彼のことを考えまいとする一週間を振り返ってみると、ジョセフィンがしたのは彼について考えることだけだった。「この件について、ふたりきりで話せないか」

マザーが低くお辞儀をし、なおへつらおうと汚い床からスカートをつまみあげた。ピアノは部屋の中央で、燃えているかのように輝いていた。「失礼しました、閣下。〈眠る鳩〉の娘たちを代表して、閣下の寛大さに感謝いたします」

「ジョージィ」イライアスが言い、今度は手を差しだした。「頼む」

虫の羽音さえ聞こえそうな静けさが広がった。

「わたしに選択肢はないじゃない」ジョセフィンは言った。怒りに燃えていた。公爵とふたりきりになりたかった。ただ彼を怒鳴りつけられるように。ジョセフィンは差しだされた手を取ることなく、数歩で部屋を横切った。彼がいるだけでじゅうぶんうろたえている。接触は必要ない。

「賢い決断だ」公爵がジョセフィンの耳元でささやいた。それから彼女が先に廊下へ出られるよう、脇にどいた。

当然、ジョセフィンが最初にしたのは彼を怒鳴りつけることだった。

「よくもこんな真似ができたわね！　あなたはどうしようもない愚か者よ！」

「きみの雇い主が用意してくれた部屋へ行くか、きみの中庭へ行くかしないか？」

イライアスは、これまでの彼女のふるまいをもとに、慎重に攻撃の計画を立てていた。ジョセフィンは当然、怒るだろうから。イライアスが選んだ方針は、とにかく彼女の怒りをできるだけ無視するというものだった。きっとうまくいくと信じていた……彼女のきらめく青い目が危険な灰色に変わるのを見るまでは。

「わたしを名前で呼んだわね！　マザーの前で！　彼女がわたしの名前を知ってると思いこんだの？　あなたは思いこむのが本当に上手。そもそもいったいなんの権利でわたしの人生に首を突っこむの？　気の向くままにロンドン中を駆けまわる趣味でもあるの？」

イライアスは廊下を歩きだした。これはしばしば使う作戦で、たいてい成功する。相手がまだ話したいと思ったら――ジョセフィンの場合、まだ怒鳴りつけたいと思ったら――彼についてくるしかない。イライアスは計画を修正し、彼女の怒りを発散させることにした。いつかは言いたいことを言い尽くすはず、だろう？　それに、彼女の声を聞いているだけでも心地いい。

「あら、その〝無言で歩み去る〟作戦はうまくいかないわよ、レノックス。わたしにはお見通し。この廊下はすぐに終わるし、あなたとふたりだけではどこの部屋にも入らないわ。あなたの愛人にはなりません。だからあの目障りなピアノを持って帰って」

ふたりは廊下の端にたどり着いた。マザーが〝グランドスイート〟と呼ぶ、ふたりのために用意してくれた部屋の前だ。

「あれはきみへの贈り物ではない」イライアスは言ったが、それは嘘だ。この一週間、帳簿の隅から隅まで洗いなおして、責任ある土地のどれもが持ちこたえられることを確認し、父が隠そうとした数々の借金を探りだした。無意識のうちに二晩徹夜をし、ジョセフィンを頭のなかから追いだそうとした。帳簿に大きなミスを発見して余剰の金があるとわかったとき、その大半を費やしてジョセフィンとふたりきりになる権利を手に入れた。そんなやり方はしたくなかったが、ほかに方法はなかった。

ドアノブに手をかけて言った。「きみのためだけではない。ここにいる女性たち全員のためだ。彼女たちには調子はずれの音楽よりもっといいものが与えられるべきだ。この悲しき場所で、ひとつくらい美しいものを。きみも反論できないだろう?」

よくできた。これには彼女も反論できまい。イライアスはドアを開けた。

「いいわ」ジョセフィンがため息をついて言った。「〈眠る鳩〉に寛大な贈り物をありがとう。今夜、お気に召す女性を見つけるまでのあいだ、わたしに奏でられる曲はあるかしら?」

イライアスは実際に声に出してうなった。抑えられなかった。

「どうしてもわたしに悪役を演じさせたいようだから、いいとも、演じてやろうではないか。大枚をはたいてきみの時間を買った。すぐには広間に帰れないぞ。マザーも同意するだろう。便利な品と謳《うた》っているなら、提供される覚悟をしておけ」

「わたしは――」

「ああ、わかっている。きみが売るのは会話だろう? わたしはそれに金を払った。これまでのところ、きみがわたしを怒鳴りつけただけだ。それで、部屋と中庭とどちらがいい、ミス・グラント?」イライアスは部屋のなかを手で示した。

「だけどそうしたら、今夜はだれがピアノを弾くの?」

「サッカレーの話では、サファイアがなんとかしているらしい。とはいえ彼女にきみほどの技量があるとは思えないが」

ジョセフィンが頬を染めた。「それはどうも」

「約束しよう。この機に乗じてみだらにふるまうようなことは絶対にしない。さあ、なかに入ってかけてくれ――わたしが正気を失う前に解決したい問題がある」

また抵抗が始まる前に、イライアスは彼女に触れることなく部屋のなかへとうながした。頼んでおいたとおり、テーブルの上にはワインが置かれていた。ジョセフィンがまだ疑わしそうに腰かけたので、イライアスはグラスにワインを注いだ。部屋は少々派手だが快適だ――隅に置かれたベッドが歓迎されざる考えをイライアスの頭に呼び覚ますものの。まるで熱でもあるかのようだ。生まれてこのかた、これほど女性に惹かれたことはない。ジョセフィンの頭から一本残らずピンを抜き取って、髪が肩にかかり落ちるさまを見たい。ふたりが服を着ていなければいないほど、彼女はおとなしくなるという予感がする。まあ、あのストッキングは、彼女がはいておきたいというのなら許そう。ああ、また考えが脇に逸れている。夜ごと彼女がピアノを聞かせる見下げ果てた男たちと同類にされてはかなわない。イライアスは気を引き締めて、チョッキのなかから彼女の署名入りの本を取りだすと、テーブルの向こう側にすべらせた。

「〝非難を超越した男性〟とはどういう意味だ?」

ジョセフィンが噴きだした。「わたし、そんなことを書いたの?　あまりにもあなたに腹が立ってたから、覚えてもいないなかったわ」

「お世辞ではないな」

「いずれにしても真実よ。ことあるごとにみんなが思い出させてくれるとおり、あなたは公爵さまだから、あなたがなにをしようとも、わたしみたいな卑しい人間の目に誤りとして映るなんてことはありえないの」

イライアスは完ぺきな口から飛びだしてくる辛辣《しんらつ》な言葉をうまく受け止めかねていた。「家族以外の人間で、わたしに向かってきみのような口をきく者はひとりもいない」イライアスは言った。冷静さを保っていると彼女が信じこむほどに落ちついた声であることを祈りつつ。

「あなたの奥さまは？」

イライアスはちょうどワインをすすろうとしたところだった。ありがたいことに、まだ口に含んでいなかった。含んでいたら、むせていただろう。

「わたしの、なんだと？」

「あなたの妻よ。わたしの店に連れてきた女性。子どもを生む年齢はとうに過ぎておいでのようだけど、跡継ぎのことは心配してないの？」

「なんてことだ、ジョージィ、まさか――」

「お願いだから説明はやめて」ジョセフィンが彼の手からワインのボトルを奪い取って自分のグラスを満たし、すぐさま飲み干すと、また満たした。もしかしたらこの女性は酔っているときのほうが論理的になるかもしれない、とイライアスは考えた。なにしろ、しらふのときはばかげたことを言う。「可能性をふたつにまで絞りこんだの。ひとつ、あなたには賭け事で作った借金があって、彼女はとても裕福である。ふたつ、彼女はあなたの幼いころの家庭教師で、あなたはいまでも子どものままである」

イライアスは両手に顔をうずめて笑いをこらえたが、それでも肩は震えた。

「あなた……わたしを笑ってるの？」ジョセフィンが尋ねた。

「ジョセフィン」イライアスは手に顔をうずめたまま、くぐもった声で言った。どうにも笑いを抑えきれなかった。「あれは母だ」

じゃあ、わたしが思っていたほど腐った男ではなかったということ。運が悪い。浮気症の夫と見下せていたときのほうが、彼のやさしさと端正な容姿を拒むのは容易だった。イライアスが顔から両手を離したが、その唇はまだ大きな笑みを浮かべていた。よそよそしげなときでも魅力的だった彼の横顔は、楽しそうなときは目もくらむほどだった。

「楽しんでもらえたならよかったわ」ジョセフィンはつぶやくように言った。矢継ぎ早にワインを飲んだので、いまは彼に出て行ってほしかった。そもそも来るのではなかった。この男性は複雑すぎる。

「まあまあ」イライアスが言う。「どれほどばかげているか、きみにもわかるだろう？」

「ひどく間抜けな気分だわ」

「とんでもない。わたしを嫌う理由が尽きたきみを見るのはじつに興味深い」そう言って彼が投げかけた笑みは計算されたものに違いない。穏やかでありながらいたずらっぽくもあった。この男性はどうなっているの？　どうしてわたしに関心を示すばかりか、追い求めまでするの？　ジョセフィンは気を取りなおし、彼の言葉に耳を傾けた。

「できることなら母は喜んで公爵未亡人《ダウアジャー・ダッチェス》の座に収まっただろうが、息子のわたしを結婚させるのは容易ではないと悟った。いまや社交界のご婦人方は隙あらば未婚の女性をわたしの前に放りだしてばかりいる。きみならわたしにも責任はあると言うだろうが、苦行だよ。ご婦人方には〝つかまえられない男《ジ・アンキャッチャブル》〟と呼ばれている。みんな、わたしに似合いの花嫁を見つける覚悟なのだ」

「なにがいけないの？」ジョセフィンの声は、出したいと思っているよりはるかに静かだった。「未婚の女性たちのことだけど。ご婦人方があなたの前に放りだしてくるという——」

「生気がなくて、空っぽで、好奇心がない」公爵がクラヴァットの端を引っ張って緩め、きれいに折りひだのつけられたリネンが首からぶらさがっている状態にした。ひだの深さを見るに、きっと近侍が長い時間をかけて結わえたのだろう。あれほどの技巧をこの男性が有しているわけがない。「堅苦しくて、退屈で、ぼんやりしている」

「あなたの基準は少しばかり厳しいのね、イライアス。上流階級の女性は、そういう資質を最終的な目標として育てられるのよ」

　ジョセフィンはそれを知っていた。周囲は彼女をそんなふうに育てようとした。扱いやすくて従順な女性に変えようと。

「きみのような女性はどこで育つ？」

公爵がこのまま好ましい態度をとりつづけたら、耐えられるかどうかジョセフィンにはわからなかった。公爵のグラスが空になり、彼はボトルから飲みはじめた。気さくすぎる。公爵を相手に、こんなふうではいられない。いい結末を迎えるわけがない。

「ごめんなさい」ジョセフィンはおずおずと言った。「少し深入りしすぎたわ。過去をつまびらかにすることは、わたしが〈眠る鳩〉ですることに含まれてないのに。あなたが前に言ったとおり、いましてることを今後も続けるつもりなら、慎重にならなくちゃいけないのに」

「それが、話し合うべきもうひとつの問題だ」公爵が厳しい顔つきで言った。「この一週間、わたしたちのあいだで起きたことについて考えてみた。不思議だった、きみはなぜこれほどの秘密主義者なのか――それなのになぜ本名で出版したのか。可能なかぎり、あらゆる手段で調べたが、きみに関する記録は見つからなかった。きみは明らかに、いま送っている生活水準以上の教育を受けていて、父親の死後に手に入れたのはあの書店だけだと言っていた。ところがこの世にジョセフィン・グラントは存在しない――〈紙の庭〉の抵当書類の上にしか」

ジョセフィンは指の先まで冷たくなった。彼が詮索をやめられないのなら、わたしが築いてきたすべてが崩れ去ってしまう。

「そこで、ある結論にいたった」公爵が続ける。「きみは自分で名乗っている人物ではない」

ジョセフィンは窓辺に歩み寄った。閉ざされた分厚い金色のカーテンが町の景色を遮《さえぎ》っている。彼に背を向けていれば、少しは楽かもしれない。ジョセフィンはカーテンに片手を走らせ、宙にほこりを舞わせた。ここは汚い。マザーは必要最低限の掃除しかしない。いや、正確に言えば、掃除をしているのは娘たちだ。あの恐ろしい女主人は召使いを雇う金を惜しむ。

「どうして気にするの？」ジョセフィンは尋ねた。

彼女が動くと、彼も動いた。まるで不快な羽虫のよう。彼はすぐ後ろにいて、ジョセフィンはその声の振動を肌で感じるほどだった。

「わからない。本当にわからないんだ。きみの本が頭から離れない。女性に考えさせられたのはこれが初めてだ――母と妹はのぞくが。じつを言うと、わたしは自分の時間のほとんどを一家の地所管理に費やしている。それ以外の時間は、舞踏室で虚飾を眺めて過ごし、心の底まで退屈している。きみは刺激的だと思う」

「この機に乗じてみだらなことはしないと言ったはずよ」

「その約束は守る」どうしてその声に笑みが聞こえるの？　ばかげてる。「しかしだ。もしも、きみが望むなら、それは機に乗じたことにはならない……わたしにキスしてほしいか、名前のわからないお嬢さん？」

ジョセフィンは振り向けなかった。けれど体中の神経が振り返りたがって飛び跳ねていた。

「レノックス、お願い。やめて」

「きみは質問を避けている」公爵が懐中時計をたしかめた。「まだ九時だ。そして早くとも十時までは、きみはわたしのものだ」

「質問って？」

「きみが振り向いてわたしを見てくれないのが残念だ。質問は——覚えているに違いないが——わたしにキスをしてほしいか？」

「そんなことを望むなんて、わたしには許されないわ」

「それでは答えにならない。なにかを許されないのと望まないのとは同じではない」

ジョセフィンは最後にもう一度だけ反撃して、彼を追い払おうとした。

「閣下、わたしの人生を掘り起こしていたようだけど、あなたはなにもご存じないのよ。お気遣いはありがたく思うし、失礼な態度をとったことは謝るわ。ただ、わたしにはあなたの好奇心も欲望も満たすことはできないの」

返事がないので、ジョセフィンは振り向いた。公爵はまじめな顔で彼女を観察していた。

「きみは自分に厳しすぎるようだ」彼が言う。「人生における楽しみを味わおうとしない。これはじつによくわかる。なぜならわたしにも同じことが言えるからだ。少しの時間だけでいいから、わたしが公爵だということを忘れられないか？　きみがここだけでなく書店でも大きな責任を抱えていることを忘れられないか？」

ジョセフィンは心を固くして、彼の琥珀《こはく》色の瞳を見つめた。いまでは奇妙な熱でうるんでいる。ジョセフィンは体の前で両手を組み、それからほどいた。公爵の言った〝少しの時間〟がほしかった。彼が自分の世界に戻ってふさわしい女性と結婚する前に。公爵は未婚でわたしも独身なのだから、一度のキスのなにがいけないの？　一瞬でいいから、この世を思い悩むのを忘れて、彼の唇という現実だけに触れていたい。

「紳士であろうと努力しているが、きみのおかげで難しい。イエスと言ってくれ。イエスと言って、一瞬でいいから考えるのをやめてくれ」

ジョセフィンは、自分がうなずいたことが信じられなかった。けれど本当にうなずいた。一度、ゆっくりと、首をさげて戻した。

「イエスよ」ほとんど聞こえない声で言った。「イエスよ、イライアス」

ジョセフィンがその甘い答えをささやくやいなや、イライアスは彼女を腕のなかに引き寄せた。そうではないと自分に言い訳しつづけていたものの、彼の今宵の目的はこれだった。慎重を心がけつつ、唇を重ねて彼女のウエストに腕を回す。この女性を抱きしめるのはじつにたやすいことだった。まるで生まれつきやり方を知っているかのようだった。驚いたことに、ジョセフィンのほうからキスを深め、彼の髪に両手をもぐらせてきた。イライアスの両腕に震えが走った。

イライアスは唇を重ねたままうめき、感じた痛みに眉をひそめた。飢えた妄想に支配されないよう、用心しなくては。まさか自分がこれほど彼女に揺さぶりをかけるとは思ってもいなかった。これ以上追い討ちをかけて、怖気《おじけ》づかせてはならない。問題は、彼女のせいで自制心を保つのが至難の業《わざ》になっていることだった。

「一度だけよ」ジョセフィンが重々しく言った。

「いや」イライアスは彼女の耳元でささやき、耳たぶにもキスをした。腕のなかでジョセフィンが震える感触は、いとも甘美だった。「何度かだ」

ジョセフィンが彼の唇を自分の唇に引き戻し、もっといい角度を作ろうと首を傾けた。それから彼のクラヴァットの端を両手でつかんで、絶望的なほどしわくちゃにした。ふたりの舌の上でワインの味が混じり合う。ジョセフィンの反応に欲求をあおられて、イライアスは彼女を壁際に追い詰めた。ジョセフィンの体をなでまわしてしまわないよう両手のひらを壁に当て、彼女の首からあのすばらしい鎖骨まで、キスで伝いおりていく。

「どうでもいい」ジョセフィンがかすれた声で言った。ひとりごとのように。「なにも変わらない」

「シーッ」イライアスは言い、彼女ののどのくぼみに鼻を押しつけた。感覚が満たされる。

次に唇を奪ったときは、ささやかな実験として下唇を噛んでみた。するとジョセフィンの唇が開いたので、イライアスはこの瞬間をつなぎとめようとするかのように、さっと両手で彼女の顔を包んだ。応じるように、ジョセフィンが両手で彼の上着の背中をわしづかみにする。彼の体に体をこすりつけ、くねらせはじめる。イライアスはもうだめかもしれないと思った。拷問に思えたが、どうにか身を引くと、途端に魔法がとけた。

「わたしたち……」ジョセフィンの言葉は途中で消えた。

ふたりとも息を切らしていて、顔はまだすぐそばにあった。イライアスは彼女から目を逸らせなかった。髪をとめていたピンはほとんど落ちていて、その光景は、彼女から離れていた一週間のあいだずっと見ていた白日夢を現実にしたものだった。

「あなたはもう行かなくちゃ」ジョセフィンが言い、ひたいを彼のひたいに当てた。つややかでかぐわしい彼女の髪の房がイライアスの頬にかかる。言葉とは裏腹に、彼女の両腕はいまもしっかりと彼の背中に回されていた。

「きみも行かなくては」イライアスは返し、もう一度ゆっくりと唇を重ねた。彼女がふたたびキスを許してくれるかどうかわからなかったので、しっかり記憶にとどめようと、時間をかけて味わった。やがてジョセフィンの手が彼の襟を押し、ふたりの唇は離れた。さよならのしるしに、彼女の唇がイライアスの頬に触れた。そのやさしい行為のせいで、いっそう別れがつらくなった。

イライアスの仮説は正しかった。実験するとくり返し同じ結果が出たので間違いない。彼はこの厄介な女性に愛情を抱いている。彼女の好き勝手にさせてはおけない。勇敢なのは認めるが、このままでは破滅かニューゲート監獄へまっしぐらだ。この女性に愛情を抱いている。通称で出会い、偽名で見つけ、その本名はいまだわからない女性に。

その女性はいま、せかせかとドレスをなでつけて、鏡をのぞいて髪をたしかめていた。

「あなたのせいでくしゃくしゃよ、レノックス」

「非難されてしかるべきだ」イライアスはお辞儀をした。

「もちろんよ。だけどほかの人はだれもその役目を果たさないようだから、わたしが引き受けるわ」ジョセフィンが彼の手を取った。「心配してくれてありがたいと思ってるし、あなたはいい人かもしれないけれど、あなたの愛人にはなれないわ。その理由がわからないとしても、わたしの本に書いてあったはずよ」

「同感だ、偽りのジョセフィン。だから、わたしたちが哲学的に異なる意見を持っているとは思いこまないでくれ。同意見でよかった。なにしろあの本が四十八冊、わたしの屋敷にあるのだから。思い出してほしいのだが、きみに愛人になってくれと言ったことはない」親指でジョセフィンの手のひらを前後にこすり、彼女が常に礼儀正しく手袋を外さないことを心のなかで呪った。「わたしがきみに惹かれているのは明らかだし、きみもわたしに惹かれている。それについては、きみが望むだけ無視していよう。だがきみが夜ごと危険に身をさらしているという事実は無視できない」

「ありがとう。閣下、だけどその話はここまでよ」ジョセフィンが手を離した。

「〝閣下〟はやめてくれ。たったいま、あんなことをしたあとで。今週中にきみを訪ねてもかまわないか？　サッカレーと妹を連れて〈紙の庭〉をのぞいても？　ふたりとも、きみに危害は加えない」

「残念だけど、いい考えとは思えないわ。もうこんな時間。行かなくちゃ」ジョセフィンが言い、失礼にならないていどにできるだけ大きく彼を迂回《うかい》した。それから膝を曲げてお辞儀をした――これも練習を重ねたことがわかるなめらかさで、貴族の育ちをうかがわせた。〈眠る鳩〉用の衣装のせいで、単純なお辞儀が驚くほどみだらに映った。くるぶしの優雅な突起と魅惑的な長い脚がかいま見えた。「明日の朝は、やらなくてはならないことが山ほどあるの」

イライアスは、彼女の正体を突き止める計画をすでに練りはじめていた。

「おやすみなさい。ここのみんなにすてきな贈り物をどうもありがとう。ありがとう、なにもかも……イライアス」

そしてふたたび彼女は行ってしまった。腹立たしい習慣だ、とイライアスは思った。

ジョセフィンは足早に部屋を出た。それから、街着に着替えることなくそのまま建物を出ると、馬車に乗って家に帰り、一日半、自室に閉じこもった。サリーが食事を運んでくれた。

ジョセフィンは病気だと言い張り、賢い友人はあれこれ訊かずにいてくれた。書店のほうは〈眠る鳩〉からもうひとり、娘が手伝いに来て、急速になくなりつつある資金から賃金が支払われた。

ジョセフィンはそわそわと室内を歩きまわり、読書しようとしたが集中できなかった。ピアノを弾いた。いまも残る彼の体の感覚に思いを馳せまいとした。彼女を包みこんだあの肉体からにじみだす張り詰めたエネルギーを思い返すまいと。目を閉じて思い出したりはしない、抱きしめる彼の腕とチョッキの下の硬い筋肉以外のすべてを忘れたあの瞬間を。実際にしたのは、居室にためこんだ膨大な在庫を整理することだった。著者名でアルファベット順にしたものをベッドの周りに積みあげた。AからZまで、半円形に。〝S〟の山はとても高く、〝M〟と〝L〟も同様だ。〝A〟のひとつは、じつに不幸なことにロード・イライアス・アディソンで、当時はまだ公爵ではなかったが、父親の名誉称号（貴族の子女の姓名に儀礼的につけるもの）を使っており、内容はというと、ワーズワースやド・クインシーやキーツについての評論と、どうやら大学在学中に書いたらしいキツネ狩りに反対する怒り任せの奇妙な文章だった。ジョセフィンはもちろんそれを読んだ。悪くなかった。

彼が事前のことづてなしに訪ねてくることはないだろう。絶対にないはずだ。そんなのは失礼だ。なんの連絡もなく二日間が過ぎようとしていたが、それでもジョセフィンは安全だと思えなかった。室内を歩きまわり、ときどき彼の本をにらみつけた。尊大な評論、これみよがしで自信満々で、なお腹立たしいのは彼の主張がすべてにおいて正しいことだ。癪に障る。

三日目の朝、サリーがそっとドアをノックした。

「ジョージィ？　お医者さんを呼んだほうがいいんじゃない？」

「いいのよ、ありがとう。ただの鼻風邪だから。でもあまり近づかないでね。うつると困るわ」

サリーがほんの少し部屋に入ってきた。背中で両手を組んでいる。

「ドライデンが、ほら、レノックス公爵の近侍が、ここに来たの」

そう言うと、先日と同じ、封蠟がされたしわひとつない封筒をテーブルの端に置いた。

「わたしが病気だと伝えたの？」ジョセフィンは尋ねた。視線は忌まわしい封筒に据えたまま。

「彼はあなたに会いたいとは言わなかったの。ただこれを置いていったわ」

「ありがとう」ジョセフィンはうなずいた。「休憩して、サリー。店は閉めて、座って食事をして」

「なにか必要なことがあったら呼んでね」サリーが言い、部屋を出て行った。

ジョセフィンはドアが閉じるまで待たずに封蠟を破いた。

〝拝啓〟という書きだし。〝ミス・グラント（仮）、このようなかたちできみに語りかけることがやはり不快なら、この手紙は読み終えたあとに焼き捨ててくれてかまわない〟

まったく、目の前にいないときでも腹が立つ。

〝思いのほか調査に時間がかかっているので、きみの本名で呼びかけることができない。まだ〟

偉そうに。

〝数日前に話し合った件に関する情報を見つけだすのは困難なことがわかった。パズルが解けないのは大嫌いだが、わたしはあきらめない。伝え聞いたところによると、きみはわたしたちの逢瀬《おうせ》の場所に戻っていないそうだね。理解はできるが、今週木曜の午後にロード・サッカレーとわたしの妹を連れて店を訪ねてもかまわないだろうか。きみの出版事業についてもっと話がしたいし、妹は自分の本棚にふさわしい小説を見つける手伝いをサリーに頼みたいと言っている。サッカレーはいつもどおり、退屈しているだけだ。訪ねてもかまわなければ、この手紙への返事はいらない。~~眠れない~~〟

公爵は手紙を書きなおすのではなく、打ち消し線を引いたままにしていた。彼らしくない。フロックコートから会話にいたるまで、常に細心の注意を払う男性なのに。

〝きみのことを考えてばかりいる。さあ、これでこの手紙は焼くしかなくなった。　L〟

ジョセフィンはもう一度読み返すことなく、満足感とともに、手紙の隅をろうそくの炎に触れさせると、空のお碗《わん》に落とした。手紙が灰になるのを見つめながら、返事を書こうか書くまいかと考えた。

キスという過ちのあとに、彼が四十八冊の『社交界の害悪と売春の真価』が自分の屋敷にあると言ったことを、ジョセフィンは何度も思い返していた。一冊が、ふたりと一緒にあの部屋にあったのは明らかだ。ジョセフィンは五十冊を送った。全在庫を。彼より前にあの本を買った人はいない。となると、一冊が行方不明ということになる。どこへ行ったの？　もしなくなっていたら？　なお悪いことに、ジョセフィンの過去を知る人物の手に渡ってしまったら？　スタフォードシャーにいた人物に？

いまいましいが、木曜の訪問を許すしかない。

5

もしも教育を受けた女性の世界を想像すると落ちつかない気持ちになられるのなら、その不安をおのれ自身の欠点として向き合ってみてはいかがでしょう。教育を受けた女性のなにがあなたに自信を失わさせるのか。女性に平等な機会を与えることであなたがどんな害をこうむるのか。紳士のみなさま、なにを恐れておいでですか？

ジョセフィン・グラント著『社交界の害悪と売春の真価』より

「この本は言語道断だ」ニコラスが憤然として言った。

ひげを剃っていたイライアスは鏡に映った友人を見て、そばに置かれた洗面器の水でかみそりをすすいだ。

「どの本のことだ？」と尋ねて、かみそりの刃で慎重に頬をなでおろす。ドライデンはいまもことあるごとに主人のひげを剃ろうとする――折あらばクラヴァットを結ぼうとするのと同じように――が、これは原則だ。イライアスは近侍がいると気詰まりに思う性分だが、ドイライアスは自分ででき、有閑《ゆうかん》紳士の脳は腐る、と敬愛するオックスフォード大学の教授がいつも言っていた。もし、ミス・〝レディ某〟・グラントの姿をもう一度目にすることについてこれほど矛盾した思いを抱いていなければ、手紙も自分で届けただろう。

ライデンはもう何年も一家に仕えている。家族の一部だ。それゆえ、イライアスは自分でできることはなんでも自分でするよう心がけ、それを楽しんでもいた。有閑《ゆうかん》紳士の脳は腐る、

「おまえに借りたこの本だよ、レノックス。衝撃的だ」

「もっと具体的に言ってくれ、ニコラス」またかみそりをたたいてから、もう片方の頬に注意を向けた。二日もひげを剃らなかったのは間違いだったようだ。あちこちがひりひりするし、じきに馬車に乗らなくてはならない。アレッサンドラは兄とロンドンへ行くことに大興奮していた。「わたしの書斎には千二百三十五冊の本があって、時代も国籍も幅広い。いったいどの本の話をしている？」

「このミス・グラントとやらのたわごとだよ。この屋敷の一階に五十冊はある本。まだ合計を数えていないだろうが」

ああ。イライアスは友人に一冊渡したことをそもそも忘れていたし、彼が読むとは思ってもいなかった。ニコラスが読むのは醜聞紙だけで、それさえ美しい女性に読みあげてもらうほうを好む。

「最後まで全部読んだのか？　たしかに長い本ではないが……むしろ論文だが……それでも。

感心だな、ニコラス」

「まあ、全部じゃない。だけどじゅうぶん読んだ。くだらないとわかるくらいには」

「ぜひ感想を聞かせてくれ。おまえの英知を示してくれ」

「上流階級は配慮に欠けるとか、女性と子どもと貧乏人は上流階級の奴隷だとか、おまけに――女性にも大学に通う権利を認めるべきだ？」ニコラスが鼻で笑った。「この本を買ったのは焼くためだよな？」

「まだ決めていない」イライアスは顔に水を浴びせてから布で押さえ、それから布を肩にかけた。「ドライデン、今朝は公爵未亡人はどこにいる？」

「個人的な訪問にお出かけです、閣下」ドライデンがドアのそばから答えた。「ディナーまでお戻りにならないとうかがっております」

イライアスの目はさっとニコラスをとらえ、すぐにドライデンに戻った。

「わたくし、本日は社交の義務を果たされるにはうってつけの日和《ひより》ですと奥さまに申しあげたかもしれません」近侍がかすかな笑みを浮かべてつけ足した。

「謀《はか》ったな」イライアスは首を振った。「このばかげた計画から手を引く都合のいい口実を母上が与えてくれるのではないかと思っていたのに」

「おかしなやつだな」ニコラスがとなりで黄色い表紙の本をとんとんとたたきながら言った。

「彼女に会いに行きたいのに、会いたくない。彼女のことなど考えていないと言うくせに、ずっと黙りこくっている。何週間も前から財政状況が絶望的だと言っていたのに、あの本屋から五十冊も駄本を買い取った」

「財政状況は思っていたほど悪くなかった」イライアスは言い、ドライデンが掲げてくれた上着に腕を通した。「あとは悪名高い場所を訪ねて、父がきまり悪くて帳簿に記さなかったものがほかにないか、たしかめるだけだ」

「ずいぶん仕事を片づけたんだな。この一年ぶんを上回りそうじゃないか」

「ああ、まあ。集中できるものが必要だった」

馬車はがたごとと進んだ。イライアスはチープサイドの道が好きではない。混んでいるし、舗装されていない。進歩と人口であふれかえっている。通りにおりたつと、空気はよどんで息苦しかった。それでも妹のアレッサンドラは興奮で飛び跳ねていた。十五歳の小柄なブロンドの少女は、社会に出て行きたくてうずうずしているのだ。イライアスがこれほど熱心にすべてを秩序立てようとしている理由のひとつは、妹をきちんとロンドンの社交界にデビューさせて、たしかな未来を用意してやりたいという思いだった。不潔で悪臭漂うチープサイドの通りのなにひとつとして、その役に立つものはない。

〈紙の庭〉のなかは暗く涼しかった。本と女性の香りがした。

サリーが正面のカウンターにいて、三人が入って行くと愛想よく顔をあげた。サリーとニコラスはお互いに気づくなり、はっとした。

「クリム――」ニコラスが言いかけて前に出た。

「そんな」サリーが同時に言い、足早に裏へ向かった。「失礼します」

サリーが出て行ってしまうと、ニコラスがイライアスのほうを向いた。イライアスはできるだけじっとしていた。本当は打ち明けてしまいたい。友人の目がちらりとアレッサンドラを見てすぐイライアスに戻り、それからわずかに見開かれた。

「先に教えておけよ」ニコラスが低い声で言った。「それと、妹さんは連れて来るべきじゃなかった」

「妹をふたりに会わせたかった」イライアスは単純な真実を告げた。

「ふたりは挨拶してくれないの？」アレッサンドラが尋ねた。不思議そうに眉をひそめた顔は、兄そっくりだ。「いまのはお兄さまが話してくれたサリーでしょ？」

「話してくれた？」ニコラスがぎょっとした声で言った。イライアスにしてみれば、この友人もぎょっとすることがあるのだと思って愉快だった。

「もちろん話した」イライアスは冷静な声で答えた。「とはいえ……すべては話していない。わたしたちがそれぞれ美しい女性と出会ったと言っただけだ」

「お兄さま」アレッサンドラがため息をついた。「わたしはここにいるのよ」

サリーが裏から戻ってきたが、実際はジョセフィンのスカートの陰に隠れていた。ジョセフィンはこのときに備えて用意していたのだろう、おかしいほど頭を高く掲げていた。イライアスはそのとがった鼻を見てほほえみ、声に出さずに感想を示した。

　ジョセフィンが膝を曲げてお辞儀をした。

「閣下、レディ・アディソン、ロード・サッカレー。お越しいただき光栄です」

「ミス・グラント」イライアスは応じて会釈をした。「もてなしに感謝する」

「ミス・グラント！」ニコラスが驚いて叫び、失礼にもジョセフィンに人差し指を突きつけた。「きみがあの恥ずべき本を書いたのか。ブルーストッキングがあの本を！」

「ああ」ジョセフィンが悟って言った。「あと一冊はそこにあったのね」

　アレッサンドラが、彼女の特徴ともいえる、相手の心を癒《い》やすやわらかな笑みを浮かべて前に出た。

「あなたがサリー？」臆病な子鹿に話しかけるように、そっとサリーのほうに身を乗りだす。妹の冷静さに、イライアスはいつも感心させられた。「あなたなら、最近の文学作品でおすすめのものを教えてくれるかもしれないと、兄から聞いたの。母はあまり熱心な読書家じゃないし、ふだんわたしが選ぶものは、母に言わせれば〝わたしにはまだ早い〟本ばかりなんですって。よければ書庫を案内してもらえない？　きっとニコラスが一緒に来てくれるはずよ。そうでしょ、ニック？」

　サリーがどうにか答えた。「シェリーの詩集がいいかもしれません。ご案内します、どうぞこちらへ」

三人は書庫へ向けて歩きだした。ニコラスがサリーのほうに首をかがめ、ひねくれた笑みを浮かべた。「シェリーか。悪くない。じつに感傷的で」

最後に聞こえたのは、サリーの〝静かに〟といさめる声と、アレッサンドラのモスリンのスカートが石の床をなでる音だった。三人は棚の奥に消えた。

「わたしならバイロンをすすめたわ」ジョセフィンが言い、カウンターの奥から出てきた。

「だろうな」イライアスはどうにか適切な距離を保ったまま、返した。

まさに計画どおりの展開になった。ふたりきりだ。

なんてこと、ふたりきりだわ。ジョセフィンはこの展開を避けられるよう願っていたが、サリーとニコラスが互いを目にした瞬間、その願いは叶わないと悟った。公爵は背筋をまっすぐに伸ばし、きまじめに立ち尽くしている。いまではこの男性を見るたびに触れることを考えてしまう。ジョセフィンは両手でスカートを握りしめ、咳払いをした。

「おおい《アホイ》」とおどけて言う。

「近づくまいとしたのだ。本当に」

彼はうろたえるような男性ではない。

「貴族のお友達にわたしの本を読ませたのね、レノックス」

「誓ってもいいが、彼が本を手にしたときのわたしはうわの空で、ふだんの彼は本を読まない」

「だけど怒ってたわ。わたしの正体を暴露するかもしれない」

「あいつは無害だ、ジョセフィンではない人」イライアスがとなりに来てカウンターの正面に寄りかかった。ピアノ椅子のときと同じように刺激的に、体の片側がぬくもりを交換する。

「脅威にはならないし、きみの被保護者に恋している」

「彼女はわたしの被保護者じゃないわ」ジョセフィンは言葉を切り、すばやく彼のほうを向いた。そのあまりの速さに一瞬、視界が泳いだものの、すぐに彼の顔に焦点が合った。「彼女に恋してる?」

「ああ、そう思う。恋に冒されて頭がおかしくなっている」公爵のまっすぐな瞳がジョセフィンの頭のてっぺんからあごまでを一瞥《いちべつ》した。彼にやさしく見られるたびに、ジョセフィンのなかのなにかがよじれ、彼女を抑えている殻《から》にひびが入る気がした。ジョセフィンは不安な気持ちで唇を噛んだ。

「イライアス」彼の肩の向こうに視線を向けて、切りだした。これ以上、彼を見ていられなかった。「ここより先へは進めないわ。あなたにとって――〝つかまえられない男《ジ・アンキャッチャブル》〟と称されるあなたにとって、社交界の女性が退屈なのは知ってるけど、わたしはその世界に住んでないの。そういう女性たちが想像したこともないほどの責任を抱えてるし、あなたとの恋のたわむれのためにここにいるのでもないわ。なにもかも興味深いし、あなたはとても――」

言い終えることができなかった。こう締めくくるつもりだったのに。〝――あなたはとてもすてきだけど、そろそろ舞踏室へ帰るべきよ〟。けれどその前に、彼の腕に引き寄せられて言葉を失った。

やがてイライアスが抱擁をとき、ジョセフィンの肩をつかんだ。ボクシングのリングで男たちが見せる仕草だ。〝しっかり立て〟というたぐいの。

「質問したいことがあるのだが、きみのそばにいると集中できない。きみに触れられる次の機会を探してばかりいる。頼むから論理的に考えてくれ。できるだろう？　それは証明済みだ」公爵がにやりとすると、ジョセフィンの胸に怒りと欲望の混じり合った感情がこみあげてきた。「わたしがその気になったときはきみにキスさせてくれ。そうすれば互いを理解できるようになるかもしれない。たいした意味はない。ただ、どちらも感じている衝動を満たすだけのことだ」ゆっくりと笑みを浮かべる。「きみもわたしに同じ衝動を感じているのだろう？」

ジョセフィンの頬の筋肉が自然と動いた。

「よくも――」

公爵が、たったいま自分に与えた権利を行使し、キスでジョセフィンの言葉を遮った。

「いいわ」ジョセフィンは彼の胸を押して離れ、言った。「とてつもなく不道徳だけど、わたしの話を遮るためにはその特権を使わないという条件つきで、認めましょう。あれは失礼よ」

「承知した」公爵が両手を体の前で重ね、本棚のひとつに寄りかかると、午後の陽光のなかで本の背に彼の影がおりた。「いまのところは満たされた。さて、いったいきみをなんと呼ぶべきか、ぜひとも知りたい」

「探偵ごっこを楽しんでるんだと思ってたわ」

「当面の話だ」

ジョセフィンは彼と同じなにげない態度で身を乗りだそうとしたが、カウンターに片手を載せたとき、指がメモに触れた。彼女が何十と書いた〝どうでもいい〟のひとつだった。

「ここではジョージィで、〈眠る鳩〉ではBBかブルーと呼んで。慣れてるから」

高貴な眉の片方がつりあがった。「それ以上の許可は与えてくれないのだろうな」

ジョセフィンはおどけたように唇をすぼめた。途端にぞっとした。気の利いた会話をあと押ししてしまった自分に。ジョセフィンは平静な顔を取り戻して言った。「わたしはなにひとつ認めも拒みもしてないわ」

「わたしのために〈眠る鳩〉に戻ってきてくれないか？　そうすればきみはピアノを弾けるし、周りには人がいるし、わたしは体面を保てる。きみの信頼を――だけでなく、サリーの信頼も――裏切るような真似はしない。わたしと一緒にいるところを人目にさらせば、きみの安全が守られる。違うか？」

なんて鋭い男性。

「みんなに、わたしがあなたの愛人だと思われるわよ」ジョセフィンは諭《さと》した。

「いかにも。それがふつうであることは、きみもよく知っているだろう」公爵が体を起こし、ジョセフィンのとなりに戻ってきた。「わたしは三十一歳で、父のあとを継いだばかりだ。何年も前から愛人がいて当然だった。だがいないので、世間に噂される。もし〈眠る鳩〉に来る男たちが、わたしがきみを囲っていると思いこんだら、どちらにとっても都合がいい。きみは安全でいられるし、わたしは人間嫌いだと思われなくなる」

「あなたの論理には反論できないみたいだわ」ジョセフィンは顔をしかめた。「腹立たしい」

ウエストに回された彼の腕が心地よく正しく思えてきた。拒まなくてはいけないのに。目を逸らしたいのに。だけどひとたび目が合ってしまったら、逸らすことなどできなかった。

先ほどのメモ紙が手のなかでくしゃくしゃになる。

「卒倒するなよ」彼が芝居がかった声で言った。

そのときふたりの耳に足音が聞こえてきた。

「お連れさまのお戻りよ」ジョセフィンは言った。

「今夜、来るな?」公爵が彼女の頰に貞節なキスをして、自分の髪をなでつけた。その仕草があまりに絶望的だったので、ジョセフィンはひどく好感をもった。

「ええ」

「ありがとう、ジョージィ」

「気をつけて」ジョセフィンは言ったが、自分でも理由はわからなかった。

アレッサンドラは本を選びおえていて、ジョセフィンは麻痺《まひ》したような感覚で応対をした。この上なく礼儀正しく接したつもりだが、若い女性になにを言ったか、まるで思い出せなかった。ニコラスとサリーは無言で視線を投げかけ合い、どちらも頬を染めて相手に夢中だった。全員のあいだで丁重な挨拶が交わされ、ふたたびドアが閉じると、あとにはすべてをどう受け止めたものかと困惑しきったジョセフィンが残された。

イライアスは有頂天で馬車に乗りこんだ。まさか彼女が同意してくれるとは思っていなかったので、この結果は奇跡と言ってもよかった。

アレッサンドラが、買った本を見せてくれた。シェリーの『マブ女王』に、妹のコレクションを完成させるのに必要だったシェークスピアの戯曲が三冊。イライアスは、どれも彼の図書室から借りられたのにとは言わずにおいた。妹があまりにもうれしそうだったのだ。

「サリーと過ごせて、すごく楽しかったわ」アレッサンドラが満面の笑みで言う。「アシュワースには若い女性がほとんどいないでしょ、イーライ。致命的な欠点よ。ひとつ残念なのは、ミス・グラントとお話できなかったこと。彼女の本のテーマはなんだと言ってた、兄さま？」

「大人の問題だよ、アリー」横からニコラスがすばやく答えた。「きみには関係ないことさ。

楽しい午後についておしゃべりを続ける前に、レノックス、おれに不意打ちを食らわせるとは卑怯だぞ」

「こうしないと来なかっただろう」

「まあな。結局は丸く収まったから許してやろう。今夜、サリーと一緒に芝居を見に行くことになった」

アレッサンドラの顔がぱっと明るくなった。「なんてロマンティック！」

「ニコラス、それは賢明じゃない」イライアスは顔をしかめた。「人に見られたらどうする？　母上がヒステリーを起こすぞ」

「なあ、レノックス、おれだってばかじゃない。見られても気づかれない場所へ行くさ」

サッカレーがなにをしようと関係ない、とイライアスは思うことにした。今夜は〈眠る鳩〉へ行って、あの当惑させられる女性とピアノを弾くのだ。胸が躍った。これまでに強《し》いられて我慢やふりをしてきたどんな求愛とも違う。イライアスが向きを変えると、アレッサンドラがほほえんでいた。

「兄さま、にやにやしてらっしゃるわよ」

「そのようだな、妹よ」

その後はなにごともなく、馬車は屋敷に帰り着いた。イライアスがこれほど幸せな時間を過ごしたのは……おそらくオックスフォード以来初めてのことだった。父が病に倒れて、イライアスが公爵の肩書きを担う用意をするはめになっていなければ、大学に残って、学問の世界で上を目指していたかもしれない。先代レノックス公爵には一度も打ち明けられなかった夢だ。父のあとを継ぐ可能性についてはまったく考えていなかった。そのときが来て、人生が一変するまでは。いまでは貴族院に席を占めて、アレッサンドラを社交界デビューさせて、家長になることを考えなくてはならない。かつらを着けて快適だと思うたぐいの男ではないのだが。

夜闇がおりると、毎晩のように、どれも達成できないのではないかと思えてくる。ジョセフィンがそばにいてくれれば、すべてうまくいくと思えるような気がした。

そんな意気揚々とした気分は、階段に立つ母を目にした瞬間まで続いた。イライアスは召使いに上着を渡し、母に向かって頭をさげた。

「公爵未亡人」

「三人でどこへ行っていたのかしら？」

「お買い物よ！」アレッサンドラが明るく答えた。イライアスが横目で見ると、妹は書店の包みではなく、先に訪ねた服飾店の包みを掲げていた。なんと抜け目ない。「社交界デビューの下見をしたくて死にそうなのに、ちゃんと町を見たことがなかったんだもの。お怒りになったりしないわよね、母さま？」

「イライアスが時間を割いてあなたに付き添ったとは、やさしいこと」公爵未亡人はそう言って褒めたものの、息子の服と髪の状態についてあれこれ言わないよう必死に我慢しているのが、イライアスにはわかった。

「すべて順調です、母上。少し時間があいたので」

「明日はレディ・グレアムの舞踏会に出席するんでしょうね？　欠席するのはたいへん失礼ですし、ミス・フランシスというお嬢さんがおまえに会いたがっているのよ」

イライアスは心のなかでため息をついた。ミス・フランシスとやらは、イライアスの愛情争奪戦における先頭走者だと、彼以外の全員が考えている。とてつもなく裕福な女性相続人で、人並み外れて独創性に欠け、要するに、〝完ぺきな結婚相手〟というわけだ。

「ええ、母上。サッカレーもわたしも紳士の務めを果たすつもりです」

ニコラスの足が、それとわかるだけの力でイライアスの足を踏んだ。

「ディナーの前に着替えなくちゃ」アレッサンドラが言い、ボンネットを脱いだ。まだ興奮で頬が染まっている。妹の家庭教師はあまり冒険好きではないので、アレッサンドラは外出する機会を相応にもらえていない。出かけるときも、厳格な公爵未亡人がかならず一緒だ。

「すばらしい考えだ」イライアスは同意して、階段に立つ母のそばをすり抜けようとした。

「醜聞紙を読みましたよ、イライアス」アレッサンドラが声の届かない距離に行くまで待ってから、母が言った。「〈眠る鳩〉のような場所で出会いそうな女性を囲うのは結構ですが、公爵夫人探しを忘れないように」

この女性は歯に衣を着せない。

「もちろんです」イライアスはうなずいた。

「計画どおりに進むのですよ」通りすぎていく息子に公爵未亡人が言った。

イライアスは振り返らなかった。振り返れなかった――ほほえんでいたから。

「ええ、もちろん」


これまで〈眠る鳩〉用の衣装をまとっていても、公爵から贈られた目のくらむようなピアノのそばを歩いているいまほど、むきだしにされた気分になったことはなかった。思いは乱れて収拾がつかず、おかげで髪もひどいありさまだ――ぞんざいにまとめて、適当にピンでとめただけ。客はまだちらほらと現れはじめたばかりだ。ジョセフィンはそっとしておいてほしいと申しでて、娼館の娘たちは親切にもその願いを尊重してくれた。ジョセフィンがもろいことを娘たちに知られてしまった。彼女たちにはそんな恥ずかしい面を見せたくなかったのに――頼られているのだから。ジョセフィンが公爵相手におこなっているゲームは、あまりにも思慮を欠いている。自分が良識に逆らって恋のたわむれにのめりこみかけているのを、ジョセフィンはわかっていた。

ほどなく、好色な目つきのほろ酔いの男たちが部屋を満たした。数人は、すぐさま目当ての娘に近づいていく。娘の大半には常連客がいて、ふたり以上にひいきにされている者もいた。いま、男たちのなかに公爵の姿はない。まさか彼が来ないとはジョセフィンも思っていなかった。

屈辱を抱えて中庭に逃げこもうとしたとき、ワインの入ったグラスが肘のそばに現れた。向きを変えると、仮面をつけたイライアスの顔があった。唇には愉快そうな笑みが浮かんでいる。

「わたしを探しているのか、美しい人?」

「どうやってわたしに気づかれずにこの部屋に入ってきて、しかもこの短時間でワインを用意できたの?」

「ついでに自分のシェリーも。いまやわたしは賓客だ。ジョージィ、きみにウインクしたいところだが、やめておこう。支払いの件でマザーと取り決めを交わして、体面を保つと約束した。きみにはかなりの額が入ると保証する」

「本当に非難を超越した男性ね」ジョセフィンは言った。「座りませんこと、閣下?」

「どうぞお先に」公爵がお辞儀をした。

ふたりでピアノ椅子に腰かけて、指慣らしを始めたジョセフィンは、もっと気さくに話しはじめた。

「わたしたちのことは醜聞紙に載ると思う?」

「また、という意味か? すでに載って、その新聞は取ってある。額に入れるつもりだ」公爵がシェリーを一口含んでごまかしたが、ジョセフィンには彼の笑みが見て取れた。「そういう新聞に頻繁に取りあげられるようになったとしても、正体が見抜かれるのはわたしだけだろう。きみはＢＢと呼ばれるかもしれない。言及されるのはいつも、〝紳士のクラブ〟とか、愚かしいほど見え透いた頭文字だけだ」

「ニコラスとサリーのことが心配よ。あなたもでしょう?」

「多少は」公爵が、ピアノを覆うまばゆい金色のかけ布の下で、ジョセフィンの脚に脚をこすりつけた。彼のブーツがストッキングをこする感触は、驚くほど刺激的だった。「ふーむ。これはおもしろい。キスの条項に頼らずして、きみを誘惑する方法が見つかりそうだ」

「もっとあなたのことを聞きたいわ」ジョセフィンは話を逸らした。「つまらない噂話でしか知らないから」

「そんなことをしても、きみの正体を突き止めるというわたしの目標には一歩も近づけない」公爵が仮面の下の顔を掻《か》いた。「これはじつに不快だな」

「わたしもそれをつけていないときのあなたのほうが好きよ」

自分の大胆さに驚き、少しばかり気まずくなったジョセフィンは、ワイングラスに助けを求めた。

「だが、謎めいた刺激的な雰囲気が加わることは否定できない」

公爵がブーツの端でジョセフィンの脚をこすりあげた。そのブーツが、あまたいる彼の召使いのひとりによって、まぶしいばかりに磨きあげられていることをジョセフィンは知っている。ジョセフィンは息を吸いこんだ。

「少し……離れて。体面を忘れた？」

「体面としては、きみがわたしの愛人ということで同意したと思っていたが」

「ああ、ええ、そうね。同意したわ」

イライアスがシェリーの入ったグラスを唇に掲げて、大胆にもゆっくりと室内を見回した。

「予想どおりだ。いくつもの目がうらやましそうにわたしたちのほうを盗み見ている」

「あなたがこんな真似をしてるのが信じられないわ」

「わたしにとって恥ではない。言ったとおり、これほどのものを手に入れたわたしがうらやましくて、紳士諸君はみなかっかしている」

「そんな権利もないのに」ジョセフィンはきっぱりと言った。

「そうだな」公爵が言い、ジョセフィンの首筋と、ピンに押さえつけられることを拒んだ反抗的な巻き毛を眺めた。「ただしきみが同意していなければの話だ。もっとも、きみは同意したがっていると思うが。わたしはしたがっている。熱烈に」

「レノックス」

ジョセフィンは警告をこめた声で言い、背景音楽として軽やかなコンチェルトを弾きはじめた。

「いつも叱ってばかりだな」公爵がとなりでほほえんだ。「だが効果はないぞ。もうわかっているだろう。わたしはむしろ楽しんでいる」

「じゃあ、どんなことでもあなたに同意しようかしら」

一瞬沈黙が広がって、公爵が考える顔になったが、すぐに肩をすくめた。みごとな肩をほんの少しあげて。

「いずれにせよ、わたしの勝ちだ」

それから長いあいだ、公爵はただとなりに腰かけて、ジョセフィンの演奏を聞いていた。ジョセフィンのほうは、体のざわめきを懸命に無視しようとしていた。


ピアノ弾きを休憩させようとサファイアがやって来るやいなや、イライアスはジョセフィンの手をつかんで、彼女の抗議が始まる前に、大急ぎで中庭へ連れて行った。ふたりの後ろで門をたたきつけるように閉めて、笑う。実質、走ってきたようなものだったから。そして彼女にキスをした。深く短く、ふたりの仮面を取り去りながら。仮面はかすかな音をたてて地面に落ちた。

「レノックス」ジョセフィンがじつに魅力的なかすれた声で言った。「冷静でいなくちゃ――待って。あなた、中庭をきれいにしたの？」ジョセフィンができる範囲で首を左右にひねり、変化を目にした――中庭はもはやじめじめした暗い場所ではなかった。イライアスは彼女の首を追い、届く場所すべてにキスをした。

「取りかかったところだ」そう言って彼女の手を掲げると、手袋を外していった。「すまないが、ジョセフィン、わたしは気が散りすぎて会話ができない。わたしたちの取り決めを尊重してくれ」

「この衣装だと気分が変わるわ」ジョセフィンがささやくように言うのを聞きながら、イライアスはもう片方の手袋も抜き取った。彼女の手がイライアスの上着の内側にすべりこんできて、胸を上下にさする。ジョセフィンののどの奥で深い声が響いた。「なんてふしだら」

「いいから触れていてくれ、ジョージィ。少しでいいから口をつぐんで」

ありがたいことに彼女は従い、むきだしの両手で彼の顔に触れると、自分の顔に引き寄せた。イライアスはしばしわれを忘れて、現状、彼の好みとしては多すぎる布とビーズとスパンコールに覆われている彼女のウエストに両手を這わせた。ジョセフィンが身をあずけてきたので、イライアスは石壁に背中をもたせかけた。いまでは土や塵《ちり》を払われ、枯れたツタも取り去られた壁に。唇を重ねたままほほえんだ——中庭の掃除はいい思いつきだった。

とりとめのない思考も、ジョセフィンが片脚を掲げた瞬間に消えた。イライアスは片手で彼女のストッキングをなでおろし、重ねた唇越しにうめいた。

「やめろ、ジョセフィン」気がつけばそう言っていた。現実世界の自分に喝采《かっさい》を送りたかった。彼女にキスしていない自分、抑制を維持している自分に。彼女にキスしている自分は

——夢心地で頼りないレノックスは——彼女のエッセンスに包まれるあまり話すことさえできなかった。

「だけどやっぱり気になるの」ジョセフィンがからかうように言った。「あなたは権威ある立場の言葉に慣れすぎてるわ。これは対等な取り決めなんだということを忘れないで」

イライアスがまだ自制心を失いかけていなかったとしても、耳に彼女の舌が触れた瞬間、もうこらえきれなくなった。両手が勝手に伸びて彼女のお尻をつかみ、彼のほうに引き寄せた。

「悪い女め」低い声で言って、彼女の下唇を噛んだ。密着した部分がうずく。いますぐ離れなければ完全に自制心を失いそうだ。どんなにそうしたくても、ここで彼女をむさぼるわけにはいかない。ジョセフィンの鼻にもう一度だけキスをしてから、腿にからみついていた彼女の足首をそっと離した。かたちのいい、華奢《きゃしゃ》な足首……。

「まったく、きみは」イライアスはため息混じりに言い、彼女の髪から落ちたピンを拾った。「座れ」

隅に置くよう頼んでおいたテーブルを手で示した。いまでは枯れた花の代わりにいきいきとした花が色を添え、木の椅子はもはや座っても壊れそうには見えない。

「ああ、イーライ」ジョセフィンが不意をつかれて言った。髪は先ほどまでよりなおひどいありさまになっていたが、テーブルの上のキャンドルに照らされた姿は幻想的だった。乱れた髪は光輪のように頭を囲み、顔に浮かぶ喜びを引き立てていた。「こんな……まさかここまで……」

「きみの姿は散々だな」イライアスは言い、ジョセフィンを椅子に座らせて、その後ろに立った。「この髪をどうにかできないか、やってみよう」

彼女の優雅な首に近づける機会を無駄にしてはもったいない。

「いつまでここにいていいのかしら」ジョセフィンがそっと言った。イライアスは彼女の首にピンをすべらせてほつれた毛をとらえ、器用によじりあげた。

「三十分後？」イライアスはあの麗《うるわ》しき鎖骨を指でなぞり、ほつれた毛を首の後ろになであげた。「わたしたちが戻りたいと思うまで？　永遠に？」

ジョセフィンが漏らした満足のため息は、イライアスの耳には音楽のように聞こえた。彼女がこういうため息をつくことはめったにないのだろうと思うと、胸が痛んだ。ジョセフィンはいま、しわくちゃになった彼のチョッキに頭をもたせかけている。うろたえてしまうほど親密な仕草だ。イライアスは彼女の体に腕を回した。そこには夜気とふたりの息づかいだけがあり、間違っていることなどなにひとつなかった。

「残酷な人ね」ジョセフィンが静謐《せいひつ》のなかでつぶやいた。「あなたがいなくなったら、とてもつらくなるわ。前よりもっとつらく」

「言わせてもらうが、この二週間でお互いについて知ったことはほとんどない。わたしが急に背を向けて逃げだすような男だと示す証拠はどこにもないはずだ。なにか善意を疑わせるようなことを、わたしがしたか？」イライアスは彼女の魅惑的な顔を上向かせ、彼を見つめさせた。見つめさせなくてはいけない気がした――そのほうが、彼の言葉を無視したり誤解したりするのが難しくなるように思えたから。加えて、身勝手ではあるが、彼女の目を見たかった。ところがその青い瞳にうっすらと涙が浮かんでいるのを見て、イライアスの胸はよじれた。「きみが紳士に求めそうな規則はすべて守ってきたつもりだ。きみの本を読んだから、なにを求めるかはだいたいわかる。わたしはきみを囲おうとするのではなく、守ろうとしてきた。きみがわたしに対して抱いていた非難は、わたしが自分の母親と結婚しているというおぞましい誤解だけだった。あからさまにせよ暗黙にせよ、きみの許しなく礼儀の一線を越えたことはない。そのわたしを信じないというなら、じつに不愉快だ」

「レノックス、あなたのような男性はスタフォードシャーの客間で何人も見てきたから、望みを持つほど愚かじゃないのよ」

ジョセフィンのほほえみはほろ苦く、これまでにイライアスが見てきた彼女のどの笑みともまったく違った。

スタフォードシャー、と心のメモに書きとめながら、親指で彼女の頬をなでおろした。わたしのような男性、か。

「それなら、きみがよしと思うまできみの不安に耐えよう。きみに本気で消えろと言われないかぎり、わたしはどこへも行かない」

「それができたらと思うわ――本当に」ジョセフィンが言葉を止めて、彼の手のなかから抜けだそうとした。イライアスは簡単には逃がそうとせず、少し抵抗してから容赦した。容易に手放す男だとは思ってほしくなかった。「だけど今夜は……そうね。あなたのいない時間が必要だわ。あなたには頭を占領されるの。みんなの前で一芝居打ったから、わたしたちの作戦は成功でしょう？　明日の夜にまた会える？」

「もちろ――ああ、くそっ」イライアスの指は自然とクラヴァットをつかみ、あっちへこっちへと引っ張った。意に染まない社交の義務を思い出させされたときの、落ちつかない癖だ。

「明日の夜は舞踏会だ」

「あら」ジョセフィンがあまりにもそっけない口調で言った。「じゃあ、楽しんできて」

「行かなくてはならないのだ。どうしようもない」

「わかるわ」ジョセフィンが言う。「本当よ」

「ジョージィ……」

ジョセフィンがほとんどわからないくらいに首を振った。「こんなの、うまくいくわけがないのよ」

「きみのために馬車を雇った。わたしが出発した約十分後に到着する」

「ありがとう。相変わらず必要ないことをするのね、イライアス。わたしはもう少しピアノを弾かなくちゃならないけど——あなたはもう帰ったほうがいいわ」

ジョセフィンが立ちあがり、ふたりはぎこちなく見つめ合った。彼女がいまなにを考えているのか、イライアスにはわからなかったが、彼のほうはジョセフィンにおやすみのキスをしようかするまいかと考えていた。

「おやすみ、愛しい人」イライアスは会釈して言った。

「おやすみなさい」ジョセフィンが返した。「ゆっくり眠って」

近い将来には無理そうだ、とイライアスは思った。


馬車に乗っている時間がいつもより長く感じられた。ジョセフィンは、この御者はお仕着せを脱いだイライアスの召使いのひとりではないかと疑っていた。おせっかいで腹立たしい男性。彼には知るべきことが山ほどある——山ほどあった。ジョセフィンの人生にこれほど深く関わり合う前に知っておくべきだったことが。あっという間のことだった——早々に消えて、彼女にトラブルを起こさせまいとするのをやめるものと思っていた。もう遅い。少なくとも、ジョセフィンの心が無傷でこれを切り抜けることはない。

彼に本名で呼んでほしかった。真実の名前で。ジョセフィンの芯《しん》にいる人物は彼を知りたがっていた。あの情熱を、本当の彼女に向けてほしかった。その思いはもはや否定できない。

帰り着いた家は寒く、ジョセフィンは暖炉に火を入れた。サリーはまだニコラスと劇場に行ったまま、帰っていないのだ。サリーが無事に帰宅しているよう祈っていたが、こんな時間まで、彼女の心を傷つけるに違いない男性と遊び歩いているとは。そうは言っても、胸の痛みについて講釈する権利などジョセフィンにはない。公爵を相手に同じことをしているのだから。ジョセフィンはぼんやりと火を見つめた。

彼に圧倒されている気がした。怖かった。いつでも彼の言葉が頭のなかで聞こえ、ふたりの時間を白日夢でくり返し見た。感情の歯止めが効かない。このひどい状態を受け止めきれない。

そのとき、やましさで頬を染めたサリーがそっと入ってきた。

「お説教はやめて、ジョージィ」楽しそうにテーブルの上にレティキュールを放りだして、サリーが言った。「それより公爵との夜について聞かせて！」

「ロード・サッカレーと一緒のところをだれかに見られなかった？　彼と出かけるなんて、とてつもなく危険なことよ」

「つまらない人」サリーががっかりして顔をしかめた。「幸せじゃないの？」

「ええ」ジョセフィンは低い声で言った。「幸せじゃないわ。わたしたち、こんなに軽率で愚かな真似をして、恥じるべきよ。それに、疲れたわ」

「気を楽にしてあげる。あたしたち、だれにも見られなかったわ。でも劇場はすばらしかった！　話してもきっと信じないわよ。知ってた？　ニックは役者になりたかったんですって。

ご家族は、役者なんて紳士の職業じゃないって思ってるみたいだけど、あたしは自分の夢を追うべきだって言ってあげたの。彼、いい助言だって喜んでたわ」まるで今夜のその場面を思い返しているかのように、遠い目をしてサリーが言った。「あんな男性、めったにいない」「最初に言ったわよね……本気になったら後悔するわよって」

「もう手遅れよ」サリーが言う。「彼を愛してるの。彼もあたしを愛してるわ、ジョージィ。ねえ、この世で味わえるささやかな幸せも認めてくれないの？」

ジョセフィンには返す答えがなかった。もちろんサリーには幸せになってほしい。ただ、侯爵の後継者である男性を相手にそれが叶うとは思えないのだ。肩書きと、それにともなう重責のために、いずれサリーを捨てなくてはならない男性を相手に。ジョセフィンの父が母にしたのは、まさにそういうことだった。そしてジョセフィンは何度も同じようなことを見てきた。初めての愛に圧倒されているサリーは、そんな話に耳を貸さないだろう。ジョセフィンが恐れていたことが起きてしまったのだ。

「ジョージィ」サリーが言い、大きく息を吸いこんだ。「あなたにはほんとに親切にしてもらったけど、そろそろ〈紙の庭〉でのあたしの場所をほかの娘に譲るときだと思うの。喜んで手を挙げる娘がたくさんいるのは、あなたも知ってるでしょ？　あたしなら大丈夫だから、もう心配しないで」

「彼に囲われるの？　家を借りてくれたの？」

「そうなりそうなの」サリーが眠たげにほほえんだ。「あたしひとりじゃとうていここまでたどり着けなかったわ」

サリー・ホープウェルは父も母も知らない。孤児院で育った。ジョセフィンが〈紙の庭〉を経営するようになってからの約五年のあいだに、サリーのような娘は十五人いた。全員が、マザー・スーペリアの悪党にさらわれる危険が迫っているとわかって〈紙の庭〉にやって来た。どの娘も状況に応じて来ては去っていった。それはいつも、怪しげな紳士たちが密やかにひとりを選んでいるのにジョセフィンが気づくところから始まった。ジョセフィンはその娘に近づいて、騒ぎ立てることなく隠れ家を提供し、引き換えに書店での手伝いを依頼する。断る者はめったにいなかった。ジョセフィンはこれをできるだけ人目につかないように実行した。マザー・スーペリアにもディグビーにも、家の場所や意図を知られたくなかった。サリーより前の娘たちのなかで、十人が愛人になり、ひとりは商人と結婚し、ふたりは亡くなり、ひとりはこの十年でもっとも悪名高い娼婦になり、ひとりは教区牧師と結婚した。振り返ってみると、悪い記録ではない。

ジョセフィンの書店で雇われたあとも〈眠る鳩〉で働きつづけたのはサリーだけだった。それがニコラスのためなのはジョセフィンも知っていたから、彼がサリーを愛人にしても驚くことはないはずだ。それでもやはり、少しうろたえてしまった。陽気なサリーの存在なしでうまくやっていけるかどうか、自信がなかった。

「あたしのためにも、あなたには幸せになってほしいわ」サリーが両手を組んで言った。「この一年、あなたのおかげでどんなに救われたか。ほんとに感謝してるのよ。あなたが家に迎え入れてくれなかったら、あたしはさらわれてたかもしれないわ。ううん、もっと恐ろしい目に遭《あ》ってたかもしれない」

くり返される、同じ物語。娘は数カ月のあいだ幸せに暮らし、やがてそれが始まるのだ。娘は価値を失って捨てられる。相手の男性は貴族だから、ふさわしい相手と結婚し、新たな立場に敬意を表してしばらくのあいだ愛人をあきらめる。ふたたび愛人を囲うときは、以前とは違う、もっと若い女性になっている。

「サリー、どうかあなたの幸せを願ってることはわかって。ただ、うまくいかないと知っているだけ」

「あなたってときどきほんとに冷たいのね」サリーが鋭く言い返した。「あの気むずかしくて退屈で上品ぶってる公爵に愛されてるのも納得よ」

「わたしは冷たいんじゃなくて分別があるだけよ。それに公爵もそんな人じゃ――」

サリーが遮るように手を振った。「なんとでもお好きなように。要は、彼はあなたを愛してるってことよ」

「なんですって？」ジョセフィンは遅ればせながらに言った。なにしろ頭のなかで大きな音が鳴り響き、耳のあいだの空気が細く甲高い音をたてたように思えたのだ。「彼がわたしを好きだということ？　まあ、どういうわけか、あの人はわたしをおもしろいと思ってるみたいね。それだけはたしかよ」

サリーが首を振った。ジョセフィンを見つめるその表情は……。まさか同情？

「ニックの話では、レノックス公爵がだれかをただ好きになったことはないんですって。心からの愛か無関心だけだって」

「彼をニックと呼んでるの？　ああ、サリー、それは親しすぎるわ」

「あなただって公爵をイライアスって呼んでるでしょ？」

「それは、その……彼にそう呼べと言われて……あの人はしつこくて手に負えないの。わたしがそう呼ぶのは、彼を黙らせるためよ」

サリーが片方の眉をつりあげて友達を抱きしめた。

「今夜はあなたもあたしも疲れてるわ、ジョージィ。朝になったらニックから聞いたことを話してあげる。公爵が学問を放りだして女性を追いかけまわしたことは一度もないって話をね」ジョセフィンの頭のてっぺんにキスをした。「おやすみ」

「サリー！」ジョセフィンは呼びかけたが、サリーはただ螺旋《らせん》階段を駆けあがっていった。笑い声を天井まで響かせながら。

6

舞踏室の不協和音より学術論文と向き合うほうを好む者がいるのは、それほど不思議なことだろうか？　太古よりわれわれの社会を支配してきた社交辞令のごときものに人生が埋めつくされているとあらば、人は良質な書物のページを彩る韻文や鋭い知性に魅了されずにいられようか？

『ロード・イライアス・アディソン随筆集』より

レディ・グレアムの舞踏室で、イライアスはうんざりしていた。母のとなりに立って、会釈して会釈して会釈する。このままでは頭部が転げ落ちるのではないか、さもなければ首がぽっきり折れてしまいそうだ。そして貴重なシャンパンを危険なほど磨きあげられた床にぶちまけ、踊っている人々を次々と転倒させるのだ。イライアスは公爵未亡人の友人に囲まれて、人前に顔を出すという務めを果たしていた。ミス・フランシスもイライアスの母のとなりにいる。ほとんど無理やりそこに連れて来られたようだ。部屋の向こう側ではニコラスが年配のご婦人方を楽しませている。ありふれた会話でも人々を魅了できる友人の才能が、イライアスにはうらやましかった。

気がつけば、例のミス・フランシスをぼんやりと見つめていた。

「なあ、公爵」ニコラスが芝居がかった声で話しかけてきた。女性たちを魅了し、イライアスをいらだたせる声で。「このすてきなお嬢さんにもうダンスを申しこんだのか？」

ミス・フランシスが彼を見あげてまばたきをした。一度、二度。間をおいてもう一度。

「もちろんだ、サッカレー。そういうおまえは、彼女の友人のレディ・シャーロックに関心を示していたな」

ニコラスが手の陰でイライアスに顔をしかめて見せた。レディ・シャーロックは出っ歯の女性で、その人柄は容姿をはるかにしのぐ。会話はとめどないし、低俗だ。

「それはロード・ブローノックスの間違いだろう」ニコラスが言い返した。

「やるな」イライアスは小声で言い、もっと大きな人の輪に向きなおった。こうした舞踏会にはいつでも〝もっと大きな人の輪〟がある。「ご婦人方にパンチのおかわりを持ってこよう」

ミス・フランシスが優雅な手つきでイライアスにグラスを渡した。この女性は、あのまばたきのどこが魅力的だと思っているのだろう、とイライアスは考えた。まったく理解できない。

おかわりを注ぎに行くのは女性陣から逃れる理由でしかなく、それこそ舞踏会におけるイライアスの主要目的だった。にぎやかな娘たちのそばを通ったとき、だれかが彼のみじめなあだ名を口にするのが聞こえた。残りはいやでも聞こえてきた。

「あんなにハンサムな男性があんなに退屈だなんて、もったいないわよね」イライアスの見知らぬ娘が言った。かわいらしい顔をブロンドの巻き毛で囲んだ娘だ。

「彼に話しかけたことはある？　わたしはあるの、本当よ。そうしたら彼、自分がオックスフォードで書いた論文のことを話しはじめたの。シェークスピアだの、ウルストンクラフトだの、あの恐ろしいド・クインシーだの。だけどあの目。あれは悪くないわ」

娘たちがくすくすと笑い、イライアスは先に進んだ。すてきな目と退屈な態度を引き連れて。なんとも苦行になってきた。どちらを向いても幻覚が見える。目にするドレス姿の女性はみんなジョセフィンに思え、フロアで彼女とさっそうと踊る自分が見え、唇にグラスを掲げて周囲の人々を笑わせる彼女が見えた。ジョセフィンには彼にできないことができる——人々を魅了することが。彼女となら、ダンスも楽しめるかもしれない。

背中をたたかれて、イライアスは飛びあがった。

「イライアス、きみか！　最後に会ってからしばらくだな」

向きを変えたイライアスは、自分の幸運が信じられなかった。そこにいたのは母の兄弟でスタフォードシャーに住むハリントンおじだった。イライアスの顔に小さな勝利の笑みがじわじわと浮かんできた。

「ハリーおじ、これはうれしい驚きです」

「公爵、と呼びかけなくてはならなかったな。会えた喜びで礼儀を忘れてしまったよ」

ロード・ベネディクト・フロスト、ハリントン伯爵は、イライアスの大好きな親戚のひとりで、愛想のいい快活な男性だ——それが厳格な公爵未亡人の兄弟なのだから、驚かされる。加えてハリントン伯爵は、イライアスのいとこにして幼少期からの親友でもあるセバスチャンの父親だ。じつはイライアスは、昨日ジョセフィンが中庭におりたもやのなかでスタフォードシャーの地名を口にしたときから、このおじのことを考えていた。早急にハリーおじに手紙を書こうと思っていたので、これ以上の好都合はなかった。

「なぜロンドンに？」

「なに、レディ・グレアムの舞踏会にはかならず招待されるのさ。彼女と夫のロード・グレアムとは、三十年来の親友でな」そう言うと、嫌悪感を隠そうともせずにちらりと周囲を見回した。「とはいえ、社交シーズンの都会はじつに好かんよ」

「お美しい奥さまは？」

「一緒だ。あいつが逃すわけはないとも、この……楽しき……夜会《ソワレ》を。おそらくきみの母さんを探しに行ったんだろう」

「首尾よく見つかりますように。ところで、飲み物を取りに行くところです。一緒にいかがですか？」

「喜んで」ハリントン伯爵はもう一度、甥《おい》の背中をたたいた。「家長の座に押しこまれて、どんな調子だね？」

「どうにかやっています。なにもかも、あっという間に進むように思えますよ」

「みんなきみを信じているぞ、イライアス。なにか必要なことがあれば——たしかにわしはほとんど田舎にいるが——そのわしにできることならなんでも協力するからな」

「じつは、おじ上」イライアスはそう切りだし、召使いに空のグラスを渡すと、ちらりと周囲を見回してから声を落とした。「ある友人が、あなたがお住まいの地域でかつて出会った人を探しているのです。あなたかセバスチャンならご存じかもしれないと思ったのですが、最後に聞いたところでは、セバスチャンはまだインドだとか。あなたにここでお会いできて、じつに幸運でした。わたしの情報は限られていて、おじ上には最大限の慎重さをお願いせねばなりません。その女性がスタフォードシャーを去ったのは十年ほど前です。爵位をもった人物の娘で、彼女が十七のときに父親は妻を家から追いだしました。不道徳な話です。じつは、大きな噂の種になったのではないかと思っているのですが。なにかお聞き覚えはありませんか？」

「はーて」ロード・ハリントンが考えこんだ。召使いが飲み物を手に戻ってきて、お辞儀をしてすぐに立ち去った。「聞いたような気もするが、噂話はほとんどわしの耳に入ってこなくてな。耐えられんのだ。しかしきみが望むなら調べてみよう——もちろんこっそりと。ただしこれだけは教えてくれ。まさかサッカレーの向こう見ずな計画のひとつではあるまいな？」

イライアスは笑った。「いえいえ。ですが悪くない推理ですよ」

そこでふたりはようやく家族のそばへ戻った。つかまえられない男《ジ・アンキャッチャブル》にして退屈なレノックス公爵にとって、今宵の興奮はすでに頂点に達していた。

魅惑的なロード・サッカレーのおかげでサリーが新居へ移ることになったので、その手伝いをするあいだ、ジョセフィンは店を閉めた。午後になって、疲れて汗まみれで帰宅すると、レノックスがなかで座っていた。静かに読書するかたわら、店の隅には近侍が立っている。主人同様、長身で謎めいた雰囲気で。イライアスの長い脚はジョセフィンのテーブルの上に掲げられており、昨日とは違うブーツに包まれているが、それでも彼女のストッキングをこすりあげたことを思い起こさせた。彼が平然と座っているのが癪に障った。まるでここにいる権利があるかのように。彼には塵さえ触れるのを恐れているかに見えるのに、ジョセフィンのほうは煙突掃除をしていたようなありさまだ。

「ここでなにをしてるの？」疲れた気持ちでジョセフィンは尋ねた。

「ピーコックを読んでいる。駄本だな」イライアスがぴしゃりと本を閉じた。「偽りの愛人を待っていた」

「事前に断りもなく」ジョセフィンは言い、すり切れたボンネットを脱いだ。これをかぶって出かけたのは、大きな衣装だんすを最適の場所に押しこもうとするのにレディのような服装でおもむくのは分別があるとは言えないからだ。

「その必要があるとは思わなかった。どうだ、ドライデン？」

「ありません、閣下」近侍が答えた。「通常……こうした取り決めの際には」

「あら、そんなのはだめよ」ジョセフィンは抗議した。

「だめではない。わたしは午後にきみを訪ねることになっているのだ。もちろん紋章つきの馬車では来なかった。ディナーの前にドライデンが迎えに来る。一般的なことだ、きみも知っているだろう？　書いていたじゃないか」

「ご近所にどう思われるか……」

「ご近所はきみを運がいいと思うさ」イライアスがおどけた様子でほんの少し目を見開いた。そしてなめらかな動きで椅子から立った。「間違いなくきみを敬うようになる。もっと言えば、ジョージィ、きみの店は繁盛する」

「これがどんなに悪い考えか、あなたはわかってないのよ、閣下」

「わたしを、そう、呼ぶな」イライアスが一歩前に出ると、ジョセフィンは思わず後じさった。反射的に。

「ドライデン、ミス・グラントと話がある」公爵がさがれと言わんばかりに手を振った。

「五時に迎えに来てくれ」

「五時！　いま二時よ。三時間もここにいるつもり？」気がつけばジョセフィンは必死に叫んでいた。けれど半分も言わないうちに、イライアスの近侍は消えていた。

「舞踏会について尋ねているのか？」イライアスがまたしてもすぐそばに来たので、ジョセフィンは声を失った。「果てしなく続いた。わたしはきみのことばかり考えていた」

「イーライ、やめて」ジョセフィンはどうにか声を絞りだした。「芝居がかったことはいらないわ」

イライアスの鼻にしわが寄った。「きみはひどいにおいがするな。なにをしていた？」

「なんて礼儀正しい人」ジョセフィンは、彼がポケットから取りだしたハンカチを見て逃げようとしたが、結局はつかまって顔を拭かれた。

「無駄だな」イライアスがため息をつく。「風呂に入らなくてはだめだ。幸い、きみがだれになにを言われようとサッカレーの恋人を手伝って肉体労働に精を出すのはわかっていたから、この展開にも用意しておいた。二階に湯船が待っている」

「あなたがいるのに、入るわけないでしょう」ジョセフィンはつぶやくように言った。

「心配するな、わたしは見ない。このくだらない本を読み終えるから、きみの入浴が済んだら話をしよう。機に乗じてみだらにふるまうことはしないと約束したが、われわれのささやかな計画をうまく運ばせるには、わたしたちが惹かれ合っているように見せかけなくてはならないし、それはつまり、ふたりの時間を過ごしているよう見せかけなくてはならないということだ」

いまいましい！

「やりすぎだってわかってるんでしょう？」ジョセフィンはきつい口調で言いながら、彼のそばをすり抜けた。いずれにしても風呂には入らなくてはならず、自分で運んだのではない湯に浸かる機会はめったにない。

「わかっている」イライアスが背後で答えた。「三時間、ふたりきりだ。白状すると、われながら自分に驚いている。きみにわたしの知らない約束でもあるなら話は別だが——まあ、ないだろうな。なにしろわたしは……」

ふたりはジョセフィンの寝室のすぐ外で足を止めた。

「……念入りに調査するほうだ」

ジョセフィンは一瞬ためらってから、自分の聖域へと続くドアのノブに手をかけた。というより——自分に正直になるのは耐えられないが——聖域へと続くドアのノブに手をかけたのは、かつてのジョセフィンだった。

「いいわ。わたしをひとりにさせてくれないのね。結構よ。母が言ってたの、いちばんしつこい男性が現れるまで待って、その人にチャンスをあげなさいって。あなたは条件にぴったったり。これまであなたには去るチャンスをじゅうぶん与えてきたわ。今後そうしたくなったとしても、責められるべきはあなた自身ですからね」ジョセフィンはドアを押し開けた。大いに目覚めて。「心の友になりたいの？　話がしたいの？　いいわ、イライアス。入って」

ジョセフィンがあの声で〝いいわ〟の最初の音節を発したときに、イライアスの自信は粉々にすりつぶされ、吹き飛ばされた。舞踏室全体を支配するだろうあの声。彼女は恐ろしい。ほかの女性とは異なる。断じて農民ではない。

彼女の部屋に入って最初に目に映ったのは、ベッドとくしゃくしゃのシーツと、それを取り囲む本の山また山だった。並べられた順番に取り立てて秩序はなさそうだ。アルファベット順かもしれない。なんにせよ、彼女だけがわかるのだろう。

「自室にこれだけの本を持ちこんで、いったいなにをしている？」

「片づけてるの。整理してるの。こうでもしないと、あなたにつきまとわれて、〈眠る鳩〉に遅くまで引き止められて、あなたのお友達に店の従業員を連れて行かれたなかで、どうやったら本の世話ができるというの？」

「たしかに世話が必要だ。召使いを何人か来させ……」

「そんな、だめよ」ジョセフィンが大声で言い、化粧台からタオルをひったくった。イライアスは湯気の立つ浴槽をちらりと見やった。熱の巻きひげが優雅な弧を描いて水面から立ちのぼるさまが目に映った瞬間、二度と見るまいと決心した。「そんなことはさせないわ。ねえ、そっちの〝A〟の山の三冊目を探したら、あなたの随筆集が見つかるはずよ。わたしのコレクションのために署名してくれてもいいわ。あなたがもったいぶった論文を書くことくらい、予想できていたはずよね」

「レノックスの〝L〟ではないのか？　非論理的だ。わたしの本を探すとしたら、人は肩書きで探すだろうに。きみの論理では、アディソンの〝A〟ということか？」

「いいえ、イーライ。ばか者《アス》の〝A〟よ」

イライアスの耳に、ジョセフィンがシュミーズを脱いで湯に浸かる音が聞こえた。ここで振り返ったら信頼を裏切ることになるし、まず許してもらえないだろう。少なくともジョセフィンの声は楽しげに聞こえた。

「実際に読んだのか？」イライアスは尋ねた。「それともわたしなど取るに足らないか？」

「あなたは論理的にキツネ狩りに反対してるのね。イートン校ではきっと絶賛されたでしょう」

「行ったのはハロー校だ」

「気が利かないこと」今度は彼女の声にも軽蔑の響きがあった。

「そういうことについて、きみになにかわかるとでも？」イライアスは言った。「スタフォードシャーのきみが住んでいたあたりを訪れる公爵は多くなかったようだな」

「あら、覚えてたの？」

「覚えていた？　宝物のように胸にしまっておいたとも」

「それで、キツネ狩りに文学。随筆集はケンブリッジ大学で書いた？」

「それも違う。オックスフォードだ」

「あちこちにいたのね」ジョセフィンが言う。

「たとえばスタフォードシャーとか」

湯が跳ねる音が途絶えた。ジョセフィンはきっと言うことを考えているのだろう。

「ハリントン伯爵はわたしを覚えてないと思うわ、イライアス。あの方とわたしの父は親しいご近所でも友達でもなかったから。面識はあったでしょうけど、家に招くほどではなかった。だけど思い返してみれば、あなたがあのあたりを訪ねてきたことをおぼろげに覚えてるわ。わたしはまだ少女だったけど、父は貴族を見物して噂話に花を咲かせるのが大好きだったの。それでも、ロード・フロストとも先代公爵ともおつき合いはなかったでしょうね。父は上流階級の人間ではなかったから」

「それは信じられないな——父上の肩書きはなんだと言っていた？」

「だめだめ」ジョセフィンがのどを鳴らすように言った。「ずばり訊く戦法は、わたしには通用しないわ。それに、わたしが父の肩書きを教えたことがないのはよくわかってるはずよ」

「きみの家族の歴史に関わる醜聞の幅を測ろうとしている、ジョセフィン。きみがおとなしく有用な手がかりを与えてくれるよう願っても無駄なことはわかっているからな。それに、わたしは……集中できない」

海綿が湯に浸けられる音が聞こえ、イライアスは、それをジョセフィンが肌にすべらせるところを想像しまいとした。チョッキを脱ぐ。これを着たままでは、彼女の香りがする寝室の熱に三時間も耐えられない気が急にしてきたのだ。

「どうしてそんなに気が散るのか、見当はつくわ、イーライ。気が散ってる公爵にはキスをする権利があるからでしょう？」イライアスの背後から、ジョセフィンの声が言う。「ああ、だけどいまはわたしたちの取り決めを守れないわね。不道徳きわまりないもの」

もし彼女がイライアスに尋問をやめさせようとしているのなら、その可能性がある唯一の方法をとったことになる。イライアスは質問しようとしていたことを忘れ、いまでは彼女を浴槽から引っ張りだして、湯をしたたらせながらベッドに連れこむことしか考えられなかった。

イライアスは咳払いをした。

「まったくだ。そしてきみが公平なふるまいをしていないことも指摘しておこう」

「先に汚い戦略を立てたのはあなただと思うけど」

「わたしを怒らせようとしているのか？」

「そのとおり」

イライアスはむっとして、彼女に背を向けたままベッドに腰かけると、本を読みはじめた。

「わたしを無視するのは正解ね」ジョセフィンのからかうような口調が、さらにイライアスの不機嫌をあおる。「あなたはわたしを無視するのが本当に上手」

「いったいどうしたというのだ？」イライアスは鋭く言い放った。

ひどい間抜けになった気がした。恋の熱に浮かされた青二才のように、彼女の部屋で腰かけて、からかわれても言い返せずにいる。ふたりのあいだに引力が働いているとしても、ジョセフィンは彼の助けを必要としていない。背後に広がるごちそうのような光景を我慢して、だまされたような気分だ。ジョセフィンに〝おすわり〟と〝つけ〟を命じられ、そのとおりにしているが、それでも彼女の信用は得られていない。不可能だ。仮にジョセフィンの過去を突き止められたとしても、それを理由に彼女はイライアスに腹をたてるだろう。逃げだしたかったが、馬車が迎えに来るまであと二時間半もある。ジョセフィンと午後を過ごすのはもっと容易なはずだった。楽しそうに思えていたのに、いまではみじめな気がした。

「イライアス？」

「うん？」読んでいる本から目をあげずに答えた。

「わたし、あなたを退屈させてる？」

物音からすると、ジョセフィンは浴槽から出るところらしい。案の定、続いてローブをはおる音が聞こえてきた。

「恐ろしいほどに」イライアスはとっておきの無関心な声で答えた。

ジョセフィンがベッドの足元にやって来た。彼女があるていど服を着たいま、怖い顔でにらみつけるにはいい機会だろう。まさにそうするべくイライアスは彼女のほうを向いたが、予定していた顔を繕うことはできなかった。ロマンティックな詩人なら、これを〝驚きのあまり言葉を失い〟と表現しただろう。ジョセフィンの脚はむきだしで、ローブの裾からのぞいている。髪は半分しかアップにされておらず、もつれて乱れている。風呂あがりで花のような石けんの香りに包まれて、その香りがベッドのほうに漂ってきた。

ジョセフィンの青い目が、イライアスにはわからないなにかで輝いた。彼女の態度の変化を好ましく思うべきかどうか、わからなかった。この攻撃的な自己主張を。いまの彼女は少し危険に見えた。悪い考えに見えた。イライアスの理性は、おまえはこの女性がどういう人間でどこから来たのか知らないのだぞとしつこく言い聞かせていた。どれだけふたりの距離が縮まったように思えても、イライアスはこの女性のことをなにひとつ知らない。彼女になにができるかも。

「このローブはずっと若いころから持ってるの。残念だけど、もうサイズが合わないわ。たしか、どこか遠い国からの輸入品よ。いまではめったに着ないわ」

「それは」イライアスは乾いたのどから声を絞りだした。「もったいない」

イライアスはベッドの頭側にいて、なぜか両手で本をしっかりつかみ、開いたページを胸に押し当てていた。ジョセフィンがマットレスの足元側の端に腰かけると、刺繍の施されたローブの胸元が危険なほどにはだけた。あと少しでも動いたら、イライアスが断じて想像しようともしなかったものが見えてしまう。

ジョセフィンが彼のほうに首を伸ばした。

「どうしてここにいるの?」

「それは——複雑で——」

イライアスがその場しのぎに思いつこうとした言い訳がどんなものだったにせよ、ジョセフィンがベッドにのぼってこちらに這い寄ってきていると悟った瞬間、どこかに飛んでいってしまった。

「いまはわたしの寝室にふたりきりよ。ここで相手に正直になれないとしたら、ほかのどこでも無理ね」

ジョセフィンの前進は止まらず、ついにイライアスは大きなヘッドボード際の枕の壁に追い詰められた。こらえきれずに身を乗りだしてキスをしてしまったが、彼女が馬乗りになっているという事実の責任はイライアスにはない。が、たしかに両手で彼女の背中をなでおろし、座る位置を整えさせはした。肌を覆うローブの絹が、彼女をしなやかに思わせる。イライアスはいろいろな意味で固くなった。

「ここにいるのはそれが理由ね。だからわたしを追いまわすのね」ジョセフィンが片手で彼の髪をかきあげ、首をなでる。湯を浴びたばかりの指先はいまも温かだ。「嘘偽りのない理由」

「違う。いや、そうだが、しかし——きみは誤解している」

「してないわ」ジョセフィンが言い、チョッキを着けていない彼の胸を両手でさすった。いまもふたりのあいだに最後の砦《とりで》のごとくはさまれていた本が、ベッドに落ちる。さらば、ピーコック、とイライアスのたがが外れた脳みそがつぶやいた。「もしこれが……わたしたちのあいだで起きようとしてることが……あなたの最終目標なら、遂げてしまいましょう。わたしの身の上に関心があるふりをするような面倒は省いてあげるわ」

イライアスの理性は肉体を支配しようともがいていたが、その戦いは、肉体のほうが勝利を収めようとしていた。

「ふりなどしていない」イライアスは絞りだすように言い、彼女をどかせた。

「あなた——わたしを拒むの？」ジョセフィンが驚いた声で尋ね、慎みのためにローブを整えることも忘れてマットレスの上に膝で立った。

「単にきみをたぶらかそうとしているのではない！」イライアスは跳ぶようにベッドから離れた。声が大きすぎたが、どうしようもなかった。いらだちに両手を宙に放りだすのも抑えられなかった。「きみと知り合おうとしているのだ！」

ばかばかしい、とイライアスの脳みそが割って入った。なにを言っている。おまえは公爵だぞ。娼館でピアノを弾き、外聞の悪い女性を家に住まわせ、過激な文書を執筆するような女性店主と〝知り合う〟ことなどできるわけがないだろう。イライアスの頭は、この女性を追い求めるべきではない数々の理由にたじろいだ。ジョセフィンがそれを言葉にした。

「わたしと親しくなるなんて、あなたにはできないわ。わたしに求愛することも――まさにそれをしてるみたいだけど……そのことにあなた自身は気づいてるかどうか。わたしたちにロマンティックな物語は紡《つむ》げないのよ」ジョセフィンが言いながら、ローブの腰紐を人差し指に巻きつけた。一度、二度、三度。イライアスは弧を描くその動きをじっと見つめた。全身の筋肉がこわばっていた。「わたしたちが現実の世界で幸せな結末を迎えられると思ってるなら、架空の小説を読みすぎたのね。バイロン並みの醜聞が巻き起こるでしょうし、あなたは規則厳守で有名よ。わたしがいても、あなたが一生向き合っていかなくちゃならない上流社会とのあいだにもめごとが起きるだけ。あなたはつかまえられない男《ジ・アンキャッチャブル》。わたしはふさわしくない《アンスータブル》女。ここで起きてるのはそれだけよ」

「そのあだ名は大嫌いだ」

「サリーから聞いたとき、笑ってしまったわ」ジョセフィンがほほえむ。「まるであなたをいらだたせるために考えられたようなあだ名だもの」

ジョセフィンが枕の山に背中をあずけ、多少なりとも慎み深くローブを整えた。イライアスはそれを慈悲の行為とみなした。

「あと二時間くらいね。きっとわたしたちが一緒に過ごす最後の二時間になるわ」

「そのようだ」イライアスは言い、敗北感とともにベッドに腰を落とした。「これ以上質問を重ねてもきみはまともに答えないだろうし、わたしを追い払うためにきみが体を差しだすことはわたしが許さない。うまくいかないからだ。一度で満たされると思ったのか？　それで、残りの二時間、なにをすればいい？」

「横になって、イライアス。いい子にしてるから」

ジョセフィンが寄り添ってきて、イライアスの胸を枕にした。

「長い数日だった」イライアスはため息をついた。

「そうね」ジョセフィンが同意し、彼のお腹に片腕を回すと目を閉じた。「あなたって居心地がいいわ」

「きみもだ。しかしここまでにしておこう」イライアスは言い、やすやすと彼女に腕を回した。「わたしたちはなにをしているのだろうな？」

「わからないわ」ジョセフィンがあくびをして、もっと深く彼の腕のなかにすり寄ってきた。

そのままふたりは眠りに落ち、ドライデンが迎えに現れるまで目を覚まさなかった。忠実な近侍は、髪の乱れた眠たげな主人を見て、こっそり笑みを浮かべた。

イライアスが体の下から抜けだしたとき、ジョセフィンは抗議の声を漏らしたものの、温かい浴槽に浸かったのと、彼のそばにいてずっと熱に包まれていたのとで、身を起こすことができなかった。ひどく疲れていたし、彼に寄り添っているととても安心した。イライアスが彼女の頭にキスをして、軽やかな足取りで出て行った。彼は去り際になにか言ったかもしれないが、ジョセフィンは半分夢のなかだった。

ようやく目が覚めたとき、ベッドは彼のにおいがした。わが家のようなにおいが。眠りのなかで、ジョセフィンはおかしな夢を見つづけていた。若いころによく開かれたような田舎の舞踏会だけれど、イライアスがそこにいる。自信過剰な男性のひとりで、若き学者にして未来の公爵だ。知性派気取りが輪をかけており、証明済みのオックスフォード出身者で、公爵の肩書きという重荷を負っている。夢のなかでもジョセフィンはこれをじつにくだらないと思った。彼女自身は十八歳くらいで、踊る人々の向こうから彼を見ている。視界を次から次へと顔が過ぎていく。夢のなかの論理に従うと、イライアスのほうは二十代前半で、きっと大学の休暇中におじを訪ねているのだろう。イライアスは尊大で、ジョセフィンは自分と同年代のほかの娘たちが彼の気を惹こうとしているのを嫌悪感とともに見ていた。ひとりごとで彼の悪口をつぶやき、こっそりパンチを飲んだ。ふたりは庭でキスをした。彼に本名をささやかれた。

目を覚ましなさいと自分を叱咤《しった》した。想像力が暴走した。

行きすぎた。彼を受け入れたいと思うなんて。

いい夢だったけれど、避けられないことを先延ばしにしているだけだとジョセフィンは自分に言い聞かせた。頭のなかから彼を追いだすのは長くつらい作業になるだろうが、忙しく過ごす理由は山ほどある。偽りの求愛期間のあいだになおざなりにしてきたものを、取り戻さなくてはならない。スコットランドから届いたように見える手紙を何通か書いて、危うくなってしまった前線を守らなくてはならない。貴族の生活に別れを告げた理由を思い出さなくては。その世界で生きる人々と彼らの虚栄心に別れを告げた理由を。

日が暮れたのでろうそくに火を灯したが、ベッドを離れられなかった。離れたら魔法がとけて、やるべきことに戻るしかなくなってしまう。

サリーがノックもそこそこに、目を丸くして部屋に飛びこんできた。

「あの人にいったいなにをしたの？」

サリーは店で買ったばかりに違いない、きれいな服を着ていた。まるでレディに見える。かぶっていたすてきなボンネットを脱いで、慎重な手つきでサイドテーブルに置いた。彼女がこれまで手に入れることができていた衣類や〈眠る鳩〉で着る衣装とは、格段に違う。それを目《ま》の当たりにして、ジョセフィンはうれしく思った。

「なにも」と嘘をついた。質問するなら、あの人になにをしたかったか、したけれどしなかったのか、だ。

「彼、外出しないとニックに言ったんですって。ニックを家に送り返して、訪ねてくるなと言ったそうよ。ニックはひどく心配してるわ。まったくいつもの公爵らしくないって。今日の午後、彼がここにいたのは知ってるわ。だから教えて、あなたたちのあいだになにがあったの？」

「ここにいたのを知ってる？」

「驚いたふりなんかしなくていいのよ、ジョージィ。どうして彼のことが好きだって認めないの？　彼、あなたに不利なことはなにもしてないし、むしろ必要なものはなんでも用意してくれようとしたんでしょ？　どうして彼の助けを借りようとしないの？　あの人、あなたを心配してるのよ」

「サリー——あなたが幸せをつかんだことも、わたしの力になろうとしてくれてることも、うれしく思うわ。こういうことはこれが初めてじゃないの。あなたも何度か見てきたでしょう、〈眠る鳩〉の男性客がわたしを〝助け〟ようとして……」

「今回は別よ」サリーが反論する。「過去にここまでよくしてくれた人がいる？　それにあなたが彼を見る目——」

「やめて、そこまでにして」

「いいえ、やめないわ。まだ終わってない」サリーがベッドの端に腰かけた。「いまのあたしはもうあなたの経済的な援助を受けてないんだし、ほんとの友達だと思ってるから、考えてることを好きに言わせて。あなたはものごとを自分から難しくしてばかりいるわ。楽になるチャンスが自然と膝の上におりてきたようなときでも」

そう言われて、できたらあまり考えていたくない光景がジョセフィンの頭に浮かんだ。ジョセフィンは姿勢を正し、いらいらとローブの腰紐を結んだ。

「率直な意見をどうもありがとう。だけど忘れてないかしら。これにはわたしの運命だけじゃなく、〈眠る鳩〉のほとんどの娘の運命もかかってるのよ」

「じゃあ、彼にそう言えばいいわ」サリーが簡潔に言った。

「どうかしてる」

「こう言ったらショックを受けるだろうけど、ジョージィ、あなたはだれかを信頼してみてもいいのよ」

「それもわたしには許されない贅沢《ぜいたく》よ」ジョセフィンはため息をついて言った。

「どうして？」サリーが食いさがった。声に怒りがこもってくる。「マザーがしてることは――娘たちをさらって売ってることは――あなたが証明できたなら罰することができるのよ。レノックス公爵ほどの地位と名声がある人物と知り合いなら――」

「サリー、お願い。関わってる全員に危険が及びかねないわ」

「もういい」サリーが言い、ボンネットをぐいとかぶりなおした。「ここでみじめに座って、年に数人の娘を助けて、高尚な考えを書きつらねてればいいわ。せっかくその考えを行動に移せるときが来たっていうのに――それも協力つきで――いざとなったら尻ごみするのね」

ジョセフィンはできるかぎり背筋を伸ばしたが、威厳を示せる状況ではなかった。小さすぎる絹のローブをまとい、いまも公爵の体温を宿している毛布にくるまれていては。

「サリー、レノックスは十字軍戦士になんてなりたがってないわ。だれに訊いても――あなたの大切なロード・サッカレーに訊いても――こう言うでしょうけど、イライアスは公爵の肩書きにともなう厳格な規則を守らなくてはならないの。彼は絶対に家名を裏切ったり恥になるようなことはしないわ。あの男性にとって、わたしは最悪のたぐいの女性なのよ」

サリーが悲しげに首を振った。

「わからないじゃない、ジョージィ。彼に訊いたこともないんでしょ?」

ふたりのあいだにしばし沈黙がおりたが、やがてサリーが新たに手に入れた自信とともに、堂々とお辞儀をした。

「馬車を待たせてるの。あたしに会いたくなったらどこにいるか、知ってるわね」

7

わたしの言葉をたやすく無視できない人々がいると信じたいのですが、あまり希望は抱いていません。社会というものが、なにかをおこなう際に決まったやり方があるほうを好み、複雑なことを嫌うのは、わたしも知っているからです。読者の方々、どうかわたしを後悔を知らない皮肉屋だとは思わないでください。わたしはただ、わたしたちが分かち合っている現実に気づいているだけなのです。ものの秩序に対して公然と異を唱えることには躊躇しませんが、それで多くを変えられるとは思っていません。

ジョセフィン・グラント著『社交界の害悪と売春の真価』より

イライアスは、しばらくひとりになりたいので適当な口実を思いつくよう、近侍のドライデンに命じた。それから長いあいだ壁を見つめていた。ブランデーを数杯飲んだ。日が暮れたので火を灯し、寝支度を始めた。上着を脱いだとき、ポケットから一枚の紙切れが落ちた。本のしおりとして使っていた紙だ。書店にいたときはそれほど気に留めなかったが、いま、そこにジョセフィンのきちんとした筆記体で〝どうでもいい〟と書かれているのに気づいた。彼女の筆跡は、ピーコックの本の余白に記された印象的なメモ書きと、彼女の著作に記されたイライアスあてのとげとげしい献辞で目にしていた。

どうでもいい。仮にそれがイライアスのことを指しているのなら、じつに不愉快だ。しかし単に紅茶の値段のことを言っているのかもしれない。

またしても謎だ、とイライアスは思った。彼女というパズルの独特なピース。完成させられる人がいるとは思えない。イライアスはハリントンおじに手紙を書き、例の件は解決したのでこれ以上の調査は必要ないとしたためた。ジョセフィン個人の調査も打ち切りにするべきかと思案したものの、それは先延ばしにしようと決めた。イライアスは屋敷にじっとしているつもりだが、彼女の所在を知っても害はない。

ニコラスは本人の家に帰らせた。サリーとの時間を楽しめと言って。それから、イライアスが少なくとも二週間は訪問者を受けつけないことを周知してくれるよう頼んだ。翌朝、妹のアレッサンドラが訪ねてこようとしたものの、イライアスは病気がうつるぞと警告した。妹の顔がぱんぱんに腫《は》れてもいいのかと。それで妹を遠ざけるのには成功した。公爵未亡人にはドライデンを通じてこの嘘の病気のことを伝えた。近侍は親切にも、すでに医師の診察は受けており、単純だけれど恐ろしくうつりやすい頭の風邪という診断がくだったとつけ足してくれた。

イライアスは、ジョセフィン・グラントの件から手を引くのだ。完全に。

数日のあいだひげ剃りを怠り（ささやかな贅沢）、神話を読み（まったく役立たず）、さまざまな手紙を書いて、ジョセフィンの忌まわしき本をベッドのそばの巨大な書棚に並べた。彼の部屋は屋敷のなかでも最高の位置にあり、イライアスは三日間、のどかな日の出と日没を楽しんだ。そしてようやく自分の過ちに気づきはじめた。

ジョセフィンに関する調査は週末まで続けて、そこで契約を打ち切ろうと決心した。彼女がこれまでどおりの日課に戻ったとわかったら、イライアスも安心して自分の日課に戻れるというものだ。突き詰めてみれば、それこそジョセフィンが望んでいることにほかならない。彼女は〝バイロン並みの〟醜聞という表現まで用いて、自分と関われば彼の家名に傷がつき、上流階級の怒りを買うとほのめかした。

つまり、ふたりが一緒にいられる可能性は万にひとつもないと言ったようなものだ。イライアスに体を差しだそうとしたあとに。彼の脈打つ心臓に居心地よく寄り添って眠りに落ちる前に。ジョセフィンが眠ったあともイライアスは起きていて、彼女の静かな寝息と寝言を聞いていたが、ドライデンが迎えに来たとき、ふたりが描いた風景は色あせた。眠っているときは、うまくいく。起きてしゃべっているときは、見込みなし。

ジョセフィンのくしゃくしゃの髪――湯あがりでまだ湿っていた――にキスをしたとき、彼女に触れるのはこれが最後だと心に誓った。イライアスは軽々しく最終決断をくだす男ではない。病気のふりをしながらくぐり抜けた次の一週間は、服喪《ふくも》期間のようだった。本当に終わった。

こうして、金曜が戸口にやって来たとき、イライアスはふたたび世界を受け入れることにまだ躊躇していた。書斎の机の上には、すでに封蠟をした一通の手紙があった。〈紙の庭〉のミス・ジョセフィン・グラントの監視を正式に中止するよう指示した手紙だ。イライアスはこれに署名をして、封蠟をして、自分の名前を書いた。三日前からそこにある。

その日の朝、イライアスはベッドに横たわり、近侍のノックを待ちながらひげを掻いていた。剃り落としたら恋しくなるだろう。とりわけ空気の冷たさが身に染みるようになってきた最近では。ジョセフィンはこのひげを気に入っただろうか。もちろん、頬の繊細な肌にこすれて痛いことに関しては文句を言うだろう。しかし断言はできないが、魅力的だと思いもしたのではないかという気がする。こういうことを考えるのをやめなくては。彼の考えたことに彼女がどんな感想を持つかとか、朝食になにをほしがるだろうかとか。今日は金曜で、そろそろディナーやダンスや政治の厳しさに準備をするときなのだ。ああ、もし現実をしのぐ適当な口実があるとしたら、いまこそ必要だ。イライアスは目を閉じたまま、すばらしいひらめきがおりてくるのを待った。

なにもおりてこなかった。

そこでイライアスはあくびをして伸びをすると、落ちつかない眠りのせいで体に巻きついてしまっていたシーツのあいだから這いだした。ベッドの端に腰かけて、両手でマットレスをつかむ。今日はなにをするのだったっけ？　予定表はナイトテーブルの上に今日のページを開いて置いてあるが、見る必要はなかった。フランシス家とその他大勢との昼食会、続いて同じ面々とロード・フロスト宅で晩餐会《ばんさんかい》、最後にフロストの広大な邸宅で開かれる舞踏会。いとこのセバスチャンは長い異国旅行から帰ってきたばかりで、これはある種の〝お帰りパーティ〟でもあった。この一週間、母は何度もメモ書きをよこして、重要きわまりないこの日のことを忘れないよう念を押し、イライアスが務めを果たせるほどに回復するよう祈っていると伝えてきた。薄くぼかしてあるものの、母が〝務め〟と言ったときは、つまり〝わたくしの勅令に絶対に従い、わたくしが計画した長時間の社交活動に参加するように〟という意味だ。

部屋のドアがばたんと開いた。

息を弾《はず》ませたニコラスと、その左手背後にアレッサンドラが現れた。妹は両手を組んだりほどいたりしている。

「いきなりごめんなさい」アレッサンドラが切りだした。

「一緒に来い」ニコラスが締めくくった。

イライアスは動じずガウンをはおった。

「たったいま起きたばかりだ。まだ朝の身支度に取りかかってもいない」もう一度あくびをして、ひげ剃り道具の前に座ろうとした。ニコラスはいつもどおり、ただしゃべりつづけた。

「イライアス。ミス・フランシスの父親がこっちへ向かってる。おまえに婚約発表をさせるためだ。おまえの母親と彼が今日やろうとしてるのはそういうことだよ――午後におまえたちふたりを引きあわせて、おまえに求婚のための時間を与えて、舞踏会で発表させるつもりなんだ」

イライアスは妹のほうを見た。

「冗談じゃないのよ」アレッサンドラが言う。「朝食の席で母さまがそうおっしゃったの。わたし、急いでニコラスを呼びに使いをやったわ。母さまは、お兄さまにはいつでも婚約を発表する準備ができてると思ってらっしゃるのよ」

「わたしに訊きもせず」イライアスは仰天して言った。両手をじっと見つめると、手首のところでしっかりした青い静脈が脈打っている。ということは、信じがたいが、どうやらいまも心臓は動いているらしい。これほど急にそのときが来るとは思っていなかった。活気はないが落ちついた、あきらめの声で言った。「とはいえ、母上が訊くはずもないか。だれもがわたしはあのまばたき好きな女相続人と結婚するものと思っているのだから。わたしにしたところで、その反証はいっさい示さなかった。そうだな、わたしに訊く理由などどこにもない……わたしという存在自体が答えだった」

「それについて話してる暇はないわ」アレッサンドラが言い、しゃれたボンネットをかぶった。そのときになって、イライアスは妹がすでに外套《がいとう》をはおり、出かける準備ができているのに気づいた。「母さまはお着替え中で、昼食会の指示を出してらっしゃるところよ。ニコラスの馬車が裏で待ってるわ。いますぐ乗って」

アレッサンドラが話しているあいだにドライデンが入ってきて、主人が日々着用するものを集めていった。イライアスはまばたきをして目をこすった。もしやわたしはまだ眠っているのか？

「いや」イライアスはニコラスを見て、またアレッサンドラのほうを向いた。「だめだ、できない」

「そうとも」ニコラスが同意する。「だめだ。ここにいて親の計画に従うなんて絶対に許さない。一緒にサリーの新しい部屋へ向かうぞ。ロンドンのすぐ外で、あそこならだれも押しかけて来ない。レノックス――急げ」

そのとき玄関をノックする音が響き、すぐに執事が応じる声が聞こえてきた。ニコラスとアレッサンドラの言うとおり――時間はない。そう思った瞬間、イライアスの手足は動くようになり、彼はガウンの上から外套をはおると、ぐいと帽子をかぶった。外見を気にするのは安全な場所に行ってからでいい。そしていま、生まれて初めてアシュワース・ホールはその場所ではなかった。

「ありがとう」イライアスはふたりの親友に言った。妹と、兄弟同然の男に。「ありがとう」

「シーッ、イーライ、母さまに聞こえるわ」

アレッサンドラは先頭に立って廊下を大股で進んだが、ニコラスはイライアスのとなりを歩き、ドライデンは両腕に衣類を抱えてその後ろからついてきた。

「おまえがつかまるのは今日じゃない」ニコラスがほほえんだ。「今日じゃないとも」

ジョセフィンは、ひどく不合理なことを言ってしまった件でサリーに謝らなくてはならないとわかっていたが、それでもへまをして女性の許しを請いに来た男性訪問者のごとく腕いっぱいの花を抱えて廊下に立っていると、完全な間抜けになった気がした。サリーの新居は暮らしやすさと贅沢さがほどよく混じり合っており、あちこちにたっぷり取られたひだがニコラスの富と愛人への献身を物語っていた。となりに置かれた鏡の周りでは金色の少年天使たちが踊っている。その鏡は、ジョセフィンの理想的とは言いがたい状態も知らしめてくれた。茶色の髪の房が頭皮の上で踊り、その下で熱く燃える脳みその炎から逃げようとしている。ジョセフィンは何日もひとりきりだった。顔を合わせたのは、サリーの代わりに〈紙の庭〉を手伝いに来てくれたサファイアだけだ。

サリーのメイド――メイド！――が応対してくれて、ミス・グラントの到着を女主人――女主人！――に伝えに行った。ジョセフィンは気詰まりな思いで廊下で待っていた。そわそわと身じろぎし、いたるところに手を這わせながら。ほんの一週間前までサリーが同じ家で暮らしていたとは信じられなかった。姉妹のように。ドアが閉じる音がして、ジョセフィンは顔をあげた。考えにふけっていたので、メイドが戻ってきたのだろうと思った。ところが現れたのはイライアスだった。彼は真っ青な顔をしているのに、ジョセフィンこそ幽霊であるかのようにじっと彼女を見つめた。

ふたりともなにも言わなかった。イライアスは急いで服を着たらしく、クラヴァットはくしゃくしゃで、チョッキのボタンはとめられていない。まるでベッドから出たばかりで、寝ぼけまなこで着替えたかに見えた。髪は頭の上で派閥闘争でもおこなっているかのごとく逆立って、どちらの派を選ぶか、意見がまとまらないようだ。顔は一週間ほどたくわえたのではないかと思えるひげで部分的に覆われており、目は落ちくぼんで、周りの皮膚は疲れを見せていた。

ふたりがしゃべろうとしたのは同時だった。

「ここでなにをしてるの？」

「ばかなことは考えるな」イライアスが早口に言った。「たったいまここに着いたばかりで、それもさらわれてきたようなものだ。きみこそここでなにをしている？」

「友達を訪ねてきたのよ。なにも悪いことはしてないわ。あなたがここにいるなんて知らなかったの」不安で握りしめたこぶしのなかで花束の茎が折れる音がした。

彼の顔の険しい線を笑みが破った。「ではなぜわたしに花を？」

メイドが咳払いをした。

「すみません、ミス・グラント。奥さまはただいまお取りこみ中で……」

ちらりと公爵を見て続けた。

「……ですが夕方にまたお越しいただけるならお会いできるとのことです」

イライアスがメイドのほうを向いた。

「いいんだ、ミルドレッド。彼らはわたしを守ろうとしている。こうしてミス・グラントに姿を見られてしまったのだから、一緒に客間へさがるとしよう。紅茶を用意してもらえるとありがたい。それから、申し訳ないがわたしの花を花瓶に活けてくれるか?」

メイドがうなずき、ジョセフィンから花束を受け取ると、去っていった。

「なぜあんなにたくさんユリを? ユリは嫌いだ」イライアスがジョセフィンの背中に片手を添え、客間のほうへとうながした。

「サリーはユリが好きで、わたしは間抜けだからよ」ジョセフィンは言った。

「今度はなにをした?」

「あなたには関係ないでしょう」ジョセフィンは言い、ドアの前で止まった。「サリーに言われたとおり、このまま帰ったほうがいいかもしれないわ」

「くだらん」イライアスが言い、彼女を部屋のなかへ入らせた。「サリーなら喜ぶ。みんなでわたしの未来について話し合っていた。きっときみも気に入るだろう」

室内の光景は妙に家庭的に見えた。サリーとニコラスが並んで長椅子に腰かけ、アレッサンドラがスコーンの載った小さな皿をつついている。窓のカーテンは閉ざされており、自然光がないので、午後を閉めだして時が止まったような独特の世界が広がっていた。

「ジョージィ」サリーが叫んですぐさま立った。「ごめんなさい。今日あなたが来るとは思ってなくて、あたしたち――というか公爵が――ちょっとした緊急事態で」

ジョセフィンは公爵の視線がやみくもに動きまわっていることに気づいた。一点にとどまらず、小さな瞳孔はよどんでいる。動揺がジョセフィンののどを締めつけた。彼は病気なのだ。間違いない。ジョセフィンがいまもつかんでいた彼の腕をぎゅっと握りしめると、イライアスは彼女に焦点を合わせようとしたが、かなわなかった。どうしてすぐにわからなかったのだろう。こんなに青ざめて、やつれて――ありとあらゆる恐ろしい病気が恐怖の波とともに頭に浮かんだ。

「緊急事態？」ジョセフィンはかすれた声で尋ねた。

「そんなことはない。わたしなら平気だ」イライアスは言ったが、彼が平気でないことはジョセフィンにもよくわかった。

「ミス・グラント」アレッサンドラがふたりのそばに来て、小さく固い輪を作った。イライアスがよろめいてニコラスのそばの隅へ向かい、酔っぱらいのように壁にもたれかかった。ジョセフィンの目は不安そうに彼を追った。「あなたがここに来てくださって本当によかったわ。わたしたちのだれが言って聞かせても、兄はわかろうとしないの。あなただけが頼りよ」

「誓ってもいいけれど、そういうことならお役に立てないわ」

ジョセフィンは軽い冗談のつもりで言ったが、イライアスの顔は壁のほうを向いたまま、まったく愉快そうな表情を浮かべなかった。聞こえてもいないのかもしれない。

「いったいどうなってるの?」ジョセフィンはアレッサンドラに尋ねた。サリーが静かにドアを開け、紅茶を運んできたミルドレッドを通した。完全な静けさのうちにミルドレッドがふたたび出て行くと、ジョセフィンはまっすぐイライアスのほうを向いた。「レノックス——お願いよ。あなた、病気なの?」

「いや——違う——だが、だれかわたしに阿片を吸わせたか?」イライアスがよろめいて、ニコラスを肘でついた。「ニコラス」

「おまえには必要だったんだ」ニコラスが肩をすくめて言った。

「わたしは病気ではない」イライアスが眉間にしわを寄せて言う。「一服盛られたのだ」

「ヒステリー状態だったからさ」ニコラスが言う。

サリーが笑い、アレッサンドラが顔をしかめた。

「ごめんなさい、ミス・グラント」若きレディ・アディソンが言った。「ここにいたった状況をあなたに説明もせず、こんなふうに続けるなんて、とんでもなく失礼なことだわ。兄は病気じゃないの。ただ、高潔であろうとしすぎてるだけ」

「じゃあ、別に緊急事態じゃないのね。彼はいつだって高潔すぎるもの」ジョセフィンはほほえんだ。おもしろいと思わずにはいられなかった。公爵が立派な態度をとれないところを目にするのは。彼はいま、壁に映る自分の手の影をじっと見つめている。

ニコラスが紅茶に手を伸ばした。「おもしろいが、ミス・グラント、それほど単純な話でもない。レノックスは、一家の財産を守り、アレッサンドラの評判を純白に保つため、愛してもいない女性と結婚するつもりだとおれたちに言いつづけようとしている」

「兄には幸せになってほしいの」アレッサンドラがそっと言う。「母さまがどう願おうと、ミス・フランシスとは結婚するべきじゃないわ」

「今日の午後は逃げおおせた」イライアスが言う。「だがあの公爵未亡人を出し抜けると思ったら大間違いだ」

彼らがなにを話しているのか、ジョセフィンにはさっぱりわからなかったし、言うべきことも思いつかなかった。ジョセフィンの怪訝な表情に気づいて、サリーが助け舟を出した。

「レノックス公爵のお母さまは、伯爵の次女のミス・フランシスっていう女性と息子を結婚させたがってるの」と説明する。「今朝、そのミス・フランシスの父親がいきなりアシュワース・ホールにやって来たんだけど、それは幸せな結婚のことで息子を説得してもらうために公爵未亡人が呼んだんだってアレッサンドラは知ってたの。アレッサンドラとニックは、公爵が考えはおろか服もまとめないうちに、彼をお屋敷から引っ張りだしたんですって」

「めまいがする」イライアスが言った。「だがわたしたちは致命的な過ちを犯した。いまごろ母上は逆上しているだろうし、とっちめるべきわたしが屋敷にいないことで、怒りの炎はますます燃え盛っているはずだ」

イライアス以外の全員がジョセフィンを見た。

「彼の言うとおりよ」ジョセフィンは言った。「その女性と結婚するべきだわ」

その発言で、イライアスの目がジョセフィンに向けられた。悲しみと感謝をたたえた目が。首を動かしたせいで彼がまたバランスを崩し、片手で壁につかまろうとしたが、すべった。ジョセフィンは彼に駆け寄りたい衝動をこらえた。ふらつく愛しい体を支えて、言いたかった……。

ありがたいことに、ジョセフィンが頭のなかで思考を言葉にする前に、イライアスが口を開いた。

「彼女はおまえたち三人を合わせたよりも論理というものを備えている」妹たちをあごで示して言った。「船酔いがする。この部屋は動いているのか?」

「ジョージィ」サリーがすがるように言った。「公爵がミス・フランシスと結婚するべきだなんて、まさか本気で言ってるんじゃないわよね?」

「本気も本気よ」ジョセフィンは言い、両手の震えを止めるべくぎゅっと重ねた。「率直な言い方をして申し訳ないけど、今後、レノックスが若返ることはないわ。その女性相続人がふさわしい持参金を用意できて、レディ・アディソンの社交界デビューを安泰なものにする評判をもたらすことができるなら、完璧なお相手よ。そんな機会を逃すだなんて、ご家族が許さないわ。その女性は出産適齢期なんでしょう、イライアス？」

イライアスが無言でうなずいた。他人のいる場でジョセフィンが彼のファーストネームを口にしたことを、室内のだれも指摘しなかった――実際になにが起きているか、ここにいる面々が気づいていないふりを続ける必要はなかった。

「じゃあ……本当に完璧なお相手ね」

「どうかしてるわ」アレッサンドラが声をあげた。十五歳の少女にしてはじつに説得力にあふれた、堂々たる態度で。「わたし、あなたの本を読んだわ、ミス・グラント。あなたは世界がこんなふうに回ることを憎んでいるはずよ」

「そうよ。でも、だからといって、わたしにそれを変えられるということにはならないわ。

「ミス・グラント、兄のことが好きなんでしょう？」アレッサンドラの目が、怒ったときの兄の目と同じように光った。「兄はあなたが好きよ」

「アリー」イライアスが隅から警告した。

ニコラスが紅茶の残りを飲み干して、注目を要求するような音とともにカップを置いた。

「このふたりほど愚かで賢い人間は見たことがないな」ニコラスが言い、長椅子から立って腕のなかにサリーを抱き寄せた。「行こう、レディたち。ミス・グラントが公爵の服を整える手伝いをするあいだ、おれたちはもっと退屈じゃない遊びを探しに行こう。あいつのなりときたら、いまもひどいだろう？」

ふたりの女性がくすくす笑い、ジョセフィンの声はほとんどかき消された。

「そんな、でも、わたし――」

言いかけたジョセフィンの前腕にイライアスの指先が触れた途端、彼女の体に電気が走り、抗議の声は途切れた。

「いてくれ」ジョセフィンにしか聞こえない声でイライアスが言った。「数分でいい。これで本当に最後なら、きみにいくつか話しておきたいことがある」

共謀者たちが客間を出て行くと、イライアスは腕のなかにジョセフィンを引き寄せた。脚はまだふらついていて、彼女の顔は視界を泳いでいたが、全身をめぐる薬物に身をゆだねるのは不快ではなかった。ジョセフィンが目の前にいる、それがうれしい。この一週間、喪失感に苛《さいな》まれていて、さまざまな思いのなかでもっとも強かったのが、きちんと別れが言えなかったということだった。いま彼女に言いたくてたまらないことを、あのとき言わなかった。それがどんなに非論理的で賢明ではないことであっても。ジョセフィンが震えているのに気づき、イライアスは腕に力をこめて、ただ彼女を抱いていた。

「あの三人に理を説いてくれてありがとう」と彼女の首筋にささやいた。この首筋に、永遠に顔をうずめて隠れていたかった。「どれほど感謝しているか、きっと想像できないだろう。きみこそ非難を超越した人物だ」

「評判のよくない場所へ妹さんを連れてきたなんて信じられないわ」

「わたしではない」イライアスは慌てて打ち消し、体を離して彼女を見た。「妹とニコラスがわたしを彼の馬車に放りこんだのだ。ロード・フランシスが訪ねてきたと聞かされて、しかも目覚めたばかりだったので、まともに考えることができなかった。考えられたのは――」

「なに?」

「これだけだ――あの女性とは結婚したくない」

「彼女のほうもあなたと結婚したくないかもよ」ジョセフィンが言い、ちょんとイライアスの鼻をつついた。

「言ってくれるな」イライアスは言った。「だが仮にわたしと結婚したいと思っていたとしても、いずれ後悔するだろう」

なぜならわたしの心には永遠に別の女性がいるから。親指でジョセフィンのやわらかな下唇をなぞると、胸がいっぱいになった。キスしたい衝動を抑えつける。そんなことをしたら、会話がますます難しくなってしまう。ふたりはからみ合うように立っていたが、百万マイル離れていると言ってもよかった。

「それは嘘よ。あなたはきっと誠実な夫になるわ」

「もちろんだとも」イライアスは彼女の頬を手で包み、妄想のなかで見つづけていた顔をじっと見おろした。「ならなくてはいけない。だがこれだけは知っていてくれ――わたしは彼女を愛していない。わたしが愛しているのは、き――」

ジョセフィンが身をよじって離れ、警告するように人差し指を突きつけた。

「だめ。わたしに話しておきたいことというのがそれなら、イライアス、どうか胸にしまっておいて。阿片がそんなことを言わせてるのよ」

「どうでもいい、か？」彼女がひとりごととして書き、〈紙の庭〉のあちこちに放っていたメモを、彼が読んで理解したのだとジョセフィンが悟った瞬間を、イライアスは堪能《たんのう》した。ふたりのあいだの空気が薄くなり、ジョセフィンが赤くなった。イライアスはたたみかけた。

「なにも変わらない、か？」

「どっちも真実だし、それはあなたもわかってるはずよ」

「わからない」イライアスは、思っていたより熱をこめた声で言い、ジョセフィンの前腕をつかんだ。「なにか変えられるかわかるほどきみを知らない。きみのためにできることはすべてしてきたが、きみを知るチャンスを与えてくれるほど、きみはわたしを信頼していない。

じきにわたしは結婚しなくてはならないから、愛人関係という設定はおしまいだ。きみがわたしを信頼していないせいで、状況は難しくなった。それについて何度も考えてみた。仮にきみの家族がかつて最悪の醜聞に巻きこまれたとしても、きみはレディとして育てられたし、一緒に方法を見つけられるはずだ。つまり問題はそれだけではない。ほかになにかある」

イライアスは手がかりを探してジョセフィンの顔を見つめたが、表情を読み取る前に、彼女の唇が唇に触れた。イライアスはキスに応じはしたものの、望んでいるよりずっと早く離れた。この女性はいつも状況をコントロールしようとする。

「不公平だ」イライアスは言った。「男と対等になりたいなら、女を武器にするのはやめろ」

「いまのはさよならのキスよ」

「そういうことなら、いまのでは不十分だから、やりなおさなくては」

「これは」ジョセフィンが言い、彼女ならそうするだろうとイライアスが思っていたとおりに、指先で彼のひげをなぞった。「興味深いわ。抱きあうとチクチクするけど、勇ましくて危険に見える」

「ほう？　気に入るのではないかと思っていた」

「ミス・フランシスに求婚する前に剃りなさい」

「剃らなければ彼女はノーと言うかな？」イライアスは希望をこめて尋ねた。

「かもしれないわね。反省を知らないならず者に見えるから」

「そうか？」イライアスは片方の眉をつりあげた。「反省を知らないならず者が美女とふたりきり。となると、わたしは力ずくできみを奪うしかなさそうだ」

ジョセフィンが片手を彼の口に当て、くちづけを遮った。

「わたしがあなたを信じてないと思ってるようだけど、それは誤解よ。あなたを信じてる。高潔で誠実な人だと思ってる。尊敬してる。それこそ、すべてを話せない理由の一部なの。あなたは定められた務めを果たすためにオックスフォードを離れたのに、わたしの一家の歴史といまの職業はその犠牲を帳消しにしてしまうわ。おまけにわたしが自分で作りだした新しい問題の山までついてくるのよ」

ジョセフィンが彼のこめかみと近くのうぶ毛にキスをした。ほとんど触れないくらいに。

「あなたのことは本当に信頼してるし、なんでも相談したい。今朝、窓の外にいた鳥たちがどんなにうるさかったか、なんていうささいなことも話したいくらいよ。これまでに知り合ったどの男性よりもあなたを信じてるわ。ただ、あなたの人生を台無しにしたくないの」

「ああ、ジョージィではない人」イライアスは言った。船酔いのような感覚は、浜にたたきつけられたような感覚に変わりつつあった。舌が緩み、懇願するような口調になったが、かまわなかった。あとで通常の状態ではなかったせいにすればいい。いまは本当の気持ちを伝えなくてはならない。「きみがだれだろうと、過去になにをしていようと……神に誓って、二度ときみに会えない人生など想像できない」

「イーライ、お願い」ジョセフィンが新たな痛みのこもる声で言った。それから彼の顔に顔をすり寄せてきたので、イライアスは彼女のとがった小さな鼻がひげに押しつけられるのを感じた。「妹さんの言うとおりよ。わたしはあなたが好き。だけどあなたの人生にいつづけるには、愛人になるしかないこともわかってる。それはできないわ。それはできない。だってそれだけじゃ……」

ジョセフィンがなかなか言い終えないので、イライアスは代わりに続けた。

「それだけではじゅうぶんではないから」

長い沈黙が広がった。

「きみを愛人にしたいのではない」イライアスは静けさを重んじて、そっと言った。「それは明らかだと思っていたが。きみがほしい。だが愛人としてではない」

「じゃあ、わたしたちはどうなるの？」

「最初に逆戻りだ」

「あなたの服！」ジョセフィンが叫んだ。まるで、ふたりがその場に立ち尽くし、互いの腕に包まれている理由をたったいま思い出したかのように。「ロード・サッカレーが言ったとおりよ――まあ、わたしたちをふたりきりにする見え透いた口実だったけど。実際、あなたはひどいありさまだわ」

イライアスは自分を見おろした。クラヴァットは斜めにゆがんでひだも取れ、いまにもほどけてしまいそうだし、ズボンの裾はきちんとブーツにたくしこまれていないし、おまけにチョッキのボタンはかけ違っている。ジョセフィンも同じことに気づいて笑った。

「いいわ」彼女がにんまりしてクラヴァットの片方の端をつまみ、完全に引きほどいた。

「人前に出ても恥ずかしくない格好にしましょう」

その行為がどれほど意味深か、ふたりが気づいたときには手遅れだった。時間が止まり、絶え間なく続いていた会話も途絶える。けれどふたりともこの瞬間を言葉で台無しにすることはなく、イライアスは流れるような動きひとつでジョセフィンを長椅子に押し倒した。リネンの布が長椅子のそばの床に落ちた。

ジョセフィンの指がやみくもに彼のチョッキのボタンをいじる。

「これも脱いだほうがいいわ」重ねた唇越しに彼女が言った。

「そうだな、それがいい」

ジョセフィンの両手が彼の胸を左右になでて、上着を押しのけようとする。イライアスは協力しようと肩を動かした。当面の目的である、彼女を組み敷いてその口から漏れる息を奪うという行為の邪魔にならない範囲で。阿片はいまも血管で脈打っていて、品正を忘れやすくしてくれた。イライアスは、これまで目でしか堪能していなかった部分に指先を這わせ、自分がなにをしているかに気づく前に、服の上から彼女の胸のいただきを親指でこすっていた。まるでふたり一緒にイライアスの中途半端な夢のひとつにさまよいこんだかのようで、なにもかもがまぶしく非現実的だった。じっくりと親指で弧を描いていると、ついに彼女の低いうめき声が聞こえて、イライアスがこれまでずっと保ってきた紳士的な自制心にひびが入った。両手がいたるところを這いまわり、彼女の体のいたるところに行きたがる。

「ドアに鍵がかかってないわ」ジョセフィンが彼の頰にささやいたが、彼女もイライアスの胴体の探索をやめようとはしなかった。

「あの三人なら、これほど早くは帰ってこないだろう。みんな、きみがわたしに過ちを認めさせるものと思っている」しゃべりながらキスをして、ふたつの文を長引かせた。両手はいまや彼女のスカートの下にもぐりこみ、いつも〈眠る鳩〉ではいているのとは異なる丈夫なストッキングに到達していた。イライアスはよこしまな笑みを浮かべた。この女性をじらすことで、驚くほどの幸福感が胸のなかに湧きあがっていた。「コルセットを着けていないのか。じつにけしからん」

イライアスの予想どおり、ジョセフィンが彼の顔のそばでしかめ面になった。その表情を肌で感じた。

「舞踏会に行くわけじゃないし、これは日中用のドレスだし、それにここには少ししかいないつもりだったのよ」

「きみは間違っていることに飽きるべきだ」イライアスは言い、彼女の耳たぶを嚙んだ。片手で長くかたちのいい彼女の脚をなであげると、ジョセフィンがわななないた。今夜、ロード・フロストの舞踏会に行かなくてはならないのなら、ジョセフィンがいま許してくれるものをすべて手に入れたかった。なぜならこれが、どちらも侮辱することなくそうできる最後のチャンスだから。たとえ快楽を得られなくても、せめて彼女に覚えていてもらえるなにかを与えたい。どうかジョセフィンに引っぱたかれないようにと、だれであれ聞いている神に無言の祈りを捧げつつ、イライアスはシュミーズの粗い布の下に手をすべりこませた。

イライアスの指に体のもっとも敏感な部分を探り当てられたとき、ジョセフィンの肺にあった空気はいっぺんに消えた。果てしない快感に衝撃を受けた。それだけでなく、イライアスがこれほど大胆になったことにも衝撃を受けた。いまはふたりとも理性を保っていられるときではなかったが、それでも——迫り来る別れに直面して、彼の礼儀は窓の外に飛んでいってしまったらしい。シュミーズを押しあげられると、ジョセフィンのなかに彼を求める気持ちがこみあげてきた——この男性のすべてがほしい。めったに感じる欲求ではない。なにしろほぼ毎晩、不快で不道徳でまったく欲望をかきたててくれない男性に囲まれて過ごしているのだから。イライアスに惹かれるのはもっともだと理屈をつけようとしてきたものの、もうわかってしまった。理屈などない。

たとえこの男性に破滅させられようと、かまわない。

卒倒しそうな気がして、ジョセフィンは彼の首にしがみついた——これはただのめまい？

ああ、めまい、きっとそうだ。部屋がぐるぐる回っているのはあまりにも固く目を閉じているせい。顔は真っ赤に違いない。彼の指が情熱の芯をゆっくりと前後にこすり、興奮がもたらした突然のうるおいでいっそうすべりやすくなるのを感じて、ジョセフィンはすすり泣きのような声を漏らした。だれにも言えない妄想のなかでいろいろなことを彼にされるところを想像していた……それをいま、されている。それ以上のことをされようとしている。彼の右手はしっかりとジョセフィンの脚のあいだに押しつけられて、ある種の魔法を働かせていた。若いころに体験した不器用な試みとは比べ物にならない。

「やめろと言ってくれ、愛しい人」イライアスがくぐもった声で言った。

「いや――じゃなくて、いい」ジョセフィンはどうにか答えた。「無理。言えない」

完全な文章にできなかったが、イライアスは理解してくれた。もう一度ゆっくりとキスをしながらスカートの下で手を動かし、唇と器用な手でもの憂いデュエットを奏でた。イライアスは半分彼女の上に重なり、半分は危なっかしく長椅子に乗っていたが、ひとつのこと以外、気にする様子はなかった。ジョセフィンは、両手を彼の髪にもぐらせてキスに応じようとしたが、彼の指がしていることに気を取られてばかりいた。

けれどそんなふうに応じようとする努力も、イライアスの長い指の一本がなかにすべりこんできた瞬間、意味を失った。ジョセフィンはあえいで首をそらした。ほんの一瞬、ぱっと目を開けると、イライアスの顔に放蕩者の笑みが浮かんでいるのが見えた。

「わたしは反省を知らないならず者か?」イライアスの声はジョセフィンがこれまで聞いたこともないほど暗く謎めいていた。

　ジョセフィンは身じろぎした。

「だれもあなたに反省しろなんて言わないわ」ジョセフィンはため息をつくように言い、彼の親指にやわらかな恍惚の芯を愛撫されて、小さくびくんとした。辛辣なせりふをかたちづくるのはじつに難しく、どれも言葉にならないささやかな音に呑みこまれた。またぱっと目を開いた。彼を見られなかった。感覚が強すぎた。イライアスが指をもう一本、なかにすべりこませてきたので、ジョセフィンは腰を突きだした。切迫した欲求でいっぱいだった。

「きみのその表情」イライアスがささやいた。「ああ」

　言うなり彼は抑えきれなくなったように硬く長いものをジョセフィンに押しつけて、彼女の胸のふくらみを手で包んだ。そんなふうに求められて、ジョセフィンのまぶたの裏でまぶしさを増しつづけていた白い光は目もくらむまでになった。欲望にいろどられた彼のテノールで本当の名前を呼ばれたいという強い願いがこみあげてきたので、代わりにイライアスの名前を何度もささやいていると、ついに意識が爆発した。彼の手の下でわななかいた。これまでに感じたことのないほど他人とつながっているような気がするのに、妙に自分自身とは距離を感じた。まるで心の周りに張りめぐらしていた壁から離れたような感じだった。

　呼吸が落ちつくと、イライアスがスカートの層の下から慎重に手を抜いた。ジョセフィンがまた彼の腕のなかにすり寄ると、イライアスは固く抱きしめて、たくましい胸につなぎとめてくれた。ジョセフィンには言葉もなかった。

「きみがこれ以上美しくなることなどありえないと思っていたが、恍惚《こうこつ》としているときのきみは……女神だ」イライアスが厳かな声で言った。「しかし、そんな姿を見られるのもこれが――」

「シーッ、ダーリン。それは言わないで」

ジョセフィンは彼の体に片腕を回して顔をうずめた。おかしなことに、泣きそうだった。感情的なタイプではないのに。男性から快楽を与えられたのが初めてだったわけでもないのに。それなのに――まったく別物だった。心をともなっていた。絶頂のせいで解き放たれた、恐ろしい、招かざる感情が表面に浮かんできた。

すさまじい勢いで、ジョセフィンは現実に戻った。わたしたちはいったいなにをしてしまったの？　自制心を失って、それもサリーの長椅子の上で。ドアには鍵がかかっておらず、いつ開けられてもおかしくなかった。ジョセフィンは体を起こし、しわだらけの服を整えた。急に羞恥心が襲ってきた――こんなことを許すなんて、とてつもなくふしだら。この男性は、ジョセフィンに完全にわれを忘れさせることができる。

「ああ、そんな」イライアスが言った。「なにを考えているかわかるぞ。また分析しているのだろう。それを止める方法ならいくつも知っている。〈紙の庭〉に連れて帰ろうか？　一緒に午後を過ごそう。ジョージィ、いいだろう?」

「それはわたしの名前じゃないわ」ジョセフィンは言った。自分を守ろうとするあまり、ぶっきらぼうな口調になった。

「嚙みつくな」イライアスが言う。「いまは」

なにもかも、阿片のせいだとジョセフィンは思うことにした。阿片で彼の抑制が弱まったせいだと。それでも、自分があれほど情熱に流されたことは信じられなかった。

「このままじゃ具合が悪いわ。あなたに服を着せましょう」

イライアスが威厳に満ちた奇妙な琥珀色の目でジョセフィンを見つめた。

「いいだろう。だがわたしを締めだすな。服を着たら話をする――ひとつのウインクも嘘も抜きで。アレッサンドラのむら気を考えると、妹はあと十分で退屈しはじめるだろう。その十分間、皮肉で自分を守ることなく話をしてくれ。それくらいは、してくれていいはずだ」

ジョセフィンは彼のチョッキを拾った。

「いつも取引ばかり」とつぶやく。「貴族院ではさぞかし大活躍するでしょうね」

「皮肉はなしだ」

イライアスはかがんでクラヴァットを拾った。いまもズボンは痛いほど窮屈なままだ。ジョセフィンのロマンティックな状態がふたりを彼女の家に連れて行ってくれるのではと期待していたが、どうやらそれは起こりそうにないので、ふたりの時間を長引かせるしかない。

「皮肉じゃないわ。貴族院でも活躍するでしょうけど、本当はオックスフォードに戻るべきよ。あそここそ、あなたの居場所だもの」

イライアスは部屋の隅に置かれた全身鏡に歩み寄りながら、しわくちゃになった布を振って伸ばした。その布を首に引っかけ、知っているなかでもっとも簡単だがきちんとして見える結び方、〝郵便馬車《メールコーチ》〟に結わえようとする。背後からジョセフィンがほほえんで外套を差しだした。

「閣下」と彼女がうながす。イライアスはこの行為の親密さを楽しみながら外套の袖に腕を通した。まるで朝の身支度をしている最中にジョセフィンが寝室に入ってきたように思えた。

「白状すると、あなたは自分でクラヴァットを結んだりしないと思ってたわ。甘やかされた公爵にそんな芸当ができるわけないって」

「ブランメルは自分でクラヴァットを結んだ」

名高い洒落者《しゃれ》の名前を聞いてジョセフィンが天を仰いだ。ブランメルとイライアスのあいだに類似点はほとんどなく、あるとすれば、どちらも優秀な仕立て屋を持っていることくらいだ。

「あなたはきざな洒落者じゃないわ」ジョセフィンが言う。

「だが非の打ち所がない」イライアスは穏やかな笑みを浮かべて言った。「だろう?」

でつけた。

「いまはあるわよ」ジョセフィンがたしなめるように言い、つま先立ちになって彼の髪をな
イライアスは、自分の気持ちを伝えるのを遅らせるべきではないと判断した。

「わたしは自分のことを、高潔に責任を果たす準備ができていると思っていたが、思い違いだった」器用に布の端を引っ張る。「きみを手放すことはできない」

「イライアス」ジョセフィンがため息をついた。彼女はいまも真後ろにいたので、イライアスはうなじに吐息を感じた。おかげで、満たされていない欲求が悪化する。「あなたはミス・フランシスに求婚するよう期待されてるのよ。家に帰ったら、お母さまは激怒なさるわ。脅してでもあなたを求婚させるはず。違う？――その沈黙が答えね。わたしもあなたも正しいことをしなくちゃならないし、それはつまり別々の道を進むということよ」

「それはきみの頑固さとはほとんど関係ない。言い訳だ」イライアスはクラヴァットを結び終えて彼女のほうを向いた。すぐさまジョセフィンが外套のボタンをかけはじめる。ふつうならどうということもない行為が、またしても親密なものに思えた。冷たい金属のボタンに触れるジョセフィンの指先が、なんとも挑発的に見える。イライアスは咳払いをした。

「わたしが言いたいのは、ミス・だれかさん、わたしにチャンスをくれないのはきみだという事実を忘れないでほしいということだ。きみはわたしに情報を与えず、曖昧な醜聞を盾に用いているが、ことによると母はきみを気に入るかもしれない。いや、むしろ気に入ると思

う。どちらも強情で手に負えないからな」

「ばか言わないで、イーライ。お母さまがこんな庶民の存在をお許しになるわけないでしょう」

「また勝手な思いこみを」イライアスはズボンをなでつけ、先ほどまでよりずっと丁寧《ていねい》にブーツに裾をたくしこんだ。頭がすっきりしはじめていた。阿片からも、激しい切望からも。

「ひとつ正直に答えてくれ。なぜ母上とスコットランドへ逃げた？　きみの言ったとおり、父上が肩書きを持っていたなら、事情はどうあれ金銭的な援助はしてくれたはずだ。最低でも安全と安心は得られたはずだ。なぜきみのものではない戦いの渦中に飛びこんだ？」

「父は善良な人じゃなかったの」ジョセフィンがずばりと言った。

「賭け事か？　酒か？　放蕩か？」

「全部よ」

「ああ」イライアスは鏡に映った彼女を見つめた。「ではなぜイングランドに戻ってきた？」

「父が亡くなったときに〈紙の庭〉を手に入れたの。話したでしょう？」

「ああ、そうなのか？　いや——あの店を手に入れたのはジョセフィン・グラントで、ついさっききみがわたしに怒鳴ったとおり、それはきみの名前ではない」

「ジョセフィン・グラントは賃貸契約書に記してある名前だけど、あれが父の店だったのは本当よ。過去の譲渡証書をあなたが見つけられなかったなんて、驚きね」

「興味深いことに、公文書館でも見つからなかった。まるで消えてしまったかのようだ」

「たしかに興味深いわね」ジョセフィンが生意気に言う。つかの間、この尋問を楽しんでいるかに見えた。

「賃貸契約書にきみの本名が記されていたことはあるのか？」

「あなたはまるでキツネ狩りの猟犬ね」ジョセフィンが彼とのあいだに適切な距離を保てなくなって、ひねくれた笑みを浮かべて言った。ふたりはまた互いの腕のなかにいた。いまはもう完全に服を着ているけれど。イライアスは、アシュワースにある身支度道具一式なしで可能なかぎり、きちんと身だしなみを整えていた。

「わたしの本名を知っても役には立たないわ」ジョセフィンが続けた。「だけど真実をというのなら、賃貸契約書に記してあるのはわたしの父の愛人の名前で、だからこそわたしが手に入れることができたの。限嗣《げんし》相続じゃない小さな土地で、ほかのすべては男のいとこに渡ったわ」

「そのいとこはいまもスタフォードシャーにいるのか？」

「それを知る手立てはないわ」

イライアスは疑わしそうに片方の眉をつりあげた。

「曖昧だけど、これが真実よ」ジョセフィンが言う。

「彼女と結婚させられるまで、わたしのそばにいてくれ」イライアスは口走り、われながら驚いた。「婚約期間を引き延ばして、どうなるか見てみよう」

「イライアス……」いまやジョセフィンの声はもの悲しげだった。「それはわたしの哲学に反するし、あなたが〈眠る鳩〉に通いつづけるのを許すこともできないわ。貴族階級のほまれである立派な公爵にはふさわしくない場所だもの」

「あそこへはわたしを元気づけるためにサッカレーが連れて行った。あいつはわたしを気難しいと思っていた」

「あなたは気難しいと思うわ」

そのとき、〈紙の庭〉でふたりの会話を遮ったのと同じ足音が廊下から聞こえてきた。アレッサンドラの足音は軽やかで早く、サリーのは大股で明るく、ニコラスのは大きく堂々と。イライアスがいやいやジョセフィンを放したとき、ドアが開いた。

「どうだい、麗しのレディたち」ニコラスがいつものごとく大げさに言った。「公爵はささやかな体面を手に入れたようじゃないか。さあ、アシュワースに戻って罰を食らおう。だれか――アレッサンドラ、きみだ――もっともらしい話をでっちあげてくれ」

サリーがジョセフィンになにやら身振りをしていた。必死であると同時に目立つまいとしながら、顔の周りで手を振っている。ジョセフィンのほうを向いたイライアスは、彼女のやわらかでなめらかな顔が何度もじゅうたんの上を引きまわされたかのように見えることに気づいた。あの大きな青い目で問いただすように彼のほうを見返すジョセフィンに、イライアスは笑いを押し殺した。そしてさりげなく自分のひげをさすった。

「ならず者」ジョセフィンが非難がましく言った。

「しかも反省を知らない」イライアスは歌うように返した。「会おう。明日。〈眠る鳩〉で」

「容赦ないのね」

「おれたちは出て行ったほうがいいかな？」ニコラスがいたずらっぽく尋ねた。

「いや、サッカレー」イライアスは少し声を大きくして言った。「そろそろ家に帰らなくては。ミス・グラントはわたしの要望に応じて、明日またわたしの運命について話をしてくれることになったたし、すでに時間を無駄にしすぎた。母上が屋敷で待っている」

「最高の作り話を思いついたわ」そう言ったアレッサンドラの顔は、陰謀と活気に満ちていた。だけでなく、おそらくはロマンティックな考えにも……。アレッサンドラが期待をこめてジョセフィンを見た。「それで、兄はミス・フランシスと結婚しないわね？　できないわよね？　だってあなたたちを見れば――」

ジョセフィンとイライアスは自分たちの手を見おろした。いまもからみあっている。ジョセフィンがぱっと手を離して咳払いをした。

「お兄さまはその女性と結婚しなくちゃならないの、レディ・アディソン。だけど大丈夫、すべてうまくいくわ」

「だめよ。兄は彼女とは結婚しないわ」アレッサンドラがスカートをつまんでお辞儀をした。

「ごきげんよう。安全な場所とおもてなしに感謝します。ご一緒できて光栄でした」

妹の成長には、ときどきじつに不安にさせられる、とイライアスは思った。アレッサンドラが勝ち誇ったような訳知りの笑みを浮かべて、ドアのほうを向いた。

イライアスはジョセフィンのあごをつかまえた。「明日、会えるな?」

「いいわ」ジョセフィンがため息をついた。

彼女のあきらめさえ勝利だ。イライアスはほほえみ、妹と親友のあとに続いた。


サリーがティーテーブルについて、ジョセフィンを手招きした。

「ジョセフィン」カップ二客に紅茶を注ぎながら、慎重な声で言う。「どうして頭のおかしい人みたいなふるまいをしてるのか、話してくれなくちゃ」

ジョセフィンはありがたい気持ちで紅茶を受け取り、ため息をつくと、自分も椅子に腰かけた。自分自身に認めなくてはならない。おそらくはサリーにも。わたしはあの男性に夢中だ。先ほどふたりのあいだで起きたことが、疑いようもなくそれを証明している。

「彼に人生をめちゃくちゃにされたわ」

サリーがほほえんだ。

「その気持ち、知ってるわ」サリーが友達の手を取ってやさしくたたいた。「でもね、あなたはあたしたち全員をいらいらさせてるのよ。だって彼と一緒にいるときのあなたを見れば、そこにあるのが単なる賞賛じゃないことは、だれにだってまるわかりだもの。認めようと認めまいと、あなたがあの男性と一緒にいたいと思ってる事実は変わらないのよ」

「口論のこと、ごめんなさい。悪かったわ。ただ……彼のせいでまともに頭が働かなくて」

「花を見たわ。ありがとう。それからもちろんあなたを許すわ」サリーが紅茶をすすり、カップの縁越しに鋭い目でジョセフィンを見た。「彼のほうもまともに頭が働いてないみたいね。彼がここに来たときの姿をあなたにも見せたかった。まだ寝巻き姿で、目は血走ってて、怯えてて――怖いのは結婚することじゃなく、あなたを失うことよ」

「阿片は吸わせるべきじゃなかったわ」

「吸わせたのはあたしじゃなくて、ニックよ」サリーの唇がいたずらっぽい笑みを浮かべる。「そのあとは三十分近く、あれこれわめいてたわ。ふだんの彼はしゃべるっていうよりつぶやく感じなのに、あのときはあたしたちにあなたのことが大好きだって宣言するのがちっとも恥ずかしくなかったみたい。こう言ってたわ――〝彼女が処女の血に浸かろうと満月の夜に狼に変身しようと、わたしが結婚したい女性はほかにいない〟」

「そう言ったの?」ジョセフィンは目をしばたたいた。

「もっと言ったけど、だんだん退屈になってきて。ニックが彼に枕を投げつけて、あたしたちみんな笑ったわ。彼が落ちついたのは、あなたがここに来るほんの少し前よ」サリーがにやにやしながら言った。「もちろん、あなたの首を見るに、彼もそれほど落ちついてなかったのかもしれないけど。荒っぽくされたのね」

「サリー！」

「なに？」

「ああ、もう」ジョセフィンは両手に顔をうずめた。

「あのひげで、たしかにセクシーでダークな印象が加わったわね」サリーが横目でジョセフィンの反応をたしかめながら続けた。

「やめて、もうそこまで」ジョセフィンは指のあいだからのぞいた。「言いたいことはわかったから」

「彼が善良な男性だってことはわかってるんでしょ」サリーがまじめな口調になって言った。「善良な男性なんてこの世にいないと思ってるのは知ってるけど、彼を神話のなかの生き物みたいに扱いつづけるなんてできないはずよ。彼はきっと力になってくれるわ。だから全部打ち明けるのよ」

「あなたにさえ全部は打ち明けてないのに！」

「あら、知ってるわ」サリーが手を振って言う。「謎の女。ジョージィは本名じゃない。その他もろもろ」

「彼が話したの？」

「あれこれわめいてたって言ったでしょ」

「わたし……レノックスのことが好きよ」その言葉を口から出すのはいまも難しかったが、声にしてしまったほうが、あるいは胸の痛みが治まるかもしれない。ジョセフィンの胸には小さな穴が開いていた。「彼もわたしに同じ気持ちを抱いてると思う。だけど……」

「ほら来たわ、〝だけど〟」

「だけど、彼が〈眠る鳩〉の真実という重荷を背負ってくれるかどうかわからないし、それでわたしへの気持ちが変わるかどうかもわからない」

「まあ、話してみなくちゃわからないわね」サリーが底に茶殻のくずを残したまま、カップを置いた。〈紙の庭〉で暮らしていたころはけっして残さなかったのに。紅茶は貴重品だったから。

「わたし……」

「……危険は冒したくない？　むしろ愛のない結婚をして後悔だらけの人生を送る彼が見たい？　なんて気高いの」サリーが不満そうに鼻を鳴らした。

「そうすれば彼が危険にさらされることはないし、わたしは――その、慣れてるから」

「それとも、彼に全部打ち明けて、力になってもらって、みんなで助かりたい？」

「サリー」ジョセフィンはテーブルの上にナプキンを放りだした。「なにを考えてるの？　めでたしめでたし？」

「そうよ」

「ありえないわ」

サリーが長いため息をついた。

「じゃあいいわ、大切なお友達。説得はしてみた」

「本当に彼はわたしを捨てないと思う？」

「あら、不正を止めるためなら彼は全力を尽くすと思うわ。激怒すると思う」サリーが間をおいて目を逸らした。「あたしは〈眠る鳩〉には戻らない。あなたも戻っちゃだめよ。書店を維持する別の方法を見つけて」

「でも、娘たちが……」

「あなたに全員は救えないわ。その点で言えば、自分も救えるかどうか。マザー・スーペリアはますますあなたを怪しんでるのよ。もしあなたが娘たちをかくまってたことがマザーにばれたらどうするの？　あそこへの立入を禁止されるか——もっと悪いことをされるかもしれない」

その言葉の重みに、ジョセフィンは胸を殴られたような気がした。

「殺されるかもしれないと言ってるのね」ジョセフィンは長く息を吐きだした。「イライアスと話をしなくちゃ」

サリーはただうなずいた。

「そうね。紅茶のおかわりは？」

8

無論、小説の登場人物のほうが、愛のために危険を冒すことははるかに容易だ。今日《こんにち》の現代文学において、社会の階層や責任といった現実は筋書きにおける転換点という意味しか持たないが、これら物語の外においては、われわれは変化を求めない。文学作品のなかで描かれる理想が現実世界で実際に起きることはめったにないのだ。もしわれわれが虚構の英雄を手本にしたらどうなるであろう？　われわれ全員がドン・ファンだったなら？

『ロード・イライアス・アディソン随筆集』より

イライアスは真っ赤な嘘で母の憤怒をどうにか免れた――「今日の午後はアシュワースにいないと間違いなく言いましたよ。田舎の地所のことで事務弁護士と会っていたのです」。怒る母を前にして無邪気にまばたきをし、ロード・フランシスが訪ねてくるなど知らされていなかったのだから知っていろというのが無理な話だ、と主張した。その点は真実だ。

それでも母ソフィアは食事のあいだずっと怖い目でイライアスをにらんでいた。イライアスのいとこでハリントン伯爵の後継者であるロード・セバスチャン・フロストが、インドで過ごした美しき日々と、〝文明〟に戻って来られてどんなにうれしいかについて、とりとめなくおしゃべりしていた。セバスチャンが大嘘を言っているのが、イライアスにはわかった。正反対の内容の手紙を受け取っていたのだ――〝いとこよ、ここは息苦しいほど暑い。対照的なのは女で、せいぜい生ぬるいていどだ。おれの魅力がわからないらしく、じつに賢すぎる。ところで上等のブランデーを送ってくれないか?〟。とはいえ、セバスチャンが会話を率いているかぎり、イライアスはただほほえんで、従順に席についているミス・フランシスに会釈すればよかった。ミス・フランシスのほうも、あるいはイライアス以上に会話に耳を傾けていないように見えた。

舞踏会の客が到着しはじめたころには、イライアスとニコラスとセバスチャンは隅に腰かけて、三人一組で結婚市場をかわそうとしていた。

広々としたフロスト家の舞踏室は豪華のきわみだった――あまりにも華美で気恥ずかしいほどだ。フロスト家のパーティは、セバスチャンが外国にいたあいだひどく恋しがられていたので、需要が高かった。年配のご婦人方は彼を結婚できない道楽者だと思っているが、彼の催しへの招待状は結婚の仲介や噂話のために大いに求められていた。イライアスはそういう恐ろしい催しのひとつで、ある女性が陰でこっそり植木鉢に吐き、それからまた明るく人の輪に戻っていく姿を目撃したことがある。どれほどの興味深いことが同時に起きているかの証明だ。しかし今夜はいとわしかった。ひそひそ話の半分が、イライアスの噂されている婚約をネタにしていた。

セバスチャンがイライアスの表情を読んだ。

「そうしたければ、娯楽室に隠れてもいいんだぞ」と提案する。

「母上が鷹のくちばしのような鼻をとがらせてわたしを見ている」

「そう言うおまえは、自分の鼻がどこから来たと思ってるんだ？」ニコラスが横槍を入れた。

「ミス・フランシスと踊れ、セバスチャン。レノックスにつかの間の穏やかな時間を与えてやれよ」

セバスチャンが大笑いし、先祖のだれかの胸像につかまって体勢を整えた。

「彼女を死ぬほど怯えさせてしまうさ」セバスチャンが断言した。それは否めない。セバスチャンは異様に背が高く、焦げ茶色の髪はごく短く刈られ、外国滞在のなごりで肌はいまも日焼けし、革のような質感を呈している。クラブの外をめったに見ることのない不健康で青白い英国紳士と比べたら、じつに見ものだ。

イライアスは首を伸ばし、室内に視線を走らせてミス・フランシスを見つけた。気の毒に、イライアスと同じくらい、結婚という運命に抗《あらが》えずにいるらしい。あまり重要ではない子爵にくるくると回らされている。となると、イライアスは次のワルツまでは踊らなくていいということだ。

「そうだな、少しのあいだ娯楽室に避難しよう」

明るい舞踏室から逃れてきた身には、男性限定の部屋の暗さと煙はありがたかった。ニコラスは手応えのある相手を探して、そそくさとトランプ台のほうをのぞきに行った。いとこ同士のふたりは別の隅を見つけて陣取った。フロスト家のよく気のつく召使いが即座に飲み物を運んでくる。メインルームで手に入れられるものよりはるかに強い酒だ。セバスチャンが一口すすって満足そうに息をついた。

「ああ、ずっといい。それで――見たところ、ミス・フランシスとは恋愛結婚じゃなさそうだな、レノックス」

「鋭いな」

「愛人に熱をあげてるのか？」セバスチャンがグラスを炉棚に置いて、イライアスの批判的な目つきに首を振る。「いいじゃないか。ニコラスから聞いたよ。それに、どのみちおまえの口から聞かされてただろう？　その女性のストッキングは本当に青いのか？」

「クラブにいるときだけだ」

「クラブといえば、まだおまえが〈眠る鳩〉に誘ってくれなくて深く傷ついてるよ」

イライアスはにやりとした。「それについてはニコラスも同意するだろうが……あそこの女性たちをわれわれのものにしておきたくてな」

「レ、ノーックス」セバスチャンがうめくように言った。「まじめな話、セバスチャン、帰国したばかりだろう。それにニコラスの愛鳥が無事かごに収まったいま、やつがどれほどの時間をあそこで過ごすかわからない」

「おまえの鳥はどうなんだ？　無事かごに収まったか？」

そう言われて、イライアスは残りのブランデーを飲み干した。

「彼女はわたしのものではない」

「上流階級の男どもはみんな、おまえのものだと思ってるぞ」

「じゃあ彼女にそう教えてやってくれ」イライアスは苦々しい顔で言った。「わたしにはあの石頭を説得できないようだから」

「そうなのか？」セバスチャンの目が躍った。この男は、ちょっとした陰謀がなにより好きなのだ。「ピアノに、中庭の手入れに、午後の入浴をもってしても？」

「おい、なぜそれを知っている」

「おれには情報源があるんだよ、イーライ。まさか自分の行動がだれにも気づかれていないと思ってたんじゃないよな。きまじめで学者肌のレノックス公爵が、女のせいで理性をなくしたんだぞ。これ以上の噂話があるか？」

「理性をなくしただと？」イライアスは言い返した。

「なかには、おまえがイカれたと言ってる者もいる」セバスチャンが楽しげに言った。「じつに愉快だ。これでおまえも少しは注目に値する存在になった。やっぱりおまえも人間だった、というところか」

イライアスは非難の目でいとこを見た。

「まあまあ」セバスチャンが言う。「オックスフォードでひとりでうずくまって周りに本の壁を築いたのが無意味な行為だったのは、おまえも認めるだろう?」

「そのとおり」ニコラスが戻ってきて加勢し、セバスチャンのグラスに自分のグラスをぶつけた。「じつに退屈だった」

「わたしの一部は同意している」イライアスは言った。

「最近のこいつは冒険心ものぞかせてるんだぜ」ニコラスがセバスチャンに言った。

「まさか!」セバスチャンがふざけて片手で胸を押さえた。「ありえない」

「わたしはいまや公爵だ」イライアスは硬い声で言った。「それなのにおまえたちは相変わらずハロー校の寮にいたときと同じようにわたしを扱う」

「ニコラスは侯爵になって、おれは伯爵になる。それがなんだ?」セバスチャンが言った。

「おれたちはやっぱりあのときのままの少年だし、それでいいんだよ。その女性はおまえをましな人間にしてくれる。レノックス、そういう女性は二度と見つかるものじゃないぞ。おまえは自分で言ったとおり、公爵なんだから、なんでも好きなようにしていいんだ。行って、自分の女をつかまえてこい。母上が反対するなら、スコットランドの公爵未亡人用の屋敷に母上の荷物を送ってしまえ」

「それはできない」イライアスは一拍間をおいて続けた。「だがそうしたい」

「まったく、おまえってやつは。おれの家から出て行け」セバスチャンはにやにやしていた。

「パーティから追いだしてやる」

ニコラスがイライアスをドアのほうに向かせた。

「今回もおれがなんとかごまかしてやるよ」ニコラスが得意顔で言う。「これまでおれが窮地に陥るたびに、何度も平然と母に嘘をついてくれた礼だ」

「ジョセフィンはわたしが来るとは思っていない」イライアスはまだ抵抗した。「ひどく失礼にあたる」

「不意をついたほうがいい」セバスチャンは、いまにも意味深に眉を上下にうごめかしそうだ。「おまえの代わりにおれがミス・フランシスとワルツを踊ってやろう」

「楽しい夜を、イーライ」ニコラスがイライアスを前に押しだした。

セバスチャンが、先ほど口にした少年時代と同じ、いたずらっぽい笑みを浮かべて言った。

「召使いに命じて、裏口に馬車を用意させる。急げ」

けばけばしい青いストッキングをはいたとき、ジョセフィンの頭を占めていた考えは、二度とこれを身につけられなくても悲しく思うときはないだろうということだった。イライアスの固い決意がうつったのか、〈眠る鳩〉の娘たちを救う方法はほかにもあると考えるようになっていた。それも、ひとりでやらなくてもいいかもしれないと考えるように。もしかしたらこのストッキングをはかなくていい日が来るのもそう遠い先ではないかもしれない。もしイライアスが状況の重大さを理解してくれたなら。彼に話をしようと決心していた。そのときが来たら。

身支度を終えると、中庭に出た。ここもジョセフィンの人生のなかで公爵が変えた場所のひとつだ。丁寧に整えなおされた庭は心癒やすかたちで月光をとらえ、静謐な空気を漂わせている。これほどの改善が実現するとは、イライアスはいったいどれだけの賄賂《わいろ》をマザー・スーペリアに贈ったのだろう。ジョセフィンはひとつだけ置かれているテーブル――新たに植えられた花に囲まれている――につき、両手を組んだ。イライアスが一緒にいてくれたらと願う以外に、なにをすべきなのかわからなかった。

静かな夜を声が破った。

「ＢＢ」ディグビーがかすれた声で言い、光のほうにゆっくりと歩いてきた。傷跡の残るその顔を、庭のそちこちに灯るろうそくが無残に引き立てる。「おまえの旦那はきれいな庭を作ったな」

「わたしが頼んだんじゃないわ」

「ああ、だろうな」ディグビーがひげの生えたあごを掻き、ジョセフィンの頭からつま先まで眺めまわした。「こんなちっぽけな女が、あんなどでかい面倒を引き起こすとは」

「なんですって？」

ディグビーの汚れた両手が握られては緩む。それが脅しめいた仕草なのか、それとも単なる癖なのか、ジョセフィンにはわからなかった。ディグビーはマザー・スーペリアのいわば腕力で、それ以上の存在ではない。ふたりが血縁関係にあるのか、それともディグビーは金で雇われているのか、娘たちのだれひとりとして突き止めた者はいないが、この男はいつでもマザーに忠実だった。ディグビーがじわりと近づいてきたので、ジョセフィンは彼の心と同じくらい醜悪なそのにおいから後じさった。

「小さなブルーストッキング」ディグビーがうなるように言う。「とんだ厄介の種になってくれたな」

「ディグビー」ジョセフィンは無邪気な表情を繕おうと、目をぱちぱちさせた。純真な女を演じるのが得意だったことはないが、それでもやってみなくては。「からかってるの？　わたしの演奏は〈眠る鳩〉のお客に喜ばれてるのよ。マザーもそう言ってたわ。たしかに最近、あまり来られなかったけど――」

「公爵とねんごろになるので忙しかったんだろ？」ディグビーが身を乗りだし、ジョセフィンの顔に息を吐きかける。「まったく、あの男も運がいいぜ、おまえをベッドに連れこめるなんてよ。だがおれは信じちゃいない。おまえはなにか企んでる。ずっと前から企んでた」

ジョセフィンは怯《ひる》むまいとした。

「わたしはなにも——」

言い終えないうちに、ディグビーに両肩をつかまれて足が宙に浮いていた。

「おれたちの目は節穴じゃないんだぜ、BB——それともジョセフィンと呼ぼうか？　え
え？」そう言って彼女を揺すぶる。「ここ数年、最高値をつけた入札者に売り飛ばす直前に
なると、きまって娘っ子たちはどこかに隠れ家を見つけちまった。ここで働いてる人間のし
わざに違いなかったんだ。ここに詳しい人間のしわざに」

「ここで本当はなにが起きてるか、考えないようにしてるわ」

ジョセフィンの表向きの冷静さは徐々に崩れつつあった。サリーの忠告にもっと真剣に耳
を傾けるべきだった。イライアスの突飛な想像力に同意するべきではなかった。ディグビー
の大きな手がジョセフィンの前腕をつかみ、肌に真っ赤なあとをつけた。

「くそ生意気なあばずれめ」ディグビーが嚙みつくように言う。「おまえは娼館のなかでも
自分の居場所がわかってないんだ」

「その手を、放しな、さい」

ジョセフィンは抵抗したが、すぐに無駄だと悟った。ディグビーの唯一の能力は野蛮なま
での腕力で、それにかなわないことは知っていた。頭脳戦でいらだたせることもできそうに
ない。顔に吐きかけられる息は怒りでくさい。ディグビーは命令をくだされており、それを

完遂《かんすい》する覚悟なのだ。

「ただ気取った真似をするのと、ビジネスの邪魔をするのとは大違いなんだよ」ディグビーが、いつも数種類の武器を見えるように挿《さ》しているベルトから、ナイフを抜き取った。頬に触れた金属の感覚に、ジョセフィンは身をすくめた。とっさに彼を蹴ろうとしたものの、じつに効果的に壁に押さえつけられていて、身動きもできなかった。

「希望にあふれた小娘が」うなるように言う。「もっと大きな笑みを浮かべられるようにしてやるよ」

「なにを言ってるのかわからないわ」ジョセフィンはほとんど口を動かさずに言い張った。刃が押しつけられていた。「お願いよ、ディグビー。放して。ちゃんと〈眠る鳩〉での仕事をするから、そうしたらなにも厄介なことはないでしょう?」

「残念だがな」ディグビーが言い、ナイフをわずかにひねる。刃がぎらりと光ると同時に彼のとがった歯も光った。「おまえが嘘を言ってるのはわかってんだ。おまえの本屋を見て、サファイアがいるのを見れば、すぐに答えが出た。学者じゃなくてもそれくらい導きだせる。おまえのところへ連れてってもらうには、公爵のあとをつけるだけでよかった」

ジョセフィンの恐れていたすべてが現実になった。じきに死ぬのだという思いが胃に沈む。かいま見た自由が、いままでは残酷な冗談に思えた。

「わたしは……なにも……」

なにを言えばディグビーを説得できるのか、わからなかった。どうでもよかった。ジョセフィンの言葉は攻撃者の頭の上を流れていき、夜気に吸いこまれていくばかりだ。効果などない。筋肉が奇妙なかたちでリラックスし、力なく運命を受け入れるのを感じた。唯一、頭に浮かんだ筋の通った考えは、きっと卒倒するだろうということだった。

ディグビーが体を押しつけてくると、にやりと笑った顔がジョセフィンの視界で泳いだ。

「おまえのことは好きにしていいとマザーに言われてんだ」

なにが起きるかを知って、ジョセフィンは目を閉じた。それのあとは、殺されてもかまわない。それのあとは、生きていたくない。ディグビーの手が胸のふくらみを覆い、唇が頬にこすれ、湿ったあとをつける。ジョセフィンは避けられないことに対して身構えた。

なにも起こらなかった。まるで、突如としてディグビーが消えたかのようだった。彼はいきなり後ろに引っ張られ、ジョセフィンの前の空間はからっぽになった。ジョセフィンが目を開けると、ディグビーがとなりの壁にたたきつけられるところだった。イライアスの両腕が悪党を押さえつけると、ナイフが音をたてて地面に落ちた。

「このレディに謝れ」イライアスが前腕でディグビーののどを押さえたまま命じる。ジョセフィンはこれほど激しい怒りを目に浮かべた人を見たことがなかった。イライアスは怒りで白熱していた。「聞こえないのか——謝れ」

ディグビーが慌ててなにかつぶやく。許しを求める言葉なのだろうが、聞き取れない。悪党は無為にむせた。ジョセフィンも必死にあえいだ――この公爵はわたしの妄想だろうかと思いつつ。完ぺきな装いでありながら、ほとんど労せず悪党を壁に押さえつけている。

イライアスが首を回し、炎に満ちた恐ろしい目をジョセフィンに向けた。

「怪我《けが》は？　傷ひとつでもつけられていたら、この場でこの男を殺す」

ディグビーが無駄にもがき、ジョセフィンはどうにか乾いた笑みを浮かべた。

「その必要はないと思うわ」

「そうか」イライアスが残念そうに言った。それから完璧な速さと力で悪党の頭を石壁にたたきつけた。頭蓋骨が硬い石にぶつかると、ぞっとするような音が響いた。ディグビーは意識を失ってずるずると地面に崩れ落ち、ふたりの足元で静かな小山となった。

「どうして……？　どうやって……？」

ジョセフィンは卒倒しそうな気がした。こらえようとしたが、気がつけばイライアスの両腕に支えられていた。彼の言葉がアドレナリンの噴出に乗って流れだし、ジョセフィンは奇妙なパニックの煉獄《れんごく》から意識のほうへと戻りはじめた。

「わたしが学んだのは文学だけではない。サッカレーは熱心なボクシング愛好家で、わたしもやつと一緒に定期的にジェントルマン・ジャクソンのボクシング・クラブに通っている。剣術も得意だが、そちらは役に立て続ければなにかの役に立つかもしれないと思ったのだ。剣術も得意だが、そちらは役に立てる機会がないことを願っている」

ジョセフィンは彼の上着のぬくもりに浸った。分厚い布の下でイライアスの心臓が脈打っているのがわかった。

「あなたはロード・フロストの舞踏会に行かなくちゃならないんだと思ってたわ」

「抜けてきた。そうして正解だった」ジョセフィンの頭をしっかり胸に抱いて言うイライアスの声は、彼女の髪でくぐもって聞こえた。「本当に大丈夫か？　どこにも怪我はないか？」

「怖かったのと、あざができただけよ」

「ああ、ジョージィ。もしきみが傷つけられていたら――」

ジョセフィンは顔をあげて彼を見た。「どうもありがとう」

「アシュワースへ行こう。異論は認めない」

「今度ばかりは」ジョセフィンはほほえんだ。「従うわ」

屋敷へ向かう馬車のなかで、ジョセフィンは手を握られていた。イライアスの肩に頭をもたせかけ、ふたりとも無言だった。ジョセフィンは少しぼうっとしていた。非道な話のすべてをイライアスに語りはじめるべきだとわかっていても、静寂があまりに心地よく、彼はあまりに温かく、なかなかその気になれなかった。召使い用の出入口を使って、馬車はアシュワース・ホールに着いた。

ジョセフィンが馬車の窓から見ていると、主人の到着に召使いが駆けつけてきたものの、その半分以上をイライアスがさがらせた。無表情なドライデンがすばやくジョセフィンを連れて行き、湯を張った浴槽と紅茶が用意された部屋に案内してくれた。ジョセフィンは十五分ほど湯に浸かり、たったいま起きたことをじっくり考えた。公爵にすべてを打ち明けなくてはならないのは明白だ。それでも不安だった——彼はどう受け止めるだろう？　そもそも理解してくれるだろうか？

浴槽を出て、見つけたバスローブをはおった。布は分厚くやわらかで、湿り気を吸収しながら体を包みこむ。きっとイライアスのだろう——ここは彼の私室なのだ。バスローブを借りてもイライアスが気にするとは思えなかったし、また〈眠る鳩〉の衣装に着替えるのもばかげている。本音を言えば、あれは二度と着たくない。

ドアを開けると寝室につながっていて、見るとイライアスが机にかがみこみ、なにやら書いていた。ジョセフィンが、耳をつんざくように思える音とともにドアを閉じると、イライアスが振り返った。彼の手からペンが落ちた。

「なんと」イライアスがつぶやく。「その格好」

「ごめんなさい」ジョセフィンは急いで言った。「やっぱりこれは……」

「脱いでほしいか？　ああ。だがまだだ」イライアスが立って彼女のほうに来た。「わたしはミス・セシリー・フランシスとは結婚しないし、結婚するつもりの女性の名前を知りたい」

ジョセフィンは、彼の目の表情が気に入らなかった。まさにキツネだ。部屋に灯っているろうそくはひとつだけだったが、窓から射しこむ月光で、彼の心にあるよこしまなことが見て取れた――イライアスは会話をしながら上着のボタンを外していた。ボタンが光を反射し、イライアスの官能的な長い指とそのなめらかな動きを照らした。

「今日の午後にひげを剃ったのね」ジョセフィンは言った。ほかに言葉を思いつかなかった。彼が上着を、続いてチョッキを、椅子にかける動きに心を奪われていた。

「必要に迫られて剃り落としたが、いまでもわたしは反省を知らないならず者だ」突然、イライアスの顔に不安が浮かんだ。「本当に怪我はないか？」

「ええ」ジョセフィンはほんの少しおずおずとほほえんだ。

「よし」イライアスが一度引っ張っただけでクラヴァットがほどけ、彼はそれを床に落としながらジョセフィンに歩み寄った。「では、わたしがフロスト家の舞踏会を抜けだしてきた理由を話してもいいか？」

「ええと――あなた、服を脱いでるの？」

「そうだ」イライアスが彼女の手を取り、堂々たる大きさの豪華なベッドに導いた。ふたり並んでベッドに腰かけると、イライアスはかがんでブーツの紐をほどきはじめた。ブーツをごとんと床に落としてから、イライアスがふたたびジョセフィンに向きなおり、片手で彼女の頬をなでた。

「わたしがフロスト家の舞踏会を抜けだしたのは、きみのことしか考えられなかったからだ。きみの笑顔、きみの声、わたしの下で身をよじる姿」イライアスの視線が一瞬、ジョセフィンの唇におりて、彼女は身震いした。ローブをはおっていて、ちっとも寒くないというのに。もはやイライアスに不安そうなところはなく、あらゆる動きと言葉が決然としていた。「わたしの心は完全にきみに乗っ取られた。じつに……腹立たしい。これ以上、我慢できない。きみがほしい……一度だけでなく、永遠にわがものにしたい。答えを聞きたい。だから抜けだしてきた。きみのために」

イライアスの低い声は暗い約束に満ちており、ラテン語の活用を暗唱しているかのごとく官能的で、ジョセフィンの体の芯まで染みわたった。唇が触れた。最初は探るように、しだいに深く。イライアスが身を引くと、彼の眉がぎゅっと寄せられているのが仄《ほの》明かりのなかでわかった。

「もしきみの身になにか起きていたら」イライアスが苦痛の表情で言う。「絶対に自分を許せなかった」

そう言うと、ジョセフィンにしゃべる隙も与えず、ベッドのヘッドボードに仰向けで押し倒した。ローブが乱れてあらわになった肌を、キスで伝いおりていく。次に彼が口を開いたときには、その声はジョセフィンの肌に焼き印を押した。「だが……きみが弱い女性ではないこともわかっていた。これまできみにはやさしくしすぎた。もう終わりだ。きみは甘やかされる必要などない。きみの本名が知りたい。今夜」

「イーライ」ジョセフィンはあえぐように言い、彼の攻撃に無力感を覚えた。なにもかも打ち明けようと決心したというのに、この男性はそのすべてを忘れさせるようなことをしている。

「そうとも。きみにはうめく名前があることがねたましい」

いつの間にかジョセフィンはひどく非力な体勢になっていて、イライアスの表情からはいたずらっぽさが消えていた。彼はいま、ジョセフィンの脚のあいだに膝をついて、けだるい仕草でシャツを脱いでいる。情熱のせいで危険な男に見えた。まるで彼の望みを拒むことなどできないかのように。ジョセフィンはしばし身動きできなくなり、彼の引き締まった胸の輝く肌を貪欲《どんよく》に見つめた。

「ローブを。わたしが脱がせるか？」

相談するまでもなかった。ジョセフィンはどうにも手を動かせなかったのだ。イライアスがそれを察して手を伸ばし、腰紐をほどいてジョセフィンの体から奪い取った。ジョセフィンは布が木の葉のようにふたりの後ろへ飛んで行くのを見守った。一瞬、あまりにもむきだしになった気がしたが、そのとき彼の表情に気づいた。イライアスは凍りついていた。ただ左手の指二本だけが、いまやさらけだされたジョセフィンの体をなでていた。

「ああ、神よ」イライアスがつぶやいて、指先でジョセフィンの胸のいただきをそっと転がした。途端にジョセフィンは彼の下でびくんとした。これまでイライアスの目がよどむのを見たことはなかった。まるでこの世のほかのすべては消え去り、このベッドが孤島になったかのようだ。イライアスが略奪するための島。彼がふたたび身を乗りだして唇を奪い、ジョセフィンが正気を失うほどのキスをした。ふたりのあらわな肌が触れ合った瞬間、ジョセフィンの頭からあらゆる思考が飛んでいき、名状しがたい激しい欲求が生まれた。

イライアスがまた身を引いて彼女を見つめ、もどかしげな息を吐きだした。彼の手がジョセフィンの体を伝いおりていくと、ジョセフィンのまぶたは自然と閉じた。最後に見えたものが頭に焼きつく。くしゃくしゃの髪によじれた唇、上半身はむきだしだけれどズボンはまだはいている彼の姿。イライアスの指が、長椅子の上でのあのときのごとく踊るが、今回は前より急がず、前より親密だ。

「目を閉じていろ」イライアスが彼女の耳に唇を当ててささやいた。

ジョセフィンは文章を形成しようとしたものの、あえぎ声しか漏らせなかった。

彼の唇が耳から離れてゆっくりと首を伝いおりていき、両の胸のふくらみで休んでから、さらにおりてやわらかなお腹で止まった。そこで彼の舌が登場し、おへそにすばらしいことをした。ジョセフィンは息を呑んだ。

「ふーむ」イライアスが肌の上でほほえむ。「これは絶対に手放せないな。情熱的なきみの顔――何度でも見たい」

彼の頭がもっと下へ向かい、ジョセフィンの太もものあいだを覆うやわらかな縮れ毛に鼻を押しつけた。気がつけばジョセフィンは息を詰めて彼の両腕をつかんでいた。マットレスに突っ張った、たくましい彼の腕を。

「あのピアノ椅子の上で」イライアスが言いながら彼女の快楽の中心にキスをした。最初は試すように、探るように、まるで時間そのものが彼のものであるかのように。「馬車のなかで。クローゼットのなかで。わたしの書斎で。きみの書店で。きみを疲れ果てさせたい」

ジョセフィンは内腿に彼の歯を感じ、あまりにもレディらしからぬ悲鳴があがりそうになるのをどうにか抑えた。計算された彼の奉仕を受けて、かたちと動きが言葉に取って代わり、まばゆい白い光がジョセフィンのまぶたの裏で輝きはじめた。なにかに向かって走っているような気がしたが、なにに向かってかはわからない。彼の手がジョセフィンのお尻を抱え、彼女を支えつつ、彼の口に有利な角度を作りだす。怖いくらい体が震えるので、ベッドからベッドから転がり落ちてしまいそうだ。イライアスが彼女をどこへ向かわせているにせよ、彼の舌が翻るごとにジョセフィンはそこへ近づいていた。

彼の手に口を覆われて絶頂に達した。壊れやすい部分から引きだされた反射的な悲鳴を押し殺されて、解放がもたらした狂おしいうめき声を彼の手のひらに注ぎこむ。あえぐジョセフィンの頰に、イライアスが頰を押しつけてきた。彼の硬く長いものが布地を押しあげ、ジョセフィンの敏感な芯に当たるので、彼女は切迫して腰をくねらせずにはいられなかった。

なかに彼がほしかった。ところがイライアスは動きを止めて、勝ち誇った笑みでジョセフィンを見おろした。

そのときジョセフィンは気がついた。ずっと切れ切れにささやいていたのは彼の名前だった。くり返し、無意識のうちに。

そのまま彼女のなかに突き立ててしまわないためにはあらゆる自制心を要したが、イライアスはこれまで使ったことのない抑制を引っ張りだして、できるかぎり落ちついた呼吸をくり返した。彼女はわたしのものだ。間違いない。あの目を見ればわかる。これまでとは違う。彼女が防御のために使っていた壁は崩れ、いまでは小さく必死にあえぎながら、彼の腰に自分の腰を押しつけるのをやめられないようだ。

イライアスは彼女の脚のあいだにふたたび膝をついた。勝ち誇った笑みが浮かぶのを抑えられなかった。彼女はいまもイライアスを見つめている。彼の胸の上で両手に落ちつかないダンスを踊らせている。イライアスはズボンを脱いで、冷静さを保とうとした。容易ではなかった。ずっとこのときを待ちつづけてきたのだから。

「ダーリン」彼女がささやいた。「こっちへ来て」

イライアスは喜んで従い、片手を彼女のうなじに回してキスをした。存分に時間をかけて彼女の口を探索する。彼女の太もものあいだにぴったりと体を当てて、秘密の入口に痛いほど硬くなったものを押しつける。キスに時間をかけるだけ、彼女はますます熱くなってきた。イライアスの耳元で、かすれた声でささやいた。

「さあ」と嘆願する。「早く。お願い、お願いよ」

「もうすぐだ」イライアスは言い、彼女が身じろぎしていまにも彼を受け入れてしまいそうになるあいだも、できるだけ動きを止めていた。イライアスの口からはうめき声が漏れたが、それでもどうにかじっとして、脈打つ太いものの先端だけを入口に触れさせていた。彼女が少しばかりじれてきた。

「イライアス、ほしいの……」

「わたしはきみの名前がほしい」イライアスは言った。「本当の名前が」

「わたし……それは……」

イライアスはじっと彼女を見つめた。昼の光のなかではとても冷静に見える目が、いまは情熱で燃えている。イライアスは彼女のひだに沿って長いものをすべらせ、みずから加えるその甘美な拷問を味わいつつ、満たされない欲求に彼女がのけぞるさまを堪能した。このすばらしい女性はわたしのものだ。そしてわたしは彼女のものだ。

「わたしの名はイライアス・アラスター・セント・サイア・アディソン。レノックス公爵で、名誉称号もいろいろあるが、いまは並べ立てないでいてやろう。きみがほしい。ジョセフィン・グラントでも、ブルーストッキングでもない……きみが。本当の名前を教えてくれ」

彼女が手を伸ばしてイライアスの首に触れ、指先を髪にもぐらせて自分のほうに引き寄せると、静かにキスをした。イライアスはその動きに導かれるまま彼女のなかに入った。根元までうずめると、彼女がか弱い声をあげてのけぞった。そしてついにささやいた。

「アナリース」彼の耳元で、熱く。まるでその言葉が彼女からもぎ取られたかのように。

「だけどなんとでも好きなように呼んで」

「アナリース」イライアスはくり返した。彼女のなかにいて、包みこまれる感覚に酔いしれていた。「アナ」

彼女の首筋につぶやいて、名前でしるしをつけながら、腰を前に突きだした。最初は時間をかけて、遅さで彼女をじらしながら。そうして腰を動かしていると、背中に小さな爪が食いこんで激しく欲求をかきたてられ、思わずスピードがあがった。彼女の脚に締めあげられつつ、ふたりで一緒にリズムを刻む。出会ったときから言葉で紡いできたのと同じリズムを。イライアスはうなだれて彼女の肩に顔をうずめ、熱っぽく腰を前後に揺すった。そしてもう我慢できないと思った瞬間、絶頂を迎えた。爆発的で目もくらむような絶頂を、彼女の本当の名前という甘美な音に乗せて。

ほどなくイライアスはふたたび枕にうもれ、彼女を胸に引き寄せた。

「姓は?」まだ呼吸が整わないまま、にやりとして尋ねた。

「調子に乗らないの」彼女がぎゅっと彼に抱きついてささやいた。

「いいから教えてくれ、アナ、頼む。どうせわたしが突き止めるのはわかっているだろう？」

「クウェイル」彼女が白状した。

「アナリース・クウェイル」満足とともに発音した。「わたしの崇拝する女性」

暗いなかで彼女がそっと見あげるのがわかったが、イライアスは目を閉じたまま、顔に浮かぶ穏やかな笑みを隠そうともしなかった。鋼《はがね》のかんぬきのように彼女の体に腕を回す。このの女性を行かせはしない。いとこのセバスチャンは正しかった。もしかしたら生まれて初めて。

「ミドルネームは？」イライアスはわずかにまぶたを開いて、愉快そうにきらめく光をのぞかせた。

「イーディス」

「それはひどい」イライアスはにんまりして彼女の髪をなでた。「きみに似合わない」

「あら、イライアス・アラスター・セント・サイア・アディソンのほうがましだと言うの？気取ってるわ」

「公爵だからな」イライアスはふんと鼻を鳴らした。

「そうなの？　すっかり忘れてたわ」

「すばらしい」イライアスは息をつき、彼女の背中を掻いた。クリームのようになめらかな肌に両手を這わさずにはいられなかった。ふたりの体が難なく寄り添っている感触がたまらない。心のなかで彼女の〝新しい〟名前を呪文のようにくり返し唱えた。「わたしも自分が公爵であることを忘れたい。きみも公爵夫人になったら同じように思うだろう。しばらくは気に入らなくて――いや待て、考えてみればきみには管理すべきことが山ほどあるから、わたしは地所の切り盛りや野心的な慈善事業にきみを奪われてしまうかもしれないな。よし、一日の終わりに一時間、かならずふたりのときをもうけて、ベッドの前にブランデーと会話を楽しむことにしよう」

「イライアス」彼女が冷静な声で言った。「もうやめて」

「アナリース」とうなるように返した。本当の名前が彼女に及ぼす効果を楽しみながら。「そこまでだ。きみ以外の女性と結婚するくらいならヤギと結婚する」

「ことの余韻のせいね」

「昼の光のなかでもだ」イライアスは彼女の体に回した腕に力をこめた。「わたしたちのあいだにあるものを貶《おとし》めるな。一緒にオックスフォードへ引っ越さないか？　もちろんアレッサンドラが社交界デビューしてからの話だが。貴族院に席などほしくない。残りの人生を年寄りとの論戦で過ごしたくなどないのだ。責任を放棄するのは前例がないことではない。社交シーズンのあいだはロンドンにいてもいいが、わたしの地所にいるという手もある。オックスフォードにいちばん近い家なら、わたしは研究を続けられるし、きみは……」

「イーライ」アナリースが言い、体の周りに毛布をたぐり寄せた。突然の慎みをイライアスは少し残念に思ったが、そのとき彼女の表情に気づいた。「やめて。あなたはすてきだし、その話もすてきだけど、それでも……。話し合わなくちゃならないことがもうひとつあるの」

「ああ。ディグビーと〈眠る鳩〉の件だな。ふだんのきみがわたしの干渉を喜ばないのは知っているが」イライアスは穏やかに言った。「きみが風呂に浸かっているあいだに、〈眠る鳩〉の娘たちとサッカレーに危険を伝えさせてもらった。〈紙の庭〉には見張りをつけた。とはいえ、ディグビーがすぐに報復してくるとは思えない。なにしろ打ち負かされた直後だ――」

「――公爵に」アナリースが言い終えた。「そうね。あなたの肩書きのおかげでわたしの命は守られるでしょう」

それから彼に向きなおった。思いをはっきり目に表して。それを見たイライアスの心はふたつに裂けた。彼女がいまにも受け入れてくれようとしているのを感じて、イライアスは息を詰めた。ついに。わたしのアナリース、と心のなかでくり返し呪文のように唱える。アナリースが手を伸ばし、彼の両手を取った。

「イーライ、わたしが〈眠る鳩〉でしていることは、肩書きという利点なしでやってきたわ。母と一緒にスコットランドへ発ったとき、貴族階級とのつながりはすべて捨てたの。イングランドに戻ってきたとき、わたしは〈紙の庭〉の経営者になったわ。あの店は昔、父が愛人に贈ったものなの。その女性の名前がジョセフィン・グラントよ。彼女には家族がいなかったから、わたしが相続人のふりをするのは簡単だったわ。彼女の娘だと事務弁護士に信じこませて、公的な記録を破棄させるのは少し難しかった。そのときは知らなかったけど、父はあの店に多額の借金を残していたの。本物のミス・グラントは最後までそれを精算できなくて、令状だけが残ったわ。彼女の名前を使いはじめたとき、わたしは債権者に見つかってしまって。どうにか首から上だけ水面に出しているのが精一杯だったとき、〈眠る鳩〉での仕事を見つけたの。体は売りたくなかった――売れないと思った――だけどピアノは若いころに受けた教育のおかげで弾くことができた」

イライアスは身動きもしなかった。動けば彼女が話すのをやめるのではと不安だった。

「父は――准男爵だったんだけど――スタフォードシャーで悪評が立つほどだらしない生活をしていた。そのせいで母の人生とわたしたちの評判は台無しになったわ。〈眠る鳩〉では父と似たような男性を何人も見た。次から次へと女性を変えて、そういう女性たちの幸せなんて微塵も考えないの。わたしは本を書いたわ。〈眠る鳩〉の娘たちはみんな、食料を買うお金や雨風をしのぐ場所を手に入れるために、そういう男に頼らなくちゃならない。彼女たちにはほかに選択肢がない……女性が就ける職業なんてほとんどないんだもの。なお悪いのは、この世で生きていくために必要な教育を受けられる望みがないことよ。これが公平だと言える？」

イライアスは首を振った。

「いや、言えない」

「あの本を書くだけではじゅうぶんだと思えなかったわ。だからマザー・スーペリアが娘たちを貴族の男性グループに売り飛ばしてると知ったとき、わたしは彼女たちの何人かを雇いはじめたの。〈眠る鳩〉で働く時間を減らしたり、完全にやめたりできるように。何人かには読み書きも教えたわ。みんな、生きていく方法を手に入れるまでわたしのもとで暮らしたの。わたしが隠れ家を提供しなかったら、彼女たちも、マザー・スーペリアが最高額をつけた落札者に売り渡した女性のリストに加わっていたでしょうね。マザーは彼女たちをペットとして売り飛ばしてるの。だけどもっと悪い噂もあって、ダッシュウッドのヘルファイア・クラブと取引したこともあると言われてるわ。マザーのしたことは――いまもしてることは――自分のおもちゃにできる女性をお金で買うような男たちに娘を引き渡すことなのよ。不運な娘たちになにが起きたか、考えるのもいとわしいわ」

ようやく体を動かせるようになったので、イライアスは彼女を引き寄せた。枕の山に寄りかかって彼女を包みこみ、慰めになればと願う。実際は、マザー・スーペリアとその非道な行為への怒りで燃えていた。

「ただで済まされていいわけがない」

「でも……わかるでしょう？」アナリースが彼を見あげた。その目は人生の厳しさを知っていた。〈眠る鳩〉で過ごした年月に耐えるには、そんな目にならざるをえなかったのだろう。「あなたはすばらしい人よ、イライアス、本当に。マザーが取引してる男たちは――」

「非難を超越している？」

「そのとおり」アナリースが目を逸らした。「あなたがわたしを放りださなくてはならないとしても、理解できるわ。うれしくはないけど、理解できる。あなたの地位は――」

イライアスはもどかしげなうなり声で彼女の言葉を遮り、荒々しいほどの力で胸に抱きしめた。

「やめろ、アナ」彼女の名前を呼ぶたびに、ますます現実味を帯びてきた。ふたりなら、なんとかなる。いまも有頂天ではあったが、今夜噴出したアドレナリンは薄れはじめていた。

「まさかと思えるだろうが、どれも乗り越えられないことではない。だがいまは、きみもわたしもよく眠らなくては。いつものようにわたしを怒鳴りつけて勝手な思いこみをするのは明日の朝にしてくれ」

「ここは安全なの？」アナリースが不安そうに言った。イライアスはほほえんで彼女の頭のてっぺんにキスをした。この女性に安全な場所を提供できたのが自分であったことに、心から感謝していた。

「きみにとって最高に安全な場所だ。今後もそれは変わらない」彼女の髪をなでつけると、横になって腕枕をした。「約束だ、かならず解決する。明日。いまは、きみは疲れ果てている」

「そうね」アナリースがあくびをした。もう少しで抗議を重ねそうに見えたが、数分もすると、彼女の呼吸は遅くなった。イライアスはもうしばらく起きていた。彼女の寝息に呼吸を合わせ、考えをめぐらせた。計画した。


数年ぶりに、ミス・アナリース・クウェイルとして目覚めた。控えめに言っても落ちつかなかった。不名誉な准男爵の娘で、裕福とはほど遠く、スタフォードシャーのどこの客間に入っても人々が内緒話を始める。そんな屈辱は、母と一緒にスコットランドへ行ったときに終わったと思っていた。うぬぼれの強いレディたちの唇から漏れる悪意に満ちた噂話はもう聞かなくていいのだと。父が公然と愛人を連れ歩き、果ては自分の妻を家から追いだして、一家に破滅をもたらしたいきさつを聞かされることはもうないのだと。二度と同じ目には遭いたくない。社交界の女性たちの不満そうなしかめ面は二度と見たくない。大きく目を開けて現実を見ようとしたが、悪夢は去らなかった。

アシュワース・ホールにいた。わたしはアシュワース・ホールで眠ったのだ。公爵のベッドで。

その公爵はすでに目覚めて着替えており、小さな机に向かっていた。湯気ののぼる紅茶と半分食べかけのペストリーが肘のそばに置かれていて、公爵はなにやら羊皮紙に書きつけていた。彼は本当にそこにいる。否定しようもなくそこにいて、すべてはうまくいくと信じている。公爵の母親は絶対にふたりの関係を認めないだろうし、〈眠る鳩〉の状況も好転しないだろうに。現実の重みがのしかかるのを感じながら、アナリースは起きあがった。昨夜がどんなに完ぺきだったにせよ、公爵とは結婚できない。純粋に、不可能だ。

「おはよう、アナ」イライアスが顔もあげずにほほえんだ。腹立たしいほどさりげなくその名前で呼んだ……その名を口にするのは簡単なことで、ほかの名前で呼んだことなど一度もなく、その名前に彼女の過去の苦々しさなど詰まっていないかのような口調で。事実とは異なるなにかを意味することができるかのような。

嗚咽《おえつ》が漏れそうになったが、イライアスには聞こえなかったらしい。よかった。アナリースは感情を呑みこんだ。

「勝手ながら、きみの朝食が済んだら風呂の支度をするよう命じておいた」そう言って手で示した先には、アナリースが慣れているものよりはるかに豪華な食事が用意されていた。

「わたしは二時間ほど前に起きた。いろいろやることがある。今日の午後に会計士を〈紙の庭〉へ行かせて、きみの帳簿を確認――」

「なんですって？　だめよ」アナリースはぎょっとした。

イライアスが振り返り、あの堂々たる眉をつりあげてみせた。癪に障る。

「被害がどれほど甚大だときみが思っていようとも、財政は立てなおせる。それに、きみがわたしとの結婚に同意したあとは、〈紙の庭〉を拡大してもいいと思っている。店の未来の計画のためにも、現状を把握しておかなくてはならない。わたしたちの未来の計画のためにも」

「だめよ、イライアス――あなた、わかってない――」

イライアスが腕組みをして、いたずらっぽい目で見た。「じきにわかるとも、ミス・クウェイル」今朝の彼にはそれまでと違うところがあった。自信に満ちた不従順。「どんな異論もわたしの耳には届かない」

アナリースは冷たい目で彼をにらんだ。噴出した怒りがイライアスへの愛情を突き刺す。そんなに尊大にならなくちゃいけないの？　アナリースは、ちょうど彼女のサイズであろうドレスが着替え用の間仕切りにかけてあるのを見つけて、体に毛布を巻きつけた。いらだちとみじめさを感じつつ、間仕切りの後ろにすべりこんだ。

頭からドレスをかぶったとき、イライアスの近侍が入ってくるのが音でわかった。

「閣下？」

「ああ、ドライデン。ついたての向こうにミス・クウェイルがいる。ここは紳士らしく、手短に済ませよう」

「ミス・クウェイル、ですか？　ブルーストッキングのことで？」

「説明はあとだ。ミス・フランシスから伝言はあったか？」

「はい。半時間後に公園でお会いになるそうです」

「すばらしい。〈紙の庭〉の片づけは？」

「順調に進んでおります」

アナリースは顔をしかめ、じっとしていようと決めた。イライアスの寛大さに困惑していた。これでは騎士に救われるか弱き乙女のようで、どうにも気に入らなかった。この男性とその力がなくても生き延びられたのに、と心のなかで恨み言をつぶやく。思わぬ壁にちょっとぶつかっただけで、ひとりで切り抜けられたはずだ。イライアスの干渉で、状況はアナリースにとってむしろ困難になった。彼の質問をはぐらかすことにあれだけの時間を費やしていなければ、きっといまごろ書店の表の部屋は輝いていただろう。それに、イライアスはミス・フランシスと会うつもりだという。よりによって！

「大丈夫か、愛しい人《ラブ》？」ドライデンの背後でドアが閉じると、イライアスが尋ねた。

怒りを募《つの》らせているあいだに、アナリースは時間の感覚を失っていたらしい。

「大丈夫よ」と噛みつくように答えて、間仕切りの後ろから出た。

「考えていたのだが――結婚したら、きみの本名で『社交界の害悪』を再版したい」イライアスが言い、向き合っていた羊皮紙をはたいた。「これは大司教に特別許可を求める手紙だが、ほんの数日しかかからないだろう。母にもう一度会うのはいつがいい？　早急に片づけてしまったほうが得策だ」

アナリースは、気がつけばぽかんと口を開けて彼を見つめていた。イライアスは本当に、昨夜つらつらと語った完全なおとぎ話を現実にする気なのだ。本気で彼女と結婚しようと思っているのだ。ベッドに連れこむための作戦ではなく、本心から。イライアスが立ちあがって、やさしく彼女の頰をなでると、アナリースの怒りは消えた。この男性に及ぼされる影響のすさまじいこと。それを思うと、また怒りが湧いてきた。

「お忘れのようだけど」アナリースは抑えた口調で言った。「わたしは結婚に同意してないわ」

イライアスにぐいと腕のなかに引き寄せられたので、アナリースは息を呑んだ。

「じきにするさ。婦人服店に予約を入れたから、朝のうちに行ってくるといい。サリーが店で待っている。あいにくわたしはミス・フランシスに結婚できないと伝えなくてはならない。そのあとは〈眠る鳩〉の件でいくつか実行に移したい考えがある。夜は〈紙の庭〉で一緒に過ごさないか。ふたりきりでディナーをとろう」

「イライアス」アナリースは弱々しく言った。「あなた、頭がおかしくなったのね」

「ふふん」イライアスが同意し、首を傾けてキスをした。それから彼女の後ろに手を伸ばして外套と帽子を取ると、最後にもう一度、ひたいにキスをした。「ではまた夜に。ごきげんよう」

9

信じられないかもしれませんが、読者諸君、わたしは婚姻制度を悪とみなしてはいません。どちらの側も良縁だと感じていて、みずからの判断で相手を選べるのだとしたら、対等な縁組に反対する理由はないのです。この世に慰めはじつに少ないのですから、得られるものは得るべきでしょう。わたしについては、結婚が手に入れるべき癒やしとは思えませんが。

ジョセフィン・グラント著『社交界の害悪と売春の真価』より

イライアスは馬車から飛びおりた。目覚めてから実行に移したことすべてのせいで、いまも心が浮き立っていた。できるだけ早急にもろもろを手配してしまえば、ミス・アナリース・クウェイルが考えすぎて分析しすぎて彼を拒絶する時間はなくなるはずだ。そういうくだらないことをするのなら、ぶじ結婚してからにしてもらったほうが、よほど安心できる。アナリースが正式に公爵夫人になるのが早ければ早いほど、なんであれ、彼女の父親の波乱に満ちた過去が残していった亡霊に対処するのも容易になるというものだ。

「ミス・フランシス」帽子を振って呼びかけた。いつもの落ちついた態度とは大違いだし、顔は紅潮しているしで、滑稽に見えるだろうといまさらながらに気づいた。だが、どうでもいい。この〝頭がおかしくなった〟状態は心地よく、隠したいとも思わない。

「閣下」ミス・フランシスがほほえんで、手の甲にイライアスのキスを受けた。「今朝はずいぶんごきげんでいらっしゃるのね。連絡をくださって感謝しています。じつはふたりきりでお話をする機会をずっとうかがっていたので」

イライアスは、彼女の付き添いの女性をちらりと見た。

「ああ、アガサ。彼女は数に入りません。彼女がわたしの信頼を裏切ることはありませんから」

「それでは、公園を散歩しませんか？」

イライアスは片腕を差しだし、胸を張って公爵らしく距離をとった。彼の幸せが彼女を中心に回っていると思わせてもいいことはない。これから、そうではないと伝えるのだし。イライアスは少しばかり卑劣漢になった気がした――この件に関してどうしようもないのはミス・フランシスも同じで、彼女がイライアスを選んだわけではない。この華奢な金髪の女性について、イライアスは本当になにも知らなかった。知っているのは彼女の父親が伯爵で、両家がこの縁組をよしとしているという事実のみだ。

「ミス・フランシス」ふたりのあいだにじゅうぶんな空間があり、ほかにも朝の散歩を楽しんでいる人がいるなかで、イライアスは慎重に切りだした。

「閣下、どうか先に言わせてください。わたしはあなたとの結婚を望んでいません」

イライアスは驚きの表情を隠せなかったが、自分のあごが無作法なかたちでぽかんと開いていないことを願った。大胆な発表に衝撃を受けていた。横目で見ると、彼女が言葉を続けたので、唇を固く引き結んだ。

「たいへん申し訳ないのですが、どうかわたしに求婚なさらないでください。これは良縁ではありません。わたしたちのあいだに輝きはなく、あるのはそれぞれ家族に教えこまれた礼儀正しさだけです。あなたと同じテーブルを囲んだり、愛想よく接したり、そういうことは喜んでいたしますが、あなたの屋敷のどの部屋でも毎朝目覚めたくないのです。わたしたちに共通点はありませんもの」

「いまなんと?」

イライアスにはそれ以外の言葉を思いつけなかった。

「同じように感じていらっしゃるはずよ。思うに、わたしもあなたも駒として使われていたんです。あなたのお母さまとわたしの父は、どちらも伴侶《はんりょ》を亡くしていて、とても馬が合うようだわ。その子どもたちの婚約が噂になれば、一緒に過ごす絶好の口実になります。お気づきではなかった?」

「いや、わたしは……」イライアスは言葉を探して口ごもった。「ほかのことに気を取られていたので」

「知っています」

ミス・フランシスがほほえんだ。このとき初めてイライアスは、彼女が社交界に見せている仮面の下の女性に気づいた。気の毒に、彼女もやはりロンドン社交界の女性と同じ病にかかっているのだ——礼儀正しい作法とばかげた決まりごとの裏に本当の自分を隠すという病に。ミス・フランシスと彼のアナを比べるのは公平ではない。野性的で飼いならされていないアナ。ミス・フランシスが福音《ふくいん》として敬うよう教えられたすべてに公然と反対する女性。

「愛する方がいらっしゃるのでしょう?」ミス・フランシスが言い、彼の腕をぎゅっと握った。「そうではないかと思っていました。そしてゆうべ、あなたのいとことワルツを踊って確信したんです。ロード・フロストから、あなたが文学かぶれ《ブルーストッキング》の女性に魅了されていると聞きました。あの方いわく、あなたは善良な男性ではあるけれど、臆病者だと」

「臆病者!」イライアスは思わず大声で言った。

ミス・フランシスが笑った。

「あなたが本当の気持ちをわたしに伝えられないことについておっしゃっただけでしょう」

「今日、伝えるつもりだった!」

「わたしも自分がはかない花に見えることはわかっています、閣下。だけど本当のことをお知りになったらきっと驚かれるわ」

「だからいたずらっぽい笑みを浮かべておられるのか。あなたのそんな顔は見たことがない」

「見せる機会を与えてくださらなかったでしょう？」ミス・フランシスが返した。「だけど関係ないわ。これまでの数週間で、よいお友達になれたかもしれないのだから。あなたからの求婚はお断りしたと父に話します。お母さまには、わたしが強情に拒んでいると伝えてくださってかまいません。差し出がましいようですが、あなたの心がよそにあることもお伝えになってはいかがかしら。新しい公爵夫人と落ちつかれたら、ディナーに招待していただきたいわ」

イライアスは急に好感がこみあげてくるのを感じた。

「喜んで」と熱心に言った。「あなたには大きな借りができた」

「ひとつお願いが」イライアスが彼女の小さな手を両の手のひらで包むと、ミス・フランシスが言った。「ディナーに招待してくださるときは、どうかあなたのいとこもお招きになって」

アナリースは、イライアスの計画の波に乗って運ばれていくほかない気がした。一日が完全に用意されていた。馬車に、お抱えの御者に、どう見ても用心棒としか思えない屈強な召使いまで含めて。出かける前にイライアスがもう一度だけ寝室に顔をのぞかせて、ささやいた。「心配するな」

心配するな？　心配なしには存在できないように思えるのに。実際、感じはいいけれどひどく緊張したメイドが運んできた朝食をつついているうちに、悩む理由が山ほど見つかった。紅茶を飲み終えるころには、ふたつのことを確信していた。ひとつ、わたしはレノックス公爵を愛している。ふたつ、わたしはここを去ってスコットランドへ行かなくてはならない。

婦人服店でサリーと会ったあと、〈紙の庭〉に帰って計画を練ろう。急げば、わたしが去ったと気づいてイライアスが追ってくる前に、じゅうぶん距離を稼げるはずだ。残酷な仕打ちだし、彼にそんな仕打ちはふさわしくないけれど、ほかに選択肢はない。

彼を愛しているのだ。心の底から。

その恐ろしい確信は午前中ずっとアナリースにつきまとい、サリーに会うまで続いた。友人はすでに婦人服店に着いていて、上機嫌で布にうもれていた。

「アナリース！」サリーが明るい声で言い、日中用には大胆すぎるまばゆい青色の布地を手放した。チープサイドにいたころの自分をいちばんよく知っている人物に――ジョセフィン・グラントとしてしか自分を知らない人物に――本名で呼ばれるのは、じつに奇妙な感覚だった。アナリースの目はおのずと左右を見回し、ディグビーかマザー・スーペリアに尾行されていないことを確認した。通常よりはるかに大柄な召使いふたりがドアのすぐ外に立っている。公爵の圧力のおかげだ。アナリースはありがたいような恥ずかしいような心境だった。

「本名で呼んでもかまわないでしょ?」サリーが近づいてきて、低い声で言った。「あたしはもう全部知ってるし、あなたはじきにレノックス公爵夫人になるんだから、ふりを続けるのはばかばかしいって思ったの」

「声を落として」

アナリースは友達をかたわらに引き寄せて、自分も声を落とした。

「ごめんなさい——わたしが名前を偽ってたこと、もっと前に話すべきだったわ。だけど自分の身を守らなくちゃならなかったの。わかってくれるわね?」

「うーん、本当にはよくわからないわ」サリーがにっこりする。「あなたって、なんでも必要以上にややこしくしちゃう癖があるんだと思う。だからってあなたを嫌いになんかならないけど。ねえ、これどう思う?」

サリーが彼女によく似合う、きれいな花柄の布地を掲げた。アナリースは麻痺したようにうなずいた。

「ここの女店主はとっても親切で——あたしたちの恋人が指示してくれたおかげでね——しかもあたしたちは値段をまったく気にしなくていいのよ。自分に合いそうなものは見つかった? レノックスは、今夜あなたにすてきなドレスを着てきてほしいんじゃないかしら。だって彼、大事な質問をするつもりでしょ?」サリーが言って、眉を動かした。

「ああ、サリー」アナリースはため息をついた。「ここまでの親切は受け取れないし、あなたも受けるべきじゃないわ」

「つまらないこと言わないで。あたしは愛しいニコラスが贈り物攻めにするのを喜んで受けるつもりよ」

女店主が歓迎の笑みを浮かべてふたりに近づいてきた。

「ミス・クウェイル」と言って小さくお辞儀をする。「ようこそお越しくださいました」

初対面の人に本当の姓で呼ばれて、アナリースはひどく居心地悪くなった。

「ご存じかと思いますが、わたくし、アメリ・ラクロワと申します」その訛りで、自己紹介される前から国籍がわかった。彼女の店は流行最先端で、フランス式のすてきなドレスは大人気だ——女性陣に。アナリースは、自分はそうしたドレスでくつろぐような女性のひとりだと思っていなかった。コルセットで締めあげられてあちこちレースで飾られていては、どんな作業もままならない。

「すでに閣下がお客さまのために特別なドレスを選んでおられます」マダム・ラクロワが続けた。「閣下はたいへんご趣味がよろしくていらっしゃいますね」

マダムが店の奥の、もっと高価そうな衣類がある部屋へとふたりを案内した。通ったあとに強烈な香水のにおいを残しながら。

「ご覧あれ《ヴォアラ》！」マダム・ラクロワが大仰に言い、ドレススタンドを示した。そこにかけられていたのは夢のような一着だった。あまりの美しさに、アナリースは実際に見ているのではなく、空想しているに違いないとさえ思った。深いバーガンディ色で、スカートにはたっぷりとひだが寄せられ、身ごろには精巧なビーズ細工が――それも手縫いで――施されている。〈眠る鳩〉の給料一年ぶんはしそうなドレスだった。

「すごい」サリーがつぶやいた。

「サイズは完ぺきに合うだろうと閣下はお考えでしたが、もちろんお試しになりたいでしょう？　店の者がお手伝いいたします」

「わたし――」

そのひと言しか発しないうちに、アナリースは店の娘たちに試着用のカーテンの後ろに連れ去られていた。カーテンの向こうでサリーがにやにやしているのが見える気がした。サリー自身のドレスと採寸について、マダム・ラクロワが楽しげにしゃべりはじめる一方、アナリースの周りでは店の娘たちが行ったり来たりして、あっちを調節してはこっちを留めていた。またしても公爵に嵐のなかへ引きずりこまれた。いっそ逃げだしたい。

それでも店の娘たちに鏡のほうを向かされたとき、アナリースは息を呑んだ。そこにいたのは飾り気のないジョセフィン・グラントではなかった。れっきとした社交界のレディ、ミス・アナリース・クウェイルだった。それだけでなく――レノックス公爵のとなりに立っても恥ずかしくないように見えた。自由に妄想を駆けまわらせるのは魅力的だった。イライアスが見たらどんな反応を示すだろう？　これを着たわたしを気に入るだろうか？

サリーが好奇心に負けてカーテンの向こうから飛びこんできた。途端にぴたりと動きを止めて、口を上品なOの字に開く。じつに奇妙な表情だった。

「なあに？」アナリースは尋ねた。

「その姿……あなたまるで……」

「なんなの？」

「公爵夫人だわ。あなた、公爵夫人みたい」

アナリースは唇をすぼめ、鏡に映る自分の顔を見つめた。その顔に刻まれた心配のしわは――とびきり高価なドレスの上にあるそれは――公爵夫人を物語っていなかった。ドレスはそうかもしれないけれど、中身は……。

見た目は公爵夫人でも、気分はまがい物だった。


ハイドパークを出たイライアスは、アシュワース・ホールに戻った。ドライデンが母を屋敷の外へ送りだしてくれているよう、心のなかで祈る。入口にはだれもおらず、厨房《ちゆうぼう》のほうから召使いたちの声が聞こえた。きっと軽めの昼食を用意しているのだろう。無言で執事に外套を渡して、書斎に向かった。母のソフィアがいた場合に備えて、じゅうたんの上を進む。十代の少年に戻った気がした。こっそり立ちまわって、とてつもない計画を練って。イライアスはひとりほほえんだ。

アレッサンドラが腰に両手を当てて、廊下で待ち構えていた。

「それで？」妹が期待をこめて言う。「パーティで本当に具合が悪くなったんじゃないんでしょう？　知ってるのよ、ニコラスとセバスチャンから聞きだしたんだから。ニコラスとセバスチャンといえば、下でお兄さまを待ってるわよ」

イライアスはため息をついて、妹の前を通りすぎた。

「とんだ三羽の鶏ね――つついてばかり」

アレッサンドラが書斎のなかまでついてきた。「お兄さまったら、ばかみたいににやにやしてる」と言う。「なにかいいことがあったんでしょう」

「ドアを閉じろ、アリー」妹がそのとおりにしたので、イライアスは続けた。「週末までにわたしは結婚していると思うが、相手はミス・フランシスではない」

アレッサンドラがうれしそうに両手をたたいた。

「やっぱり！」兄の頰にキスをする。「よかったわ。お幸せに」

「幸せの時間はまだ先だ」イライアスは言い、机についた。「その前に片づけなくてはならないことが山ほどある。そのいくつかは、おまえには話せない」

妹の眉がつりあがった。

「だが、非常に重要なことを頼みたい」

イライアスはいちばん近くの棚に手を伸ばして、最初に読んだアナリースの本を取った。まず呪い、やがて受け入れて理解し、果ては著者に限界まで苦しめられてふたたび呪った本――いま、その憎らしい本を利用できるチャンスが訪れた。

「母上がこれを読むよう、仕向けてくれないか？　読んでくれさえすれば、わたしがふさわしい妻を選んだと納得させるのに大いに役立つと思う」

「ミス・グラントの本？」

「本名はクウェイルだが、その件についてはまた今度話そう」

「どうやったら母さまに読ませられるの？」アレッサンドラが泣きそうな声で言う。「母さまはわたしの意見なんてちっとも聞いてくださらないのに」

「わたしはおまえを信じている」イライアスはほほえんだ。「おまえは賢い。きっと方法を思いつく」

アレッサンドラが本に手を伸ばしたものの、イライアスはふと思いついて引っこめた。

「いや、やはり来週、新しい版を渡そう。いくつか修正すべき点があるし、序文を加えたい」

「兄さまの序文……それについては母さまになんて言えば？」

「推薦されたので読んでみたらじつに気に入ったから、新しい版には序文を書きたいと申しでたと言えばいい」イライアスは手を振った。「そういう序文は年に十本以上書いている。おまえも母上もそれを読むほどわたしの研究に興味がないだけだ」

アレッサンドラが天を仰いだ。「それはそれは、かわいそうなお兄さま」

「それで？　協力してくれるか？」

「もちろん」アレッサンドラは向きを変えて行きかけたが、書斎を出る前にもう一度振り返った。「でも、これは貸しですからね」


イライアスが言ったとおり、会計士はその日の午後、〈紙の庭〉の混沌《こんとん》のさなかにやって来た。サファイアが最善を尽くし、公爵の馬車で到着したお仕着せ姿の召使いたちに懸命に指示を出していた。その馬車――紋章つきでつややかな塗装の――のせいで近隣の人々は大騒ぎし、店の窓からなかをのぞこうとする始末。そこでアナリースは店のカーテンを引き、閉店の札をさげた。営業時間中にそんなことをするのは苦痛だったものの、こんな状態では客を迎えられなかった。

「ミス・クウェイル？」めがねをかけてスーツに身を包んだ会計士が、胸に帳面を押しつけて、アナリースに近づいてきた。周囲の活発な動きにひどく落ちつかない様子だ。「今日はずいぶんお店が忙しいようですな」

「タヴィシャムさんね？」アナリースは言い、名前を思い出せない小柄な女性が操る羽ぼうきをよけた。会計士が左右を見回し、それからアナリースに視線を据えた。ふたりは一瞬見つめ合い、そこから先は刻一刻と、アナリースのなかで公爵への怒りが募っていった。彼女が店を侵略されたがっているかどうか、公爵は尋ねもしなかったが、いまや店は人であふれかえっている。この人たちが彼女を新しい名前で呼んでいる理由をサファイアにはまだ話していないし、もはや隠しておけないという恐怖はひたひたと迫っている。地味なジョセフィン・グラントからミス・アナリース・クウェイルへ、どうやって変わればいいのだろう？　公爵夫人になる運命らしい女性へと？　こんなに不安を抱えていて、イライアスの羽に軽く何度かはたかれて、それでも彼はアナリースがそのどれかひとつでも望んでいるか、一度たりとも尋ねていない。

「閣下を厄介な人だと思います？」アナリースはタヴィシャム氏に尋ねた。

「なんですと？」

「おせっかいだとは？　腹立たしいとは？」

「なにをおっしゃってるんです？」

「ずばりお訊きするわ。レノックス公爵を腹の立つ男だと思う？」

「ミス・クウェイル」タヴィシャム氏が驚いた声で彼女の忌まわしい名前をくり返した。

「閣下のことは、正直で公平な方だと思っています」

「だまされてるのよ」アナリースは小声で言った。「あのろくでなし」

「わたしがここへ来たのはあなたの帳簿を拝見するためだとお聞きになっていませんか？」会計士の両眉は困惑に寄せられていた。

「もちろん聞いてるわ」アナリースはそう言って首を振ったが、頭はちっともすっきりしなかった。サファイアがなにやら意味不明なことをつぶやきながらそばを駆け抜けていき、そのあとを三人の召使いが本の山を抱えてついていった。「どうぞこちらへ、タヴィシャムさん。この騒ぎから逃げましょう」

アナリースは人をよけながら進み、事務所としても使っている稀覯本の部屋へと向かった。イライアスがすべて購入するまで、彼女の本が常に置かれていた部屋だ。あの男性は、アナリースの人生の全領域に侵入してきた。この部屋に入るだけで、イライアスが彼女を見つめて口角をあげ、あのものうい声で〝ブルー〟と言ったときのことを思い出す。初めてふたりともが仮面を外した状態で見つめ合った場所も、ここだ。彼が彼女の手首に唇を当てたのも。あのとき、どんなふうに見つめられたかを覚えている。彼の目に浮かぶうれしそうな困惑を。

「ミス・クウェイル？」会計士の声ではっとわれに返った。

「狭くてごめんなさい」アナリースは細い声で謝罪した。「帳簿はすべてカウンターの後ろの隅の棚です。年代順に整理してあります」これが実際に起きていることだとは信じられなかった。本当に自分がこの男性に財政状況を見せようとしているとは。けれどこれ以上イライアスの強引さを拒むのに疲れていた。正直に言えば、拒みたいとも思わなかった。あの男性のしつこさは、まったく手に負えない。

「ゼロから再出発できるよう、負債とその源を明確に記録します。質問事項が出てきたときにだれか呼べるよう、呼び鈴はありますか？」

「いま、なんて？」

「わかりにくかったでしょうか」会計士が帳簿の前に陣取って、もう行ってくれと言わんばかりに続けた。「公爵のご指示どおり、負債を片づけるべく作業を始めて、もし質問したいことが出てきたらベルを鳴らすということです」

「公爵がわたしの負債を支払うの？」

タヴィシャム氏がうんざりしたように顔をあげた。

「閣下はご自分の負債でもあるとみなしておられます。あなたはアナリース・クウェイルではないのですか？　彼の婚約者の？」

アナリースは仰天した。イライアスは彼女に尋ねもしないで人に触れまわっている。どうしてわたしに訊かないの？　ほかの召使い同様、わたしもおとなしく従うと思ったの？

もっと不安な疑問が湧いてきた——わたしはイエスと答えるの？

「というわけだ」イライアスは締めくくり、腕組みをしてニコラスとセバスチャンを観察した。ふたりはイライアスの居間でゆったりと腰かけていたが、いまは唖然として彼を見つめていた。

「おれにできるかぎりで要約させてくれ」セバスチャンが言った。「おまえのブルーストッキングは本当は上流階級の育ちで、なにかしらの醜聞のせいで母親と一緒にスコットランドへ行くことになり、ふたたび戻ってきたときには貴族階級に反感を持っていて――」

「貴族階級と、軽薄な男どもに」ニコラスがつけ足す。

「――貴族階級と軽薄な男どもに反感を持っていて、娼館での仕事を手に入れたあとに、社会の仕組みを痛烈に批判する本を書いた、と」

「いかにも」イライアスは認めた。

「そして」ニコラスが大げさに盛りあげようと間をおいてから続けた。「復讐の天使は周りの傷ついた鳩を救いはじめ、もとより危うかった財政状況を悪化させた」

「よくいる殉教者《じゅんきょうしゃ》だな」セバスチャンが鼻で笑った。「好きなタイプじゃない」

「彼女が偽名を使っていたことも忘れちゃならない」ニコラスがたたみかける。「厳密に言えば、〈眠る鳩〉でのものと〈紙の庭〉でのもの、ふたつの偽名を。そしていま、彼女の非道な雇い主はその策略に気づいて、彼女を始末しようとしているらしい。なにもかもがじつに芝居がかってるよ、レノックス」

「そうだな、サッカレー、同感だ。なにもかもが一大抒情詩《じょじょうし》に思える。もしくだらない小説のなかで描かれていたら絶対に信じなかっただろう状況にわたしが陥ったのを見て、おまえは心の底から楽しんでいるに違いない」

「むしろ戯曲だな」ニコラスが言う。「いや、道化芝居かな」

「すばらしいじゃないか」セバスチャンが言った。「まじめな話、おもしろい。この物語は英雄に値する」

イライアスは顔をしかめた。

「やめてくれ、フロスト。これは物語ではない。わたしの人生だ」

友人ふたりともが一瞬凍りつき、ちらりと目配せを交わすと、いっせいに噴きだした。

「悩み苦しみ、片思いするレノックス公爵か！」ニコラスが笑いながらどうにか言う。「無表情な石像が、改革の美女に倒された！」

「知り合いの劇作家に話してみろ」セバスチャンが鼻を鳴らす。「これ以上の筋書きはだれも思いつくまいよ」

イライアスはうんざりして天井を見あげた。

「おまえたちふたりを物語から削除してくれる人物がいればいいのに」

ニコラスが立ちあがり、イライアスの背中をたたいた。

「そうはさせるか」そう言って、三人ぶんのブランデーを注ぐ。「おれたちの楽しみを邪魔するな。論理的な思考ができてないといっておまえをからかえるようになるまで二十年近く待ったんだぞ。このささやかな慰めを奪うなんて残酷だ」

「こいつの言うのはいかにも真実だ」セバスチャンが言った。「おれがロード・ウェルズの馬車を盗んで村のバーメイドを祭りに連れて行ったとき、おまえは簡単には許してくれなかった」

「おれが校長室から校長の日記を盗んでお咎《とが》めなしでいられるかという賭けで、全財産プラスアルファを失ったときもな。あれは、校長の娘の家庭教師に印象づけたいという一心から生まれた向こう見ずな行為だった」

「というより愚か者の遣《つか》いだ。自分でもわかっているだろう」イライアスはつぶやいた。

「まだほかにもあるぞ」セバスチャンが言う。

「もう黙れ。おまえたちの言いたいことはわかった。だが冗談を言いながら考えてくれないか。事業の提案がある」

セバスチャンが堂々たる音をたててテーブルにグラスを置いた。

「〈眠る鳩〉を購入したいんだな」

「それもおれたち全員で」ニコラスが言う。「三人共同で〈眠る鳩〉を購入したいんだろう」

「たいていの事業では、ひとりが全責任を負わなくて済むよう、共同出資するのが賢いやり方だ」

「信頼できる論理のおでましだ」セバスチャンが椅子の背にもたれて言う。

「わたしの考えでは、出資者全員が利益を得る。それにフロスト、おまえは帰国してからロンドンでなにもしていないだろう？　サッカレーのほうも、ここで過ごす時間が増えて、高圧的な侯爵夫人と過ごす時間が減るというものだ」イライアスは言葉を重ね、ふたりがあまりじっくり考えないでくれるよう祈った。実際はイライアスひとりでもできるのだが、そうしたくはないのだ。ずいぶん長いあいだ、ひとりで責任を背負って過ごしてきた。親友ふたりを事業に引きずりこんで一緒に働くことになれば、じつに楽しいだろう。ふたりとも困った男だが、イライアスにとっては家族だ。いろいろなことがあったが、気がつけば家族のそばにいたいと思うようになっていた。家族に囲まれていたい。おとぎ話の気の毒な王子のように、世界の重荷を背負って、塔にひとりで閉じこめられているのではなく。

「まさか女性を売るのは続けたいと思ってないよな？」ニコラスが一瞬、遠い目をした。サリーのことが頭に浮かんだのは間違いない。「正しくないことだ。絶対に」

「ああ。だが賭け事は同じくらいの収益をもたらしてくれるのではないかと思っている。そしてそういう場には面倒を見てくれる有能な人材が必要だ」

「美しき女たちがベッドからバーへ大移動か」セバスチャンがひらめいて言う。「飲み物を運んで、気の利いた会話を提供して、紳士連中がどれだけの金を使っているか忘れてしまうほど快適な空間を作りだす。しかし――それでも取引があるだろうことはわかってるんだろうな……ちょっとした追加のお楽しみのために」

「われわれは関与しない」イライアスは言った。「彼女たちの選択だ」

「レノックス」セバスチャンの声に警告の色が混じった。珍しい。セバスチャンのなめらかな口調は相手を魅了するために用いられるのがほとんどで、そこからいたずらっぽい雰囲気が完全に消えることに、イライアスは慣れていなかった。「おまえが自滅するのを手伝ってやりたいのはやまやまだが、これはたいへんな醜聞になるぞ」

ニコラスの顔に真っ向から反対する表情が浮かんだ。考えが鮮明にひらめいたのだろう。

「おれたちは表向きの経営者にはならないさ、フロスト。ばかを言うな」

「そうとも」イライアスは言い、セバスチャンを見なくて済むように人差し指でとんとんとテーブルをたたいた。

「それで、だれをボスにと考えてる？　ふたりとも、すべてお見通しのようじゃないか。すまんがおれは旅から戻ったばかりで、ここでなにが起きていたか知らないから、どうも察しが悪くてな。それに愛で目がくらんでもいないから、そんな事業に大金を賭ける気にもならんのだ」

セバスチャンの声には笑みが戻っていた。

「もちろんサリーがボスだ」ニコラスが言った。うれしい驚きに満ちた声で。「じつにみごとな解決法じゃないか。おみそれしたよ、公爵」

「それで？」イライアスは言った。「どう思う？」

「少し考えてみる」セバスチャンがかわした。

「おれはもう考えた」ニコラスがにっこりした。「誇りを持って共同出資者になる」

「わかった。わかったよ」セバスチャンが長々とため息をついた。

イライアスは笑みが浮かぶのをこらえられなかった。ふたりに順ぐりに手を差しだして、固い握手を交わした。セバスチャンがいつもの比類ないやり方であいの手を入れた。

「ひどい結末を迎えるだろうが、おもしろくなるのは間違いない」


アナリースはひどく不安な気持ちで〈紙の庭〉に戻った。公爵夫人のように見せてくれるドレスはあとで届く予定だ。いくつか小さな手直しが必要だったのだが、イライアスは間違いなく彼女がディナーのためにあのドレスを着ることを期待している。アナリースがそんなことをするのは十代のころ以来だ。ばかげているように思えた。〈紙の庭〉は彼女の留守中にさらなる変化を遂げており、おまけに店の正面のドアの外には屈強そうな護衛ふたりが立っていた。さすがにマザー・スーペリアもいまはなにもしようと思わないだろう。

サリーは豪華な新居に帰り、サファイアは――本名はジョージアナという――アナリースが帰ってきたときにちょうど昼食をとっていた。ジョージアナはとても若く、まだ十九歳で、この書店に好感と感謝を抱いていた。ここのおかげで〈眠る鳩〉をやめることができたし、掃除を監督することもできた。ジョージアナはあれこれ訊かないけれど、公爵が白馬に乗って現れて、全員を救ってくれたのだと考えているように、アナリースには思えた。これにはアナリースの自尊心が傷ついた。けれど説明しようにも複雑すぎるので、それについてはなにも言わないことにした。

「おかえりなさい、ミス・グラント！」ジョージアナが明るく言った。

アナリースは自分の名前についてもなにも言わないことにした。

「ただいま」

「すごく忙しかったわ！　食事をするのにドアに鍵をかけなくちゃいけなかったくらい」

「すばらしいわね」アナリースは言った。周囲の本の表紙ほども平坦な声で。ある意味ではすばらしいけれど、それ以外の意味では混乱させられる。今後もアナリースは生き方を変えられないだろう――革新的な考えやそれに付随するもろもろを持ちつづけるだろう――けれど公爵は、彼女が醜聞の人生をもたらすことになるのをわかっていないようなのだ。彼女がレノックス公爵家に没落と屈辱をもたらすことを。もしイライアスが、彼女が尊敬される公爵夫人になると思っているなら、痛々しいほど落胆することになる。

「お店、再開させるわね」ジョージアナが急いで言い、ナプキンをたたんだ。アナリースは、自分が失礼なくらい長々と黙っていたのに気づいた。

「ランチを終えてしまって」アナリースは言い、手を振った。「あなたに腹を立てたんじゃないの。ただ今日はたいへんで。この大騒ぎの面倒を見てくれてどうもありがとう」

「こちらこそお礼を言わなくちゃ、ミス・グラント。ここにいられてどんなにうれしいか」

「それは言わないで」アナリースは言った。「わたしは部屋にいるわね。頭痛がするの」

「なにか必要なことがあったらいつでも呼んで」

アナリースはうなずいて、体を引きずるように階段をのぼった。骨の髄まで疲れていた。いつもは安らぎである螺旋階段が、今日は不必要にややこしく思えた。横になって頭をすっきりさせようとしたが、落ちつかなかった。夜にはまたイライアスが来る。相変わらず、彼女がおとなしくふたりの結婚を受け入れると思いこんだまま。これ以上、決断を先延ばしにはできない。この地を去るとイライアスに告げるか、足元をすくわれて別の人生に突入するかだ。

クローゼットから旅行用の長持ちを取りだして、ぱちんと蓋《ふた》を開けた。自分が本当に出て行きたいと思っているのかどうか、判然としなかったが、それでも荷造りを始めた。事前の準備を怠らないのは長年の癖だった。わたしはいったいどうしたいのだろう。ふたりの関係への疑念が深すぎるあまり、これまで自分にすら問いかけてこなかった。身勝手だった――彼の妻にはけっしてなれないと認めるときまで、ずっと一緒にいたいと願っていた。

たんすの引き出しのひとつの中身を長持ちに移した。ずっと着ていない夏用のドレスの数々だ。何着かはあまりにも古いので、くり返し繕った箇所にはつぎがあてられている。宝石箱も収めた。たいした数は入っておらず、母の形見と一家代々の品しかないけれど。ほかはとうに売り払い、請求書の支払いと娘たちの救出にあてた。

ふと手を止めて、長持ちのなかの荷物を見つめた――わたしはなにをしているの？　逃げるなんて、イライアスに酷だ。けれど彼の家族の恥となるような女と結婚させるのは、もっと残酷だ。

アナリースは大きなたんすを開けて、いちばん暖かな衣類を取りだした――思い出せば、スコットランドは無情なほど寒いときもある。似つかわしい追放になるだろう。公爵をもてあそぶつもりは毛頭なかったけれど、幸せな結末を迎えられると彼に思いこませてしまった。アナリースは、自分が貴族階級に受け入れられることはないと若いころから知っていたし、おとぎ話はおとぎ話だ。長持ちの上にブーツをぶらさげて立ち尽くし、考えた。出て行くとしても、彼には話せない。話しても無駄だ。きっと止められる。

アナリースは机に向かい、さよならの手紙を書きはじめた。けれど思いはまとまらず、走り書きをしては消してばかりいた。あとで書きなおそう。出て行くと本当に決心したら。

午後遅くには、必要なものはすべて荷造りして、一階の隅に長持ちをおろして布をかけ、不完全な手紙も一緒に置いた。けれどそれでもとどまるべきか去るべきか、決めかねていた。そんなどっちつかずの思いと、彼女の心に根ざした答えの出ていない問いの記念碑のように、長持ちはそこにうずくまっていた。

〈眠る鳩〉へ行く前に、マザー・スーペリアとの対決に備えてピストルを持っていくべきかどうかとイライアスは思案した。ディグビーのことは恐れていなかった。あの男ならまた倒せるという確信があった。ニコラスとセバスチャンも同行してくれる予定なので、肉体的な面ではじゅうぶん安全と思えた。しかし銃は、脅しの面で役立つかもしれない。

結局、持っていくことにした。ピストルのほかには、みずから女子修道院長《マザー・スーペリア》と名乗る非道な女への正当な怒り以外に必要なものはない。イライアスの一部は、ささいなものでいいからディグビーが理由を与えてくれるよう願っていた。ディグビーを瀕死の状態までぶちのめせる理由を。

こんなふうに行動を起こすのは心が浮き立つことだった。これまでのイライアスは、あまり率先して動くことはなく、他人の問題にはたいてい首を突っこまないようにしてきた。その点においては常にニコラスと正反対で、セバスチャンと比べると気取っていた。いま、〈眠る鳩〉のドアの前に立って考えてみると、アナリースと出会ってから自分がしてきたことは、彼らのもっとも愚かないたずらをも上回っていることに気づいた。

最高だ。

「ただ入っていくのか?」セバスチャンが尋ね、建物の裏のほうをのぞいた。「もっと英雄らしく、たとえば中庭を突っ切って意表をつくとかしないのか?」

「ここはビジネスの場だ、フロスト。ふつうに入っていく」

「そんなのじゃ勇ましくも危険そうにも見えないぞ。それは認めるだろ、レノックス」

「ここではおれは好かれてる」ニコラスが肩をすくめた。「酒と、サリーがやめるまでは彼女のために、大枚をはたいてきたからな。それにおれはレノックスじゃない。もめごとを起こす人間じゃ」

「おまえはマザーの娘のひとりをさらった」イライアスは指摘した。それから正面のドアを開けて、奥へと進みはじめた。「いまも常連客であるかのようにただ入っていって、マザーと話ができるまでは、周囲に溶けこんでいたほうがいい」

「それで、もしその女が話をしようとしなかったらどうする？　彼女の手下を殴って気絶させたんだろ？」

「話はするさ」

「中庭の壁をのぼったほうが盛りあがると思うがな」

「黙れ、フロスト」

イライアスは〈眠る鳩〉のドアを開けたが、即座にディグビーの腕に進路をふさがれた。ディグビーの後ろに輝くピアノが見えた。レノックスがこの忌まわしき悪党どもに支払ってしまった金の記念碑が。室内には客も娘たちもいなかった。

「閣下。来ると思ってましたよ」

「やあ、ミスター・ディグビー」セバスチャンがイライアスの後ろから言った。「おれはセバスチャン・フロスト、ハリントン伯爵の後継者だ。ここの噂はいろいろ聞いているよ」

「今日は休みです」ディグビーがぶっきらぼうに言った。「修理で」

「きみのボスと話がしたい」イライアスは抑揚のない声で言った。

「マザーのほうはしたかありませんがね」

「ディグビー、そう固いことを言うなよ」ニコラスが陽気な大声で言った。「マザー・スーペリアが三人のハンサムで裕福な男と話をする機会を逃すはずないだろう?」

「純粋に、彼女に会わなくちゃならんのだ」セバスチャンが、ばかばかしさ寸前の大げさな身振りでつけ足した。

そのあまりにもさりげない口調を聞いて、イライアスはふたりが練習してきたのだろうと見当をつけた。そのとき、用心棒の後ろにマザー・スーペリアの肥えた体が現れ、首を伸ばして三人を見た。

「なかへお通し」マザーが吠えるようにディグビーに命じた。「ここへ戻って来られたからにはそれなりの理由がおありなんでしょうね、閣下？　閣下のブルーストッキングをお探しなら、あの娘はここにはいませんよ」

「彼女の居場所は知っている」イライアスはちらりとディグビーを見た。「厳重に守られている」

マザー・スーペリアが両手を腰に当てた。

「話なら早くなさって、閣下。わたしの時間はお金同然で、閣下にはもうじゅうぶん無駄にさせられてるんです」

「われわれは、きみの店から娘たちが消えていることに気づいた。ディグビーがつい先日、ブルーストッキングを襲撃したことを踏まえると、われわれがここへ来た理由はわかるはずだ」

いまやディグビーはマザー・スーペリアの背後に回り、脅威をにじませていた。

「喜んでもう一戦交えますぜ」ディグビーがうなる。

「気をつけろ」イライアスが警告すると、ディグビーが攻撃しようとするかのように片足を前に出した。すかさずニコラスとセバスチャンがイライアスの両脇を固める。イライアスは一拍置いてから続けた。「文明的に行こう。きみたちに提案がある。全員にとって悪くない提案だ」

「どこかで聞いたせりふだな」セバスチャンがニコラスにささやいた。

「へえ？」マザーが欲をのぞかせた声で言った。

「こんなやつの話に耳を貸すなよ」ディグビーが情けないような声で言った。それを聞いたイライアスは、この男がマザーの息子だと瞬時に悟った。「こいつはおれを石壁にぶつけて気絶させたんだぞ！」

「おまえのしたことを考えれば、手加減してやったつもりだ」イライアスは吐き捨てるように言った。「もう一度、同じ目に遭いたいか？」

「レノックス」ニコラスが口をはさむ。「おれたちのどっちかに任せろよ。楽しみを独占するなんてずるいぞ」

「金がほしいか、ミス・スーペリア？」イライアスは穏やかな声で尋ねた。

「金？」マザーの目が光る。

「そら来た」ニコラスがにんまりした。「おれたちの知ってるお嬢さんの登場だ」

「お嬢さんとは言いがたいがな」セバスチャンがつぶやいた。

「ああ、金だ」イライアスはテーブルの向こう側へ羊皮紙をすべらせた。三人で合意した額が記されている。寛大どころではない額が。その数字を見たマザーの目が丸くなった。マザーの肩口からディグビーがのぞいて、疑わしそうな目で三人組をにらんだ。

「当局に行くことも考えたが」とイライアスは続けた。「きみは上層部につてを持っているだろうと推測した。ここの娘と引き換えにきみに金を払う連中が、肩書きのない男ではないのは間違いない。訴訟はひどいものになるだろう。そこでわたしはここにいる友人ふたりに協力を求め、きみに条件を提示することにした――その寛大な額を受け取って、船に乗り、二度とこの国に足を踏み入れるな。この不道徳な場所をわれわれに譲渡するための証書に署名しろ」

「なぜだ？」ディグビーがふたたび口を開いた。マザーのほうは驚きに言葉を失っていた。

「レノックスはきれいに片をつけるのが好きで」ニコラスが言った。「フロストとおれは賭け事が好きなんだ」

「それにこいつは、おれがおまえたちを殺してアシュワースに埋めることを許さない」セバスチャンが不穏なほど大まじめにつけ足した。

「条件を飲みましょう」マザーがじっくり考えるふりをしてから言った。

「だが――」

「お黙り、ディグビー。わたしは疲れてるの。この坊やたちが自分たちの評判を落とそうと、ここを燃やしてしまおうと、かまうもんですか。わたしは快適な生活を送りたいのよ」

「賢明だ」ニコラスが言った。「だれもが快適な生活を求めてる。それこそおれたち人類全員に共通する唯一のことかもしれないな」

「演説は不要だ」イライアスは言った。「それで、答えはイエスだな?」

「そう言ったでしょ?」

おかしな話だが、イライアスの頭に最初に浮かんだのは、これであの中庭は正式に彼とアナリースのものになったということだった。

「すばらしい」イライアスは言い、手をたたいた。「わたしの事務弁護士が明日までに詳細を連絡する」

ふたりの悪党はまだ呆然としていた。ディグビーは取引のたやすさを怪しんで、マザーはみずからの幸運に仰天して。イライアスは、自分の感情も顔に表れているだろうと知りつつ、友人たちを見た。未来がどれほど希望に満ちていると思えるか、表現する言葉もなかった。

「では諸君、行こうか？」

「なんとつまらん対決だ」セバスチャンが外に向かいながら言った。「殴り合いを期待していたのに。なあ、外へ出るのに塀をよじのぼることもしないのか？　じつに味気ない」

「もうおまえの塀だ」ニコラスが肩をすくめた。「いつでも好きなときにのぼれ」


アナリースは〈紙の庭〉の表の部屋を行ったり来たりした。イライアスが選んだのだからと、例のバーガンディ色のドレスを着たものの、時間が経つにつれてますますばかばかしく思えてきた。これほど窮屈な服を着ていては、どんな作業も簡単には片づけられない。苦しいボディスのなかで、役立たずになった気がした。とはいえ、やるべきことはほとんどないのだが……公爵家の召使いの群れが店をぴかぴかにしていったから。ジョージアナが夜にサリーを訪ねて行く前に話してくれたところによると、この日だけで、彼女が〈紙の庭〉に来てからいままでのあいだに目にした以上のお客が訪れたという。

ドライデンが現れて、覆いをしたディナーをふたりぶん、フロントテーブルに並べた。彼は公爵に仕えるべく、歴史コーナー近くの狭い隅に本部を設けていた。この近侍はおおむね静かで、発したのは短い挨拶と、今宵のアナリースへの賛辞だけだった。

アナリースはひどい気分だった。自分がとどまるのか出て行くのか、まだわからなかった。

短いノックが二度響いて、イライアスがドアを開けた。彼の目がぐるっと室内をめぐってアナリースを探すと同時に、アナリースは彼もディナーのために正装で来たのだと悟った。まるで彼女が重要人物であるかのように。アナリースの胸はよじれた。この男性はかつてわたしが背を向けて、いままた離れようとしている世界の住人だ。上着のみごとな裁断、顔を囲むやわらかな髪、ぱりっとした襟。間違いなく、これまで彼女が目にしたなかでもっともゴージャスな生き物だ。あまりにも完ぺきなので、分解したいとしか思えなくなる。

アナリースは光のなかに進みでた。

「これはこれは、アナ」イライアスが彼女を見つけて言った。唇がわずかに開いて、黄褐色の目にあのよどみが宿る。「ディナーのあいだ、きみに手を伸ばさずにいられるだろうか」

アナリースは彼を眺めるのに忙しくて、自分が彼の選んだドレスを着ていることを忘れていた。ふたりは魔法にかけられたかのように、相手のほうに近づいた。

「わたしも同じようなことを考えてたわ」アナリースは言った。イライアスが彼女のうなじに手をかけて引き寄せたときも、拒まなかった。「ドレスをどうもありがとう」

「どういたしまして」イライアスがほほえんだ。そのカーブした唇はあまりにも魅惑的だった。「そのドレスのことを考えて、今日一日を乗り切った。きみがそれを着ているところや、わたしがきみから取り去ったあとに二階の椅子にかけてあるところを想像して」

アナリースは頬を染めた。

「いい子にして」と言ったが本気ではなかった。

「なぜその必要がある？　ミス・フランシスとの件には片がついた。母はロード・フランシスからオペラに誘われたので、本来あるべきほどには怒っていない。もはやわたしがきみを追い求めていないふりをする理由はなくなった」アナリースの口のそばにじっくりとキスをした。「熱烈に追い求めている」

「料理が冷めるわ」アナリースは言ったが、はかない抵抗だった。イライアスの鼻がまた首筋にこすりつけられたと思うや、耳に彼の舌を感じた。アナリースは言葉を重ねようとしていた――料理が並べられてずいぶん経つとかなんとか――が、なにを言うつもりだったのか忘れてしまった。体が脳の承諾なしに彼のほうへとしなだれかかった。

数分後――正確には何分かわからない――ふたりはからみ合った状態でカウンターに寄りかかっていた。イライアスがキスをといて、乱れた服装さえ誇らしげに長々と息をついた。

「さて、愛しい人」と言う。「きみがディナーのことを思い出させてくれたのは正解だったと認めざるをえない。なにしろ、あっという間にわれを忘れてしまう。いま食事をしなければ無駄になってしまうだろう」

「まあ」アナリースは言った。彼女のほうこそディナーのことをすっかり忘れていた。イライアスのキスが始まると、彼女の語彙《ごい》は〝ああ〟とか〝まあ〟とか〝ええ〟だけになってしまう。

「それに」イライアスが続けて言いながら、アナリースの手を取ってテーブルに連れ戻した。彼女の椅子を引いて言う。「じつに盛りだくさんの一日を過ごしたから、きみに話して聞かせたい。ベッドに連れて行ったあとは、あまり会話をするつもりはない」

アナリースの体にまたあの震えが走った。論理的な説明がつかない、この男性への瞬時の反応。

「わたしの一日も盛りだくさんだったわ」くだけた口調を心がけつつ、アナリースは言った。「ディナーにかぶせられた銀の覆いを開けると、閉じこめられていた湯気が立ちのぼる。「ハンサムな公爵の計らいで、何年かぶりに新しいドレスを手に入れたの。それからこれもハンサムな公爵の計らいで、忠実な召使いたちに慎重に守られて家に帰ったわ。なんだかばかげた気分よ、イーライ」

イライアスが彼女のグラスにワインを注いで、たしなめるように唇をすぼめた。

「アナリース」

「お願いだから後援者のようなことはしないで」

「していない。きみが頑固者になっているだけだ。わたしたちが落ちついたあとは、供の者を何十人にしようがゼロにしようが、好きにするといい。だがいまは、きみがさらされている深刻な危険のことを考えなくてはならない。いや、さらされていた、か。もう安全だ」

アナリースはため息をついて料理をつついた。

「数年にわたる慎重な仕事が、一カ月で消し去られたのね。わたしに頼ってた娘たち……みんなをがっかりさせてしまったわ」

「そうでもない」イライアスが反論した。「きみは彼女たちを救った。終わったのだ。われわれはいまや〈眠る鳩〉の立派な所有者だ。尊敬されるわたしの友人、サッカレーとフロストと並んで。どうだろう、新しい施設名にいいアイデアはないか？」

「なんですって？」

「もっと男性的なものがいいのではないかと思っている。というのも、賭博場に変えるつもりでね。いや、それともフランスふうの名前がいいか」

「〈眠る鳩〉を……買ったのね」

アナリースは自分がその一文を口にしているのが信じられなかった。頭のなかでこだまする。イライアスの満足そうな笑みに胸を刺された――彼は、自分ならすべてを丸く収めて幸せな結末を提供できると本当に信じている。

「厳密に言えば」イライアスが肩をすくめた。「悪党どもに賄賂を贈った」

イライアスが食事を始めた。一件落着したと思って、満足の目で彼女を眺めながら。ワインをすすって彼女のほうを向き、いたずらっぽく太ももに手を載せた。

「腹は空いていないのか？」長い眉の片方がつりあがり、ひたいに稲光が走る。「それならベッドに連れて行こうか」

「なにを言えばいいのかわからないだけ。あなたの施しはもうじゅうぶん受けてきたけど、これは想像以上だわ。異を唱えたい」

「施しではない。そう言われるとは心外だ」イライアスが顔をしかめた。「きみを愛している。だからこそその行為だ。きみを愛しているからきみが喜ぶ顔を見たい。そのために持っているものを使っている」

これほど率直な言葉を彼の口から聞かされては、感情が前に飛びだして、一瞬で疑念がかき消されてしまった。彼に愛されている。イライアスの声にこめられた確信は揺るぎない。この男性を置いて出て行くことはできない。それについて考えただけでもどうかしていた。事態はすでに自然と解決に向かっている。イライアスに愛されている――彼自身が声に出してそう言った。大胆に、堂々と。単純な事実として。アナリースは、自分でも止めていると気づいていなかった息を吐きだした。

そして彼にキスをした。イライアスが驚くほど唐突に。

「あなた……イーライ、わたしを愛してると言った?」

「もちろん愛している。明白ではなかったか?」彼の困惑した様子があまりにも愛おしくて、アナリースは軽やかに笑いだした。

「なんてこと」と言う。

「それで?」イライアスがぎゅっと彼女の手を握ってうながした。

「それでって?」

「こういうときは、もう片方も真の愛を宣言して、先に胸のうちをさらけだした勇敢な人物を安心させるものだ」

アナリースはおどけた気分になって、彼の期待の顔を見つめた。

「わたしもあなたを愛してると思うわ。きっとそう。だって本当に困った人なのに、あなたを振り払えないもの。あなたは気取り屋で独善的よ」

「いかにも」

「だけど愛してると思うわ」

「なんと寛大な」イライアスが流れるような動きひとつで彼女を抱きあげたので、アナリースは彼の首に両腕を回した。「そのつけを払わさせてやろう。何度も言わせる。くり返し」

「いつも脅してばかりね」アナリースは鼻をこすりつけた。

「脅しではなく約束だ。きみはこれ以外のことを言えなくなるのだ——愛しているわ、イーライ、愛している」

アナリースの部屋のろうそくがすべて消されたあと、イライアスは約束を守る男だと証明してみせた。

イライアスはすばらしく上機嫌で目覚めた。〈紙の庭〉の外にいる護衛たちをのぞけばアナリースと自分しかいないので、ズボンをはいて紅茶を探しに行った。口笛を吹きながら、シャツなしに裸足で書店にいるというのはこれまでに経験したなかでもっともくつろぐことだと発見した。

ドライデンはニコラスとサリーの様子を見に行っており、あのふたりとは午後に一緒に昼食をとる予定だ。〈眠る鳩〉の再開に向けて全員が動きださなくてはならない。一大仕事になるだろう。いまではなおさら大仕事だ。同時に結婚の準備も進めなくてはならないのだから。

だがまずは、とイライアスはひとりほほえみながら思った。ディナージャケットのポケットに入っている指輪をアナリースに渡して、妻になってくれるかと尋ねなくてはならない。興奮していた。アナリースは彼が尋ねるとさえ思っていないだろう。むしろ、適切な許可もなしにひたすら突き進むと思っているはずだ。

アナリースが目を覚ましたらすぐに尋ねよう。

適当に食器棚を開けて、紅茶の葉を探した。このあたりにあるはずだ。火にかけたやかんが公爵と一緒にやわらかな口笛を鳴らす。人は紅茶をどこにしまうものだ？　イライアスはぶっきらぼうにもういくつか引き出しを開け、そのとき視界の隅でなにかをとらえた。

一通の手紙が、ぱんぱんに詰めこまれた長持ち三つの上に置かれていた。アナリースの筆跡で、彼あてだった。走り書きで、あちこち打ち消し線が引かれているが、文面に目を走らせるうちに意味は明白になった。イライアスは胃にぽっかりと開いた穴を押さえつけ、もう一度読み返した。

愛しい人
最愛なるイライアス
レノックスへ
あなたがこれを読むころには、わたしははるか遠くへ行っていて、もうどうかわざわざ追うようなことはしないで。これほど親切にしてくれた人はこれまでいなかっ
あなたがしてくれたことすべてに対して、ありがとうの言葉だけでは足りないように思います。どれほどの意味があるか、あなたもきっとわかっているはず。愛してい

ここで大きな殴り書きがあり、インクの螺旋がいくつも描かれて、彼女の羽ペンがいらだちとともに紙の上を走ったことがわかった。

あなたのことは心から大切に思っています。だからこそ、スコットランドへ行かなくてはならないし、二度と戻って来られないの。あなたのことを考えない日はないで

しょうどうかわたしを憎まないで。これが最善の道であることをわかってくれるよう願っています。今日や明日には無理でも、いつか。

あなたを失うと思っただけで胸を貫かれるようですが、それは言わないでおきましょう

いつでもあなたの幸せを祈っています。

愛をこめて

心をこめて

お元気で。ＡＥＱ

イライアスはじっと書面を見つめた。自分の目が信じられなかった。手が一度、ぶるっと震える。彼女はこの地を去るつもりだ。わたしを置いていくつもりだ。それなのに、昨夜はすべてがうまくいくと彼に思いこませた。容易ではなくとも、丸く収まると。イライアスは片手でカウンターにつかまり、体を支えた。あれだけのことをしたのに？　最後にはわたしを捨てるとわかっていながら、あれだけの計画を実行させたのか？　イライアスの体温は、急に氷のような冷たさから燃えるような熱さに変わった。

手がこぶしを握り、手紙をくしゃくしゃにする。心のなかで、彼女の心を勝ち取るために自分がしでかした愚行を列挙する。恥ずべきことだ。ニコラスとセバスチャンが笑っていた

のも無理はない。イライアス以外の全員が、どれほど愚かなことかわかっていたのだ。娼館だったぼろぼろの建物に一家の金をはたき、手に負えない女性を追いかけるのに時間を割き、みずからの義務を怠った。不道徳な体験に妹を巻きこみまでした。いったいどんなフーガに迷いこんでしまっていたのだろう。どんな無頓着の発作にとらえられていたのだろう。

イライアスの足はすでにアナリースの部屋へと向かいはじめていた。体のいたるところが本能だけで動いており、自慢の論理は痛みと怒りで汚されていた。

ふたたび部屋に入ると、ちょうどアナリースが目覚めたところだった。まだ眠たげな顔でイライアスにほほえみかけた。

「おはよう、ダーリ――」

「どこかへ行くのか?」イライアスは問い詰めて、手紙を振りかざした。手を離すと、羊皮紙が毛布の上に舞いおりた。それがなにかを悟った瞬間、アナリースの顔に恐怖の表情がよぎった。

「イーライ、違うの――これを書いたのは――」

「隠しもしないとは、じつに卑劣だな」イライアスは、昨夜それが着地したランプの上からシャツを引ったくった。

「まだ心は決まってなかったの。やめて、イーライ、お願いだから説明させて――」

イライアスはベッドの天蓋の端からクラヴァットを奪い取り、ポケットに押しこんだ。言葉が猛スピードで流れでた。

「一通の手紙だけを残して去るつもりだったのか？　アナ、きみにはいろいろなことができると思っていたが、これほど残酷なことまで？　わたしには、〝あなたを信じていない〟と面と向かって言ってもらえるほどの値打ちもないのか？　きみは臆病者のように逃げだすつもりだったのか」

チョッキのボタンをかける手を止めて、彼女をにらみつけた。アナリースの両手はシーツを握りしめていた。

「そのつもりだったけど、本当の気持ちに気づいたの」彼女の声は不安で震えていたが、イライアスはその震えを払いのけた。「どうか座って。話を――」

「へえ、そうか。そうなのか。本当の気持ちに気づいたのか」イライアスは言い募った。「きみの〝本当の気持ち〟とはいったいなんだ、アナ？　そんなふうに揺れ動いてばかりいられては、わたしにはわからない――わたしを愛している、わたしは卑劣漢だ、わたしを恋い慕っている、わたしは上流社会の害悪の権化だ――。もうたくさんだ。きみが本当の気持ちに気づこうが、どうでもいい。わたしにかけらでも敬意を抱いているのか？　それとも陰でわたしを笑っていたのか？」

イライアスが、歩くに足るだけブーツの紐を結ぶあいだも、アナリースはまだからみついたシーツから抜けだそうとしていた。彼のほうに手を伸ばしたが、イライアスはそれを振り払った。

「待って、愛しい人、行かないで――誤解よ、わたしが間違ってた――」

「どうやら忍耐が尽きたようだ。真実の愛を証明する作戦も方法も底をついた。もう……疲れ果てた」イライアスは椅子から上着を拾うと、ポケットから指輪の小箱を取りだした。怒りのあまり指が震える。怒りを噴出させた自分が恥ずかしくて肩が丸まったが、この激情は抑えようがなかった。ベッドに小箱を投げつけると、小箱は息の抜けるような音とともに枕に着地した。

「指輪だ。妻になってくれないかと尋ねるつもりだったが、答えはもうわかっている。取っておけ。質に入れれば一財産になる」

イライアスは乱暴に寝室のドアを閉じた。続いて階段のドアを、最後に正面のドアを。まだ上着に腕を通しながら〈紙の庭〉を大股で出ていった。

10

どうやらあの裕福な女性相続人はもはや扇の上からL公爵を見つめていないらしく、〝つかまえられない男《ジ・アンキャッチャブル》〟の仮面にはひびが入りはじめているようだ。じっくり観察しなくとも、失恋した男の古典的な兆候が見て取れる。

一八三二年四月のとあるロンドン醜聞紙より

二週間後、イライアスは〈眠る鳩〉の共同出資者になり——細かいことはニコラスが担当して、セバスチャンはすでに自分の部屋を手に入れていたが——所有する『社交界の害悪と売春の真価』の数は百にまでふくらんだ。新たな五十冊はアナリースの本名で出版された。イライアスは新聞で宣伝するために紹介文まで書いた——婚約の贈り物のつもりだった。なにもかもが恨めしかったが、自分の犯した過ちを思い出させてくれるものとしてはうってつけとも感じた。

だれからもアナリースのことを訊かれなかったし、イライアスのほうも断じて彼女の名前を口にしなかった。社交界は、彼がミス・フランシスにふられて嘆いているものとみなしていた。ニコラスはときどき彼に訴えかけるような目を向けて、なにか言いたげにしていたが、結局なにも言わなかった。〈紙の庭〉とその所有者をあとにして以来、イライアスは非常に有能な地所の管理者になっていた。母は喜んだが、最近の母の寛大さの理由は、イライアスがいい息子になったことよりもロード・フランシスの求愛行動にあった。

少なくとも、だれかは幸せだ。

ドライデンがドアをノックした。

「旦那さま、庭師が東の庭園に花を植えたと申しております。今週は日常の業務に加えてほかにも作業があるかどうか、知りたがっております」

イライアスは書類の束を差しだした。

「ある。これは西の庭園用の計画で、ただちに取りかかってほしい」

近侍が一瞬、無言でイライアスを見た。ドライデンは、イライアスが生まれる前からレノックス公爵家に仕えている。それゆえ、この近侍にある表情で見つめられると、公爵も瞬時に子どもに戻ってしまうのだ。いまドライデンが浮かべている表情もそのひとつ——叱責というより小言。言葉にするなら、〝自分が間違ったことをしているのはよくわかっておいでしょう?〟。

「率直に申しあげてよろしいですか?」ドライデンが尋ねた。

「おまえにはいつもそうしてほしいと思っている、ドライデン、だから」イライアスは読んでいた書類を脇にやった。「言ってみろ」

「旦那さまはしばらく別荘に行かれたほうがよろしいのではないかと存じます」

「そうか？」

「と申しますのも、屋敷の者たちは旦那さまの果てしない命令と突然の改装で疲れ果てているのです。旦那さまがこれほど容赦ないペースで命令を変更なさらなければ、彼らも目標に到達するのが容易になるでしょう」

「ふーむ」

「さらに申しますと、旦那さまのことが心配です。三通の手紙がミス・クウェ――」

「そこまでだ、ドライデン」

近侍は一度まばたきをして、ためらいもせずに部屋を出て行った。

彼女の名前を出されることに、イライアスは耐えられないだろう。純粋に無理だ。その名前はまるで頭上に垂れさがる呪いのように思えた。もちろんイライアスが彼女を追い求めなければ避けられたことなのだが。後知恵はたいした慰めにならない。

彼女からの手紙は読まなかったが、ひとつのことには役立った――筒状に丸めて空のワインボトルの首に挿し、暖炉に投げこむのだ。燃える羊皮紙とインクのにおいは、夜更けまで飲んだ者にはとりわけ満足のいくものだった。

イライアスは廊下を進んだ。最近はテラスで昼食をとるようになっていた。そうすると、アシュワースで実行に移した計画のすべてを眺められるからだ。ディナーまで母を避けて、ゆえにそのときまで見苦しくない格好になるのを先延ばしにできる方法でもある。

部屋のひとつから妹の声が聞こえてきたので、イライアスは歩調をゆるめた。妹がなにを言っているかを聞き取って、足が止まる。アレッサンドラが読んでいたのは、イライアスにとってひどくなじみ深い、彼の血管に氷の破片を送りこむものだった。

「〝ここに内在する問題は、ふたつの性に平等をもたらすことはそれほど難しくはないということです。教室や講演会やひいてはクラブにさえ女性を招き入れたとしても、男性がなにかを失うことはありません。想像できるでしょうか、わたくしたちの姉妹がどれほど貢献できるかを――〟」

イライアスは怒りに任せてばたんとドアを開けた。アレッサンドラが驚いて彼を見つめ、一緒にいた母と十人ほどの女性たちも度肝を抜かれた顔を向けた。

「ごきげんよう」イライアスはどうにか声を絞りだした。

「公爵」母ソフィアがいらだちをほのめかすなめらかな口調で言った。母がここにいるのは当然だ。イライアスの完全な屈辱を保証するのに、それ以外の方法は運命が許さない。

「いったいなにごとです?」

「お兄さま?」アレッサンドラが立ちあがった。

　イライアスはひたいにうっすらと汗がにじむのを感じる気がした。

「ええ。いや。失礼した」女性たちに謝罪し、妹の肘をつかまえた。「少しいいか？」

「痛いわ、イーライ」ドアを閉ざしてからアレッサンドラが肘をさすった。「お兄さまに言われたとおりにしてるだけなのに。どうしたというの？」

「読んでいただろう、あの……その……つまり……」どうにか言葉を押しだした。「社交界のご婦人の集《つど》いで、ミス・クウェイルの本を読んでいただろう！」

　アレッサンドラが誇らしげにほほえんだ。

「自分で言うのもなんだけど、すばらしい作戦でしょ？　お兄さまには母さまが読むようにしてくれと頼まれていて、今日は新しくできた婦人読書会の最初の集まりなの」

　イライアスは天井を見あげた。

「くそっ」

「悪態をつくのはやめて。わたしに役目を果たしてほしくなかったなら、どうしてそう言わなかったの？」

「忘れていた」

「忘れてた！」アレッサンドラが笑った。「ともかく、母さまはあの本が気に入ったみたいよ。とくに男性が女性の知性を恐れてるっていう箇所が」

「だろうな」イライアスは不満そうに言った。「別の本を選べ。もっと早く言わなかったことは謝る」

アレッサンドラが腕組みをした。

「でも、読み終えて意見を交換しなくちゃいけないのよ」

「わかった。だが承知しておいてくれ——もはや意味はない。わたしとミ、ミス・クウェイルとのことは終わった」

「意味はあるわ」アレッサンドラが鋭く言い、スカートを翻した。「いい本だし、お兄さまはけだものよ」

どうやら彼がアナリースを人生から切り離そうとしても、彼女はそれを阻止する覚悟らしい。


三通目の手紙は情けなかったと判断したアナリースは、ぱんぱんの荷物をにらんだ。いまいましい公爵とその友人たちが金で追い払って以来、マザー・スーペリアの姿は一度も見かけていない。それでもスコットランドへ逃げたほうがいいだろうか。ロンドンで過ごす一秒一刻が、みずからの行動を悔やむ一秒一刻だ。けれどこうして自由になってみると、ロンドンを去る心境になれずにいた。

ニコラスから様子を聞いたサリーによると、イライアスは彼女の名前を耳にすることにさえ、あからさまな忍耐力の欠如を示しているらしい。たとえアナリースが積極的にぶち壊そうとしていたとしても——無意識のうちにそうしていたわけだが——これ以上ひどい結果にはならなかっただろう。イライアスに投げつけられた美しいサファイアの指輪が高い棚に鎮《ちん》座《ざ》し、あの〝どうでもいい〟と書かれたメモの一枚が立てかけられていた。

自分の知性に誇りを持っている人間としては、ここまで徹底的な愚か者と証明されるのはつらかった。

入口のベルが鳴って客の到来を告げた。最近は珍しくないことだ。とはいえ、これも地元の噂好きが、レノックス公爵は二度と〈紙の庭〉に現れないと気づくまでのことだろう。

アナリースが顔に貼りつけていた世間向けの偽りの笑みは、カウンターにいるドライデンを見た瞬間、消えた。アナリースはぎこちなく会釈をした。いつかこのときが来ると思っていた。

「ドライデン。こんにちは。いつか指輪を取りに来ると思ってたわ——きっと一家に代々伝わる宝物なんでしょう？　とてもきれい」

「いいえ、違います」ドライデンの顔には妙な表情が浮かんでいた。苦痛とも呼べる表情が。

「お手紙をお持ちしました」

アナリースの心臓はのどまで跳びあがって息を詰まらせたが、それも手紙の筆跡を見るまでのことだった。公爵の字ではない。落胆もあらわな目でドライデンを見あげた。

「レディ・アレッサンドラからです」近侍が説明した。それから言葉を足そうとするかのように口を開いたが、すぐまたぱちんと閉じた。「ごきげんよう、ミス・クウェイル。お会いできて光栄でした」

「ごきげんよう」アナリースは去っていくドライデンの背中に言った。

それから自尊心のかけらもないスピードで封を破いた。

ミス・クウェイル
お互いをよく知らないのにこんなことをするなんて、大胆なことはわかっています。どうかわたしのおせっかいをお許しくださって、無神経な女だとお思いにならないでください。ドライデンから、Eがあなたの手紙を読んでいないと聞きました。兄がどこまで強情になれるか、あなたならきっとご存じでしょう。兄を訪ねてじかに話をしてくれとはお頼みしませんが、そのための口実を提供したいのです。同封したのは、わたしの新しい婦人読書会で講演していただくための招待状です。もう一枚は、あなたたちが別々の道を歩きだす前に、兄があなたの本のために書いた序文です。
期待をこめて。レディ・A
追伸　わたしの目的は利己的なものだと白状しなくてはならない気がします。Eは恐ろしく退屈になってしまいました。ご想像がつくかどうか――前以上です。

アナリースは最後の一文にほほえんだ。最初に同封されていたのは〝作家、ミス・アナリース・クウェイル〟への正式な招待状で、アシュワース・ホールで開かれる婦人読書会で講演してほしいとの内容だった。もうひとつはイライアスの筆跡で、〝『社交界の害悪と売春の真価』第二版への序文〟と記されていた。

最初の数節を読んだだけで、涙があふれだしていた。

本書の言葉を容易に一蹴できたならと思う。事実、ミス・アナリース・クウェイルと知り合わなければ、わたしの人生という道のりははるかに平坦だっただろう。しかしながら、もしも彼女と出会った瞬間まで時計を巻き戻せるとしたら、変えたいと願うのはただひとつ――ほかのなにより彼女を大切だと思っていると、もっと早くに伝えることだけだ。多くの人は、女性をかくまい、守るだけでじゅうぶんだと考えているが、それは間違いだ。男性は、自分が相手の女性の人生に変化を及ぼすのと同様、その女性がこちらの人生に変化を及ぼすことを許さなくてはならないのだ。ミス・クウェイルは最初からわたしをよい方向へと変えて、わたしひとりでは気づかなかったであろうものごとに気づかせてくれた。もしもわたしたちが上流社会の課す厳格な規則に従っていたら、それは叶わなかったであろうし、この序文を読んでいるほとんどの人が想像するより、わたしたちは幸せになれると確信している。自慢をしたくて言っているのではない。あなたがたを奮起させるために申しあげているのだ。あなたがたが熱望しているのは間違ったことだと悟らせるために申しあげているのだ。高貴な血筋も貴族院の議席も、あなたが病のときに手を握っていてはくれないし、年老いたときに広大な地所が慰めてくれることもない。慰めてくれるのは三つだけで、最後のものがもっとも重要だ——芸術と、音楽と、才気煥発《かんぱつ》な美しい女性。

それはアナリースがどんな男性を失ったか、痛烈に思い出させてくれる文章だった。レノックス公爵を知ってしまったいま、彼なしの人生など想像できなかった。二週間経っても、その痛みは一向に鈍らない。悪化するばかりだ。彼のような男性にはもう二度と出会えないだろう。

アナリースは腰かけてアレッサンドラあてに手紙を書き、講演の依頼を受けると記した。これがものごとを正す、最良にして最後のチャンスだ。

屋敷で開かれるアナリースの講演についてイライアスが知ったのは、彼女がやって来る日の朝になってのことだった。妹のアレッサンドラがじつに事務的な口調で、彼女の訪問を告げた。

「今夜の婦人読書会で講演をしに、ミス・クウェイルがいらっしゃるの。お兄さまも一緒にお食事をいかが？」

　イライアスは驚きに言葉を失った。

「なに？」

「母さまが〝なに？〟は無作法な言葉だとおっしゃってたわ。わたしの言ったことは聞こえたはずよ」

「ミス・クウェイル？」

「いいえ、イライアス、王さまよ——ええ、ミス・クウェイルよ」アレッサンドラがうんざりした顔で言った。「一緒にお食事するの、しないの？」

「しない」イライアスは言い、意味もなく文鎮を持ちあげてまたおろした。帳簿と書類をきちんと積み重ねて、羽ペンの壺《つぼ》と吸い取り紙と封筒の束を、きれいな三角形を描く位置に置く。「詫びを伝えておいてくれ」

「本当に、イライアス？」アレッサンドラが腰に片手を当てて、憤慨の強さを強調した。「ミス・クウェイルがこの屋敷を訪ねてくるのに、本当に会わなくていいの？」

　イライアスは机の後ろから出てきて、妹を部屋から追いだすべく大股で前進した。

「一緒に食事はしないと言ったし、おまえのおせっかいは迷惑だ。次にディナーに客を呼ぶときは、事前にわたしに知らせておけ」

　ばたんとドアを閉じて、肩で息をした。アナリースが家にやって来る。わたしの家に。

「わからず屋」妹がドアの向こうから言った。

「あっちへ行け、アリー」イライアスはドアの木にひたいをあずけ、妹の足音が廊下をぱたぱたと遠ざかっていくのが聞こえるまでそうしていた。ほどなく、やわらかなノックが響いた。

「旦那さま？」ドライデンだった。

「大丈夫だ」イライアスはドアを開けずに言った。「ありがとう」

彼が大丈夫ではないことは、人間観察に長《た》けた者でなくてもわかっただろう。イライアスの両手は彼の知らぬ間に握りしめられており、指の爪が手のひらに三日月形の真っ赤なあとを残していた。イライアスは怒りを鎮めようと目を閉じた。自分のせいだ。他人の問題を操ることをアレッサンドラに教えるべきではなかったのに、アナリースとのことでひどい前例を示してしまった。

イライアスの脳みそは混乱の渦を巻きはじめた。ディナーのために正装しよう。たとえこちらに出席するつもりがなくても、きっとアナリースは彼を見つけようとするはずだから。そう考えてわくわくする自分の一部を抑えようとした。彼女に会ったら、最善の方策は無視することだ。冷たく横柄な態度で無視し、あえて向こうを怒らせる。もし彼女が詰め寄ってきたら、こちらは一歩さがってこう言う――〝力ずくで追いだされる前にわたしの屋敷から出て行け〟。このせりふを言うところを想像すると、満足できた。来る日も来る日も、まだ記憶に焼きついているあの忌まわしき手紙のなかでほのめかされていたとおりに、彼女がまっすぐスコットランドへ行ってくれればいいのにと願いつづけていた。

その後の数時間で、イライアスは三度上着を変え、二杯ブランデーを飲んだ——多すぎず少なすぎず。勇気が必要だった。書斎の外では家の者が準備に追われて立ち働いていた。もしドライデンの唇がこれ以上固く結ばれていたら、ひびが入ったことだろう。

「旦那さま、今夜はご挨拶なさいますか——その、作家の方に？」

「いや」

「そうしますと、馬車をご用意いたしましょうか？」

「いや」

「もし作家の方が旦那さまの所在をお尋ねになりましたら、いかがいたしましょう？」

「わたしは多忙で手が離せないと言え」

言葉とは裏腹に、イライアスはただじっと机についていた。ドライデンの眉がつりあがったものの、詳しく説明はしなかった。

「かしこまりました」

三十分後、玄関近くの居間にひそんで行ったり来たりしていたイライアスは、執事がアナリースの到着を告げるのを聞いた。はたから見た人には、露骨な立ち聞きと言われるかもしれない。イライアスとしては、調査と呼びたかった。やって来る性悪女に準備をしなくてはならなかった。

「ミス・クウェイル」アレッサンドラがぬくもりをこめて言った。「来てくださって本当にうれしいわ」

「お招きいただき光栄です」アナリースが言う。イライアスには、細く開けておいたドアの隙間から彼女が見えた。

「母のレノックス公爵未亡人です」

アナリースがお辞儀をした。

「見覚えがありますね」母のソフィアが横目で見ながら言う。「どこかでお会いしたかしら」

「厳密にはノーです、閣下夫人。ですが一度、わたしの店に、〈紙の庭〉にお越しいただきました。息子さんとご一緒に」

「ああ、そうでした。あなたの店はとても暗かったから、石油ランプをお使いになるといいわよ。ドライデン、教えてちょうだい、公爵はどこにいるの？」

イライアスの近侍がぴんと背筋を伸ばし、ドアの隙間に視線を走らせた。イライアスを見つけたのはドライデンだけではなかったようで、アナリースの目も瞬時に彼をとらえた。

「きっとお忙しいのでしょう」アナリースがひそかな笑みとともに言った。イライアスはその場で凍りついた。「講演をさせていただく部屋を見せてもらえますか？」

「もちろん」アレッサンドラがうなずいた。

一行が歩きだしたとき、アナリースが居間のドアに近づいてきた。イライアスが手を伸ばせば触れられそうだった。そのとき、彼女の目にいたずらっぽい光がまたたいた。

「いまはだれが臆病者なのかしら？」とアナリースがささやいた。

アナリースは、平静を保てると思えなかった。イライアスがのぞき見ているのに気づいてしまったし、地所はあまりにも広大だし、公爵未亡人はじつに威圧的だしで、逃げてはだめだと自分に言い聞かせなくてはならないほどだった。

アレッサンドラが図書室を案内してくれるあいだもぼうっとしていたが、どうにか礼儀正しい会話を続けた。ディナーのために着替えるのでと公爵未亡人が席を外すやいなや、アレッサンドラの顔にぱっと純粋な笑みが広がった。

「来てくれて本当にうれしいわ」そう言ってアナリースの手を握る。「ドライデンの話だと、お兄さまは自分の書斎から出てこようとしないみたいだけど、きっと長続きしないでしょうよ。お兄さまの顔をあなたにも見せたい――」

「もうじゅうぶんだ、アレッサンドラ」

イライアスが戸口に立っていた――いつもどおりに。この男性が戸口に住まうやり方ときたら、犯罪的なほどだ。

「母さまがいなくなるまで隠れていたの？」アレッサンドラが咎めるように言った。

毎日のように彼の姿を思い描いていたアナリースは、ありがたい気持ちでイライアスを見つめた。二週間以上の時間が過ぎたように思えた。けれどイライアスは彼女に会えて喜んでいるようには見えない。悪意を持っているように見える。

「すまないが、ふたりだけにしてくれないか」イライアスが妹に言った。「いけないんだ」アレッサンドラが甲高い声で言い、兄のそばをすり抜けていった。「いけないんだ！」

そしてくすくす笑いながらすべるように出て行ったが、背後でドアを閉じることは忘れなかった。

「〈眠る鳩〉のほうは順調？」会話の出だしとして当たり障りがないだろうと思い、アナリースは尋ねた。

「きみを喜ばせるためにわたしが購入し、いまでは重荷になっているクラブのことか？」イライアスは戸口のそばにたたずんだまま、それ以上奥に入ってこようとしなかった。「順調だとも。サッカレーとサリーが改造を担っている。サリーから聞いていないのか？」

「聞いたわ。あなたが関わってないことも」

「そのとおりだ。あそこへは戻りたくない」

「あなたを待ってたの。あなたとロード・サッカレーとロード・フロストがマザーを追い払ったあと、五夜続けてあそこで待ってたわ。わたしの手紙は読んだ？」

「いまは虚構に興味はない」

「じゃあ、読んでくれていたら真実を楽しんでもらえたでしょうね。あなたにどれほど不当な仕打ちをしたか、率直に認める手紙だったから」

イライアスの顔色が変わったものの、ほんの一瞬のことで、すぐに不快の仮面に戻った。

「ほう？」

「その不当な仕打ちを数えあげましょうか？」

「ぜひに」

「あなたのすべての行動が、あなたは高潔な男性だと示しているにもかかわらず、わたしは冷酷な扱いをした。あなたの思いの深さは明らかだったにもかかわらず、常軌を逸した段階まで証明させた。わたしは隠し事をしていた。ことごとくあなたを信用しなかった。戦いを挑んでもいないあなたと戦った。続けましょうか？」

「それで終わりとは思えないからな」

「あなたの地位を口実に距離を置こうとして、あなたの性別を理由に人格を疑った。あなたのほうは、わたしにそんなことはしなかったのに」

「そんなふうに考えたことはなかった」イライアスが言い、しばし考えて続けた。「だがそうだな。ああ、そのとおりだ」

イライアスがゆったりと近づいてきた。ふたりのあいだの引力はなにも変わっていない。

ふたりきりでいると、互いに引き合うのだ。アナリースの心臓は跳びはねた。イライアスの手が頰に触れたので、アナリースは彼の手のほうに首を傾けた。なんの迷いもなく。

「あなたはわたしのパートナーじゃなく、救世主になりたいんだと思ってたわ」アナリースは打ち明けた。「誤解だった」

「アナ、わたしは——」

ドアが大きく開いた。

「母さまが戻ってくるわ」アレッサンドラが声をひそめて言った。

「盗み聞きをしていたのか？」イライアスが問う。

「どうでもいいでしょ」アレッサンドラが言い返した。それから向きを変えると、若さあふれるはつらつとした声で廊下のほうに叫んだ。

「母さま！　イーライイもやっぱりディナーに出席するって！」

どういうわけか、アナリースを遠のけようという試みは、広々としたディナーテーブルに並んで座るという結果に終わった。思えばどんな催しでも、主賓《しゅひん》はかならずイライアスのとなりに座るのだ。アナリースを正式な食堂に案内して、席につかせ、そのあいだずっと単なる知り合いのふりをするというのは、格別の拷問だった。

イライアスの頭は、先ほど彼女が言ったことばかり考えていた。こちらも謝罪しなくてはならないし、希望がふたたび芽生えはじめていた。もしふたりともにここ数カ月の愚行を認める気があるのなら、正直に向き合えるのではないかという気がする。どちらも相手にとりわけ公正な扱いをしてこなかった。

食事のあいだ、婦人読書会のメンバーはアナリースを質問攻めにした——なにもかも衝撃的すぎないかしら？　こういう考えが上流社会でも歓迎されるとお思いになる？　こんな考え方をするようになったきっかけは？　攻撃が小休止に入ったところで、イライアスは抑えきれずに意地悪な質問をした。

「ミス・クウェイル、男性があなたの本をどう受け止めるか、心配ではありませんか？」

「分別のある男性がどうお受け止めになるかは心配していません、閣下。心配なのは、無邪気な乱暴者がどう受け止めるかです」

テーブルを囲む全員が笑った。

「あまりにも大胆です」公爵未亡人が急に厳格になって言った。瞬間、テーブルがしんと静まる。公爵未亡人に異を唱えたい者などいない。

「ですがほとんどの点で、わたくしはミス・クウェイルの意見にまったく同意しますね」と公爵未亡人がつけ足した。

全員が目に見えて緊張をとき、アレッサンドラが詰めていた息を吐きだした。

「恐縮です、閣下夫人」アナリースが言った。「レディ・アレッサンドラの読書会で講演を、との招待状をいただいたときは、一も二もなくお受けしようと思いました」

公爵未亡人が話題を変えて、スペンサー伯爵夫人のガーデンパーティが堕落した安物であふれかえっているのはなぜなのか、ひどく切迫して聞こえる理由を羅列しはじめた。テーブルを囲むほかの面々がソフィアの怒りに耳を傾けているこのときをチャンスとばかりに、イライアスはアナリースに耳打ちした。

「ドレスがよく似合っている」

「ありがとうございます、閣下」アナリースが彼と同じように声を落として言い、そっと視線を逸らした。「気に入ったならよかったわ——買ったのはあなただから」

イライアスは浮かびそうになる笑みをかろうじてこらえた。

「ピアノはお弾きになられますか、ミス・クウェイル？」大げさなほど礼儀正しくイライアスは尋ねた。テーブルを囲む面々の半分が、いったい公爵が女流作家になにを言うことがあるのかと興味を示していた。

「教養のある女性なら、みなさん腕に覚えがおありでしょう」アナリースが答える。「ですがわたしはしばらく練習をしておりません。この一カ月は……わたしにとって嵐のようでしたので」

イライアスの片足が、テーブルの下で彼女の足を見つけた。イライアスにとっては愉快なことに、アナリースは驚きの声をあげたが、どうにか咳払いでごまかした。

「詳しく知りたいわ！」テーブルの向こうで、さる子爵の次女が叫んだ。「もしや本を書いたあとに、冒険でもなさったの？」

「〝冒険〟では言葉が足りないかと存じます、ミス・エヴァーリー」紹介の時間は短く混沌としていたにもかかわらず、アナリースが全員の名前を覚えていることに、イライアスは感心した。「この数カ月でわたしの人生は一変しました」アナリースが言った。

抑えきれず、イライアスはテーブルの下で彼女の太ももをそっとつかんだ。アナリースがにんまりした。

アレッサンドラがなにかについて意見を述べはじめると、みんなの意識はふたりから逸れた。イライアスは内緒話に戻った。

「きみがどれほど間違っていたか、もう一度聞かせてくれ」と言う。

「どうしても？」アナリースがほほえんで、テーブルの下で彼の手に手を重ねた。「最初のときでも難しかったのよ」

「きみを許せるかどうかわからない」イライアスは言い、ドレスのなめらかな絹の上から彼女の太ももを指でなぞった。「きみを罰さなくてはならないかもしれない。いくつかアイデアがある――」

「レノックス！」ソフィアがテーブルの向こうから吠えた。「ミス・クウェイルといったいなにを話しているの？」

「これは失敬」イライアスは咳払いをして、ふたたび会話を支配しようと試みた。「たいへんおもしろい本だったとミス・クウェイルに伝えていただけです。感想をみなさんと分かち合わなかったのは怠慢でした」

母の目が狭まった。納得していないのだ。

「それより」イライアスは言葉を続け、ワイングラスを手に立ちあがった。乾杯をしたほうがうまくみんなの気を逸らせるかもしれない。「よければここでひとつ、今夜の主賓に乾杯をして、読書会で講演してくれることに感謝を示したい」グラスを掲げる。「ミス・クウェイルに。彼女の勇敢さがわれわれ全員の教訓になることを願って」

「同感だわ」アレッサンドラがほほえんだ。

みなも口々に同意した。あちこちでグラスが軽やかな音をたてるあいだ、イライアスはふと、アナリースが長いまつげの下から感情のこもった目で彼を見ているのに気づいた。乾杯がうれしかったのだろう、まるでイライアスがなにかおいしいものであるかのように見つめている。思わずイライアスも同じ視線を返した。胸に熱い空間が生まれ、肉体的にどれほど彼女を恋しく思っていたかを痛感した。それはイライアスが命がけで忘れようとしていたことだった。

周囲がふつうの会話に戻ったので、イライアスは彼女にささやきかけても安全だろうと踏んだ。身を乗りだして、できるだけ抑えた声で、口の端で言った。

「話の続きをしなくては。きみの講演まで二十分ある。居間で会ってくれないか？　イエスならグラスに口をつけてくれ」

アナリースがグラスを手に取り、ふち越しに彼にほほえんだ。その約束を、イライアスは秘めやかな場所で感じた。ほほえんだまま目を逸らすと、母が疑いの目でこちらを見ていた。母はなにも見逃さない。

「行きませんこと？」公爵未亡人が、表向きは誘いだけれど実際は命令である言葉を発し、席を立ってナプキンをテーブルに置いた。テーブルの周りで次々と椅子が引かれる。「レノックス、あなたはそろそろ撤退するころあいではないかしら？　あれほど当惑させられる新しい考えを拝聴するのに、公爵が同席していては、みなさん気詰まりですよ」

仲間はずれにされるのをいとわずに、イライアスは立ちあがった。

「おっしゃるとおりだ」と言って一同に礼をする。それから、別れのときには許される行為とばかりに、アナリースの手の甲にキスをした。「ご一緒できて光栄でした、ミス・クウェイル」

アナリースが一瞬、またあのいたずらっぽい笑みを浮かべた。

「ごきげんよう、閣下。比類なきおもてなしでした」

「少しのあいだ、失礼してもよろしいでしょうか」アナリースは言った。さんざんイライアスによこしまな目を向けられたあとで、可能なかぎりなめらかに。「講演の前に考えをまとめたいんです。使ってもいい静かな部屋はありますか？」

「玄関の近くに居間がございます」ドライデンが言い、女性たちの輪のなかからアナリースを連れだした。きっとイライアスから指示を受けていたのだろう。「ご案内いたします」

「二十分以内ですよ！」公爵未亡人が後ろから呼びかけた。

「どうか分別をお忘れなきよう、ミス・クウェイル」食堂を出るやいなや、ドライデンがささやいた。「アシュワース・ホールの未来の女主人にふさわしくありません」

「シーッ」と言うアナリースの背後で、ドライデンが居間のドアを閉じた。

イライアスはドアのすぐそばにいて、アナリースが息を吸いこむより早く彼女の唇を奪った。アナリースもためらうことなく彼の情熱に応じた。これまでのどのキスにもあった疑念は、もはやかけらも残っていなかった。彼女のなかのなにかが動き、とも綱を解かれていた。心の底からこの男性を求めていることを否定できなかった。みだらな意味でも、現実的な意味でも。昼も、夜も。彼を失いかけたことは、直面していた命を脅《おびや》かされる状況よりも、はるかに恐ろしかった。

「たぶんわたしたち、愚かな危険を冒してるわ」

「見つかったらどうなると思う？」イライアスが偽りの恐怖の顔で言う。「きみと結婚させられるだろうか？」

「きっとそれが敬意あるおこないでしょうね」

「きみに敬意を抱いている」イライアスが深い声で言い、アナリースの胸元を飾るレースに歯と舌を走らせた。「二階に連れて行って、何度も表明しようか?」

そう言って、ふかふかの椅子のひとつに彼女を導くと、ふたり一緒に沈みこんだ。イライアスの膝に横向きで座ったアナリースは、彼の首に両腕を回した。

「まだスコットランド行きの荷造りはといていないのか?」イライアスが彼女の首のそちこちにキスをしながら尋ねた。

「行き先はどこにでもできるわ」アナリースは言い、彼の顔を目の前に引き戻した。これまでしばしば恐れていたことだったが、いま、まっすぐ彼の目を見つめた。もう怖くなかった。すると、うっとりさせられる謎めいた目で見つめ返された。「ここことか? もしまだあなたにその気があるなら、わたしたちが結婚したあとに?」

「検討中だ」イライアスが言い、唇をよじった。「あるいは、この寛大で高貴な心のなかに、きみを許す気持ちが見つかるかもしれない」

その冗談を聞いて、アナリースの心は歌った――イライアスが軽口をたたいてくるということは、許してくれたということ。アナリースは彼の髪に指をもぐらせた。彼女のほうは人前に出ても恥ずかしくない状態を保たなくてはならないが、彼の弱みにつけ入ってはならないという理由はどこにもない。いまの彼は手に負えなくなっているから、なおさらだ。

「ゆっくり時間をかけて検討して」

「時間ならもうかけすぎた。出会った夜に祭壇に引きずって行って、すべてはあとで解決するべきだった」

アナリースはやり返そうとしたが、抱きしめられて言葉を奪われた。

「長い二週間だったわ」彼の胸にそうつぶやいた。

この男性を取り戻した安堵感のせいか、それともディナーの席でワインを飲みすぎたのか、アナリースは大胆になっていた。あらゆる意味で彼を恋しく思っていた。どれほど申し訳なく思っているかはもう伝えたけれど、彼には……それだけでは足りない。とんでもなくみだらなことだ。しかも講演の直前に。それでもアナリースの決心は揺らがなかった。興奮していた。

ゆっくりとよこしまに、片手で彼のズボンをなでおろすと、張り詰めていた前の部分がびくんとした。

「アナ」イライアスが怖い声で言う。「だめだ……本当に。いまは――」

「ドアに鍵はかかってる？」

アナリースは椅子からすべりおりて、彼の腿に両手を這わせながら椅子のそばに膝をついた。イライアスが鋭く息を呑む音と、彼女から目を離せない様子が、いともアナリースの心を浮き立たせる。彼女は時間をかけてたくましい脚を探索し、引き締まった筋肉のエネルギーを味わった。ついに膝を分かち、あいだにひざまずく。イライアスは彼女を止めようとしなかったが、苦しげな声をあげた。椅子の上で首をそらした。

「ああ、鍵はかかっているが――こんなことは――」

アナリースは彼のズボンのウエストを押しさげて腰骨までをあらわにすると、その官能的な骨の出っ張りを指の爪でなぞった。イライアスが目を閉じて、完全にのけぞった。

「わたしを止めようと本当に必死ね」アナリースは言い、彼のお腹に唇を押し当てた。おへその下の毛にやさしくキスをすると、イライアスが身震いした。アナリースは一瞬、ためらった――実際にこれをしたことはなかったから――が、恥をかかないと思えるほどには話で聞いて知っていた。イライアスが椅子にしがみついているさまを見ると、力を得た気がした。こういう欲望を彼のなかにかきたてられることがたまらなかった。

「きみを止めないと」

聞こえるか聞こえないかの弱々しい声だった。

「そうね」アナリースは同意して、さらにズボンを押しさげると、彼のものを手に取った。イライアスの手が椅子の肘かけを強くつかむ。アナリースが舌をのぞかせて試すように翻すと、彼の腕はますますこわばった。たくましい前腕に静脈が浮かんだ光景は、じつにエロティックだった。アナリースがかがみこむと、髪が彼のお腹にかかって落ちた。

「アナ――本当に――それはいけない――」

アナリースが彼のものを口にふくむと、イライアスはしゃべるのをやめて、うめき声混じりの不可解なつぶやきとともに椅子の背にもたれた。アナリースは舌で翻弄しながらゆっくりと口を上下にすべらせ、どれくらいの速さが最高の拷問になるのかを探った。イライアスは抵抗をやめていた。黒い眉は、鋭い痛みに耐えているかのごとく、ぎゅっと寄せられていた。

「シーッ」アナリースは身を引いてたしなめた。「人に聞かれるわ。わたしのやり方は合ってる？」

イライアスが笑った。短い驚きの声。

「ああ、合っているとも。完璧だ」

アナリースがふたたび彼の股間にかがみこみながら指を遊ばせ、なめらかな肌に触れると、イライアスの体に震えが走った。想像していたとおり、アナリースはこの探索に魅了された。離れていたあいだに思い描いていたすべてのことをするつもりだった。もしも彼を取り戻せたら絶対にしようと心に決めていたすべてのことを。イライアスの呼吸が速くなり、その至福は、だれかに見つかるかもしれないという恐怖感に満ちた苦しげな声となって漏れた。

「やめな――くては」彼がアナリースの肩をつかんで訴える。アナリースは彼を見あげて唇に力をこめた。「だめだ、もう――」

言葉が途切れ、イライアスは解き放たれると同時にアナリースをとなりに引きあげると、自分の胴体から離してつかまえたまま、彼女の首筋になにごとかつぶやきつづけた。アナリースは彼の髪のなかでほほえんだ。この髪の香りがあまりに恋しくて、彼が〈紙の庭〉で眠ったときに使った枕カバーをまだ洗えずにいた。

「なんということだ《グッド・ゴッド》」イライアスが悪態をついた。顔をあげて彼女を見たその目は、熱く激しかった。息は弾んでおり、悪態をついた口調は、まるで生き延びるための最後の望みがかかっているかのようだった。イライアスがズボンをはきなおし、アナリースに寄り添った。

「わたしを殺すつもりか」とため息をつくように言った。

アナリースは抱擁から逃れると、部屋の向こうに置かれた全身鏡の前に立った。常軌を逸した行為のあいだも、驚くほどよく状態を保ったものだ。いくつかピンを直して、口紅を塗りなおして、レティキュールにあるハンカチを使えば、また人前に出られるだろう。

「あなたは着替えたほうがいいでしょうね、公爵」と言ってにんまりした。

「性悪め。どれほど恋しかったことか」イライアスが立ちあがり、背後から彼女を抱きすくめた。

「じゃあ、二度と置いて行かないで」

「同じ言葉を返そう」イライアスが彼女のひたいにキスをする。「だが忘れてはいけない。きみはこれから講演をしなくてはならない。必要なら、図書室のふたつとなりに婦人用の化粧室がある」

「思いやりのあること」アナリースはぎゅっと彼の腕を握った。「読書会のあとに会える？」

「今夜、〈紙の庭〉に行こう。先代公爵夫人《ダッチェス》と話したあとに。もうじき正式に公爵未亡人《ダウアジャー・ダッチェス》になると伝えなくてはならない」

「ああ、イーライ」前例のない感情がこみあげてきた。よりよい未来の約束に違いない。

「現実だと思えないわ」

「思え」イライアスが言い、最後にもう一度唇を重ねてから、アナリースをドアのほうに押しだした。「さあ、行って説教をしてくるといい。ご婦人方がきみの知恵を待っている」

イライアスがふと言葉を止め、大きな笑みを浮かべた。

「いたずら好きのお嬢さん」

にやりと笑った彼の前でドアを閉じ、アナリースは廊下をスキップしていきたい衝動をこらえた。


戸口の守護聖人、イライアスは、図書室に入ってすぐの位置に陣取った。着替えて、少し落ちついてから階下に戻った。この世で最高に幸運な男だという確信があった。図書室に入ると母が顔をしかめたが、イライアスはかまわず腕組みをして壁にもたれた。突き詰めればここは彼の家だし、自分の図書室に入ってはならないとだれかに言われる筋合いはない。とりわけいまは。愛しのアナリースが演壇に立ち、かわいらしく緊張と不安をのぞかせているいまは。これは見逃せない。

飢えた目でアナリースを見ないよう心がけたが、原稿をめくる彼女の目をとらえようとするのは抑えられなかった。全体を見回したアナリースが彼に気づいて一瞬眉をひそめたが、それさえもますますイライアスを笑顔にさせた。彼がここにいないほうがいいとアナリースが思っているのは明らかだった。

アナリースが出だしでつかえ、咳払いをした。

「失礼しました。お招きいただいたことにもう一度感謝いたします。ご存じのとおり、わたしはアナリース・クウェイル、みなさんがお読みになって論じ合われた本の著者です。レディ・アレッサンドラから、何節か朗読してほしいと依頼されたので、早速……」

アナリースが朗読を始めようと視線を落としたが、読み進めるうちに、その顔に奇妙な表情が浮かんでいった。

「〝婚姻で手を取り合うときに、みごとな種馬のように扱われていい人など存在しません。財産ゆえに選ばれることが名誉ではないのと同じように、美しさゆえに選ばれることも名誉ではないのです。そうしたものは、いずれ輝きを失い、色あせます。もし、真の幸福が両方の側によって達成されるとするならば、それは単なる引力や実務的な取引ではなく、相互の敬意と賞賛の上に成り立つものでなくてはならないのです〟」

アナリースが口ごもった。

「申し訳ありません。これほど大勢の前で朗読するのは初めてなので」そう言って、原稿の一枚で自分を扇《あお》ぐ。自信のない彼女を見て、イライアスは驚いた。ほどなくアナリースが再開した。

「コホンッ。〝労働階級の女性と貴族階級の女性との溝は、わたくしたちが考えるほど深くはありません。冷たい夫と地所で快適に暮らしていようが、好色な男性と娼館で震えていようが、姉妹の苦境に同情を覚えることは可能なのです。しばしば、それらの男性はひとつにして同じです。運命に縛《しば》られ、自分の力で満足を得る方法をもたないということは、きわめて不合理だといえましょう。あらゆる男性を悪人だと言っているのではありません――〟」

ここでアナリースの目がちらりとイライアスを見た。

「〝――が、なかには自分のことを、非難を超越した存在だと思う男性もいるのです〟」

部屋のほかの面々はその一節に別の印象を受けた。イライアスは顔を伏せ、たとえご婦人方のだれかが彼のほうを向いても、笑みを見られないようにした。いまも二階にある一冊のことをイライアスは思い出した――挑戦として記されたあの言葉、手に負えないこの女性が偽りのイニシャルで署名した献辞。彼女に愛されていることへの感謝の波を、イライアスは実際に肌で感じる気がした。

そのとき、室内で騒ぎが始まった。

「男性が読んだら侮辱だと思うわ！」ご婦人方のなかから声があがる。

アナリースがほほえんで答えた。「男性は侮辱されるのが好きなものです」

イライアスの周りではいくつもの口がぽかんと開いたが、母を見ると、公爵未亡人は経験による同意を示してうなずいていた。

「この本は燃やすべきですわ」年配の女性が苦々しげな顔で言った。「これほど言語道断な話は聞いたことがありませんし、あなたは逮捕されるでしょうよ、ミス・クウェイル」

「だけど賢い意見だわ」アレッサンドラが反論した。イライアスはまたしても妹を誇らしく思った。「ミス・クウェイルがおっしゃってることはだれも傷つけないもの。少しの努力で世の中に活かせるのよ」

「こういう改革は伝染しやすいわ」長椅子にゆったりと腰かけていた女性が言った。「次はなにかしら、ミス・クウェイル。召使いの権利？」

アナリースが考えて言った。「そうですね、悪くないと思います――」

「くだらない！」レディ・ワージントンが遮った。「そういう一大変化は起きたりしません――人は定められた道を生きるものです。世の中はそういうものなんですよ」

「そうでなくちゃいけない理由はないわ」アレッサンドラが反論した。

「娘の言うとおりです」公爵未亡人が凛《りん》とした声で言った。アレッサンドラがうれしそうに胸を張る。母に正しいと言ってもらえることはめったにないのだ。「ミス・クウェイルの御本は夢物語ではありません。筋が通っています」

イライアスは、自分が急進派の家族に囲まれていたと知って驚いた。もし父がまだ生きていたら、アレッサンドラもソフィアもこんなことは言わなかっただろう。

「あなたに申し出があります、ミス・クウェイル」公爵未亡人が続けた。「もっと多くの女性に話をすることに興味はありますか？　もちろんわたくしが後援して、上流階級のお宅にあがる権利を手に入れましょう。ぜひ反応を見たいわ」

「講演契約ですか？　閣下夫人と？」アナリースがうろたえて、一瞬イライアスを見た。イライアスは目で励まそうとしたが、アナリースはますます青ざめて、そのひたいは汗で光りだした。「申し訳ありません……閣下夫人、あなたと？」

「わたくしが申しでているのは、ミス・クウェイル、わたくしの後ろだてです。あなたがロンドンの社交界にデビューしていないことは知っていますから、わたくしの力で上流社会に招き入れ、わたくしの社会的地位を利用することを許しましょう。それからあなたの考えを奨励して……あるいはあなたにふさわしい高尚な夫も見つけてあげられるかもしれませんね」

「わ、わたし、あの、閣下夫人——失礼なことを申しあげるつもりはありませんが——」

アナリースの手が演壇からすべり、体が妙な格好で傾いた。瞬間、イライアスは部屋の前方に駆けだした。そうして幸いだった。なにしろアナリースのもとに駆けつけたときには、彼女は卒倒するところだったから。アナリースが彼の腕のなかにぐったりと倒れこむと、女性たち全員が息を呑んだ。アレッサンドラがさっと立ちあがった。

「ミス・クウェイルをわたしの部屋に連れて行って、お兄さま」すぐさま行動を起こして言う。「みなさん、残念ながら本日の会はここで終わりとさせていただきます。ですが別のときにかならず埋め合わせをいたしますので」

それからアレッサンドラはてきぱきとメイドに指示を出し、気付け薬と水を持ってくるよう命じた。イライアスはアナリースを支えていたが、彼女は気を失ったままだった。いったいなにがそうさせたのか、わからなかったがどうでもいい。動揺でいっぱいになりながら、イライアスは彼女の体を抱きあげた。そのまま廊下を進んだ。母と妹を引き連れて。


アナリースが目覚めると、レノックス家の全員が、まだぼやけている視界のなかを漂った。

「気がついた？」アレッサンドラが言い、また気付け薬をアナリースの鼻の下で揺らした。

「気がついたみたいだわ」

「ありがたい」これはやわらかなイライアスの声だ。彼はいま、ふたりの女性の後ろに立って、顔にありありと心配を浮かべている。

アナリースはまばたきをした。

「わたし、気を失ったのね」と言った。

「ええ」公爵未亡人が驚いた声で認めた。「わたくしの図書室で！　きっといまごろご婦人方がロンドンの半分にまで広めているでしょうよ！」

アナリースは、アレッサンドラが差しだしたグラスを受け取って、冷たい水をありがたい気持ちで飲んだ。わたしは気を失った。公爵未亡人が申しでたことへの適切な反応は、それしかなかった——レノックス家の後援を受け入れてしまったら、彼らの愛玩動物のようなものになりさがり、常に一定の距離を保たれたまま、上流社会をあちこち行き来させられることになる。しかも公爵未亡人はわたしをどこかの男性と結婚させたがっている！　力を持つ立場の人々に意見を聞いてもらえるけれど、それと引き換えにイライアスの愛情を失うのだ。残りの人生は、遠くから彼を見つめることしかできなくなるのだ。そんな道は選べない。

「いったいどうしたというの？」公爵未亡人が尋ねた。

「申し訳ありません、閣下夫人」アナリースはまだ消えない吐き気を無視して、少し姿勢を正した。こうなったら真実を打ち明けたほうがいい。「大丈夫です——ただ——お申し出はお断りしなくてはなりません。ぶしつけでしょうし、ご批判は甘んじてお受けしますが……閣下夫人の寛大なお申し出をお受けすることはできないのです。わたしはあなたの息子さんを愛しています」

イライアスが後じさり、顔中に驚きを浮かべた。

「これ以上、黙《だま》っていられません」アナリースは続けた。「彼が困ったふるまいをしなかったことは請《う》け合いますが、これが閣下夫人のご要望にお応えできない理由です。気にかけてくださって本当に光栄ですし、心から感謝していますが、もし閣下夫人のご後援をお受けしてしまったら、わたしは永遠にイライアスから切り離されてしまうのです」

公爵未亡人は動じることなく、怯むまいと決心したアナリースをじっと見つめていたが、やがてイライアスのほうを向かずに息子に問いかけた。

「いつからなの、公爵？」

「数カ月前からです、母上。その――彼女こそ――醜聞紙をにぎわせたピアノ弾きです」

「ああ」公爵未亡人が悟って言った。「もっと前に気づくべきでしたね。それで、レノックス？　これは相互のことなの？」

「完全に相互です」

イライアスが母親の頭越しにアナリースにほほえみかけた。アナリースの胸はふくらんだが、目前に迫った公爵未亡人からの判決を待つあいだにふたたびしぼんだ。

「状況を知らなくてごめんなさい、ミス・クウェイル。だけど、いまはなにが問題なのかしら？　あなたにはなにかしらふさわしくない点でもおありなの？」

「ふさわしくない点だらけです、閣下夫人。ご存じのとおり、わたしは娼館で働いていました。情事と引き換えにお金をもらっていたのではありませんが、それでもやはり事実です。それから公爵夫人になるには率直にものを言いすぎると思いますが、それもお気づきかと存じます」

ソフィアが鼻で笑った。「その特徴は便利だといずれわかると思いますよ。ほかには？」

「わたしの父は悪名高い放蕩者でした。閣下夫人もお若いころにスタフォードシャーでその悪評をお聞きになったことがあるかもしれません。父はもともと商人で、爵位を求め、准男爵の称号をもらいました。ジョージ・クウェイルです」

公爵未亡人の眉根が寄って口角がぐっとさがり、彼女の子どもたちが浮かべる表情の元祖がここにあることを示した。

「ええ、覚えています。無神経な男でした。彼があなたのお母さまにしたことは認められませんが、それはお母さまの非でもあなたの非でもありません。彼は道徳や責任をまったくかえりみない、愚か者でした。けれどあなたは、愚か者ではないわね？」

「〈眠る鳩〉のことをお聞かせしたら、ご意見が変わるかもしれません」アナリースは自嘲気味にほほえんだ。公爵未亡人の人柄を見誤っていた。その息子の人柄を見誤っていたのと同じように。

「ばかばかしい」ソフィアが鼻から息を吐きだした。「わたくしはあなたの本を読みました――あなたはまれに見る賢い女性ですよ。もちろん上流社会はあなたを嫌うでしょうけれど、このあたりで少しばかり揺さぶりが必要なのです」

アナリースは立ちあがった。アレッサンドラが手を貸してくれたものの、必要なかった。ずっと恐れていた会話をどうにかくぐり抜けたいま、失神のなごりなど感じなかった。首にさげていた鎖からサファイアの指輪を外した。イライアスが彼女に裏切られたと思ったときに、つぶてとして使った指輪を。

アナリースはそれをイライアスに差しだした。

「持ってきたの。あなたが取り返したいんじゃないかと思って」

彼女の言葉は宙に浮いたまま、だれもが息を詰めているかに思えた。アナリースは間違いなく息を詰めていた——最後の音節を発したあとは、凍りついてしまった。

イライアスが、指輪を持っているアナリースの手をつかみ、そっと握らせて、彼女の前にひざまずいた。アレッサンドラが息を呑み、両手で口を押さえて歓喜の悲鳴を押し殺した。公爵未亡人の姿勢がこれ以上ないほどまっすぐになり、複雑に結いあげられた髪のてっぺんが天井につきそうになった。

「ふたりして、ずいぶん遠回りしたな、アナ」

「本当に」アナリースは震える声で言った。

「これ以上、異論がないなら」イライアスがにっこりして彼女を見あげた。「きみに求婚したい」

アナリースはさっとソフィアを見た。公爵未亡人の表情は推し量れなかった。

「あなたのお母さまが同意なさるなら——」

公爵未亡人が手を振った。

「あなたは愚か者ではないとわたくしは言ったのよ。わたくしが間違っていたと証明しないでちょうだい」部屋の外へと向かいながら、だれに言うともなしに言った。「講演旅行の前に結婚式と新婚旅行を計画しなくてはならないなんて、信じられないわ。イライアス、おまえにはわたくしの人生を困難にさせる特別な才能が備わっているようね。さあ、いらっしゃい、アレッサンドラ」

「ここからがいいところなのに！」アレッサンドラは不満そうに言ったが、スカートを翻して母親を追いかけていった。

ドアがばたんと閉じると、アナリースは幸運にもこれからの人生をともに過ごせる男性を見おろした。彼はまだほほえんでいた。そのせいで、ほんの少したが外れているように見えた。

「立ちあがりたいから答えを聞かせてくれないか」

「完全なイエスよ、閣下」

イライアスが立ちあがり、アナリースの手に指輪をはめた。このほうが、投げつけられるよりも、棚の上に置いてあるよりも、ずっといい。ずっとふさわしい場所だ。なにもかもがふさわしい場所に落ちついたように思えた。ふたりが分かち合うことになる地所で、ふたりの唇は重なり、彼女の本名は公になって、もはや隠すべき秘密はない。

「今後は冒険が減るのかしら、イーライ？」

「それはどうかな」イライアスが言い、アナリースの鼻のてっぺんにキスをした。「もっと奇抜になるのではないか？」

アナリースはほほえんだ。

「完璧ね」

エピローグ

「わたしたちはここの改修に関わらないんだと思ってたわ」アナリースがため息をついて、エプロンで両手の汚れを拭《ぬぐ》った。「要するに、わたしたちは匿名《とくめい》の所有者になるということね」


イライアスは、自分の目がばかみたいに輝いているだろうと思いつつ、妻に両腕を回した。

「不幸なふりはよせ。きみが家にじっとしていられるわけがない。そうしたいなら、かわいそうなサリーにすべて任せてわれわれは帰ってもいいんだぞ」

「それだけは勘弁して！」サリーが言い、グラスを載せた盆を置いた。すぐさま彼女の背後にニコラスが現れて、愛情たっぷりにサリーをつねった。ニコラスは最近、しょっちゅうこれをやっている。イライアスには、なぜ親友が〈眠る鳩〉を買わないかという誘いにあっさり乗ったのか、ようやくわかった――自分の人生にサリーを置いておくのに好都合だからだ。本人はまだ気づいていないかもしれないが、ニコラスは妻探しを遅らせていて、ミス・ホープウェルを日常生活に溶けこませつつある。

イライアスはほほえんだ。このごろは、ほほえむのをやめられない。室内を見回した――かつてアナリースと知り合う前にイライアスの落ちつかない脚が揺らしたオーク材は、賭博台のビロードに取って代わられた。薄暗かった照明は温かな琥珀色になった。表の新しい看板には〈嘆きの殉教者〉とあり、イライアスをじつに楽しませた。どちらを向いても、もはや絶望の影はない。まるで中庭の改修が建物のほかの部分にまで浸透したかのようだ。以前と変わらない唯一のものが、ピアノだった。

イライアスはアナリースの手を取り、ピアノの前に連れて行った。

「一曲弾いてくれ、閣下夫人」

アナリースがうめいた。

「いつになったら飽きるの？」

イライアスがピアノ椅子に引き寄せると、アナリースは彼の膝の上に座った。

「永遠に飽きない。なにしろ一曲せがむときみが困る。困った顔が見たいのだ」

アナリースがうわの空で演奏を始めた。うわの空なのは、イライアスがその首筋にキスしているからだ。

「今夜はスペンサー家の舞踏会に行かなくてはならない」イライアスはやわらかな肌に唇を触れさせたまま言った。「断れない催しだ」

アナリースがまたうめく。「閣下、あなたはそういう舞踏会でわたしと同じ思いをしてないわ。あなたはただセバスチャンと一緒に消えて、置いてけぼりにされたわたしは、にぎやかな噂好きの質問攻めにさらされるのよ」

「ふふん？」自分の名前が口にされるのを聞きつけて、セバスチャンがバーカウンターの下から現れた。「忘れる前に言っておくが、あとでここに特別なシェリー酒を置くことをおれに思い出させてくれ」

イライアスはそれを無視して、また妻の首筋にキスをした。「だが社交界のご婦人方は、わたしよりはるかにきみが好きなのだ、公爵夫人」

それからふたりが出会った夜のように、一緒に鍵盤に指を載せた。いまやふたりの生活のすべてが二重奏になっていた。

「あなたはわたしの人生を複雑じゃないものにするはずだったのよ、公爵」アナリースがとがった声で言う。「それがいま、わたしは賭博場を経営して、社交界に加わって、わたしの本をよしとしない女性たちの前で講演するためにあなたのお母さまと一緒にあちこち飛びまわる生活よ。やれやれだわ」

「そんな約束はした覚えがないな」イライアスは考えながら言った。部屋の向こう側でなにかがぶつかる音がして、ニコラスの悪態が聞こえてきた。「実際、それは約束できない」

イライアスはピアノの上に目を向けた。いつもどおり朝刊が置かれていて、クルックシャンクの風刺画のページをアナリースが開いていた。イライアスはかねてから、自分の風刺画が描かれることを願っていて、いま、結果に大いに満足していた――網でとらえられた彼と、網の端をつかむ新しい公爵夫人。あの〝つかまえられない男《ジ・アンキャッチャブル》〟がつかまった。

みんながどう思おうと関係ない。レノックス公爵はつかまえられて幸せだった。

訳者あとがき

ヴェネツィアのカーニバルに代表される西洋の仮面は、なんとも怪しく謎めいていて、魅惑的だと思いませんか？　羽やビーズで飾りつけられた仮面は顔の上半分ほどを覆い隠し、周囲の人間に見えるのは穴からのぞく目と口元だけ。目は口ほどにものを言うなどといいますし、唇こそ実際に言葉を発する器官だというのに、いざそれらしか見えなくなってしまうと、急にどこか不安なような危ういような、だけど妙に惹かれるような気にさせられます。そういう不安定で幻想的な雰囲気をかもしだし、つけている人物の正体を一時的に消失させてしまう仮面は、現実の世界と夢想や虚構の世界とをつなぐ道具なのかもしれません。

本書に登場するのは、そんな仮面をつけることが義務づけられている、ロンドンのとある娼館です。地位や肩書きのある紳士たちが足しげく訪れては、現実世界の重圧や責務をつかの間忘れて放蕩のかぎりを尽くす、快楽のための場所――だけどじつはその娼館には裏の顔があり、とてつもなく非道なビジネスが秘密裏におこなわれていました。

そこを訪れたのが、父の急逝で公爵の地位を継承したばかりのイライアス・アディソンです。とはいえ、彼はみずから進んでこの娼館に足を運んだのではありません。突然背負うことになった重責に彼の眉間のしわがどんどん深くなっていくのを見かねた学生時代からの親友（悪友？）に、なかば無理やり連れてこられたのです。たいていの貴族の男性と違って、イライアスの情熱は政治や放蕩ではなく文学や芸術に注がれていました。キツネ狩りに出かけたり愛人を作ったりするよりも、学問に没頭したり、読書やピアノ演奏で夜を過ごすほうがはるかにましだと思っているのです。しかし上流社会で紹介される女性（つまり花嫁候補）はひとりとして、そうした思いを理解も共有もしてくれそうにありません。だからイライアスは三十一歳になるいままで結婚を先延ばしにしてきました。そんな彼の心情を知らない上流社会の人々は、イライアスに〝つかまえられない男《ジ・アンキャッチャブル》〟とあだ名をつけて、われこそは彼のお眼鏡にかなう女性を紹介しようとやっきになっています。先代公爵が亡くなってイライアスがあとを継いだいま、花嫁候補の紹介合戦は熱を増すばかり。いずれはおとなしく務めを果たすしかない……イライアスはそんなふうに考えていました。

　ところが、運命はいたずらをしかけます。無理やり連れてこられたこの怪しげな娼館で、イライアスは唯一触れることのできない女性に強烈な好奇心と引力を感じるのです。その女性とは、青い絹のストッキングも艶かしい娼館のピアノ弾き、通称〝みだらな青絹の靴下《ボウディー・ブルーストッキング》〟でした。しかし彼女は人に言えない過去を持っていて、素性をひた隠しにしています。加えて、ある揺るぎない信念のもと、勇敢だけれど危険な活動もしており、その危険にできるだけ他人を巻きこみたくないという一心で、なかなか心の壁を崩しません。果たして彼女の正体とは。はたまたふたりの恋の行方は。尊大で自信家のヒーローが徐々に〝恋する乙女〟（！）に変貌していくさまとあわせて、どうぞお楽しみください。

さて、本書は二〇一三年度アマゾン・ブレイクスルー小説賞でファイナリストに選ばれた作品です。アマゾン・ブレイクスルー小説賞というのは、二〇〇七年に米アマゾンが設立した賞で、応募者は無名の新人に限られています。審査のプロセスは、まずアマゾン選定の編集者が応募者から寄せられた作品概要を読んで各部門ごとに四〇〇作品まで絞りこみ、次にアマゾンの評者が作品の一部を読んで、各部門百作品を選びます。さらに〈パブリッシャーズ・ウィークリー〉誌の書評家がそれらの完全原稿を読んで評価し、各部門五作品を選出。最後にアマゾンの編集者で構成された審査委員会が各部門のファイナリストを一作選び、そのなかからアマゾンのカスタマーが投票で大賞を選ぶという流れになっています。第二、第三段階では、評者の所感が応募者に伝えられ、次のステップへ進む際の助言となっているのも、他の文学賞と異なる点でしょう。賞の創設当初は、一般フィクション部門とYA部門しかありませんでしたが、六回目にあたる二〇一三年に、ロマンス、ミステリー／スリラー、SF／ファンタジー／ホラーの三つの部門が加わりました。そして本書は二〇一三年度のファイナリストであり、ロマンス部門初の受賞作品というわけです。

著者のイーヴリン・プライスにとっては、もちろん本書がデビュー作。受賞を電話で知らされたときの興奮した様子を自身のブログでユーモラスにつづっています。イーヴリン・プライスというのは筆名で、名のほうは、本人が敬愛する作家のひとりとして挙げているイギリスの小説家、イーヴリン・ウォーにちなみ、姓のほうは、著者が敬愛するもうひとりの作家、ジェーン・オースティンの『高慢と偏見』の原題“*Pride and Prejudice*”をもじった……のではないかと訳者はひとりで推測していますが、はて、真相はいかに。ともあれ、プライスはすでに二作目（やはりヒストリカル・ロマンス）の執筆にとりかかっているそうで、今後も精力的な活動が期待されます。ぜひご注目を。

なにしろデビュー作ですから、未完成なところもあるでしょう。けれど同時に、新人ならではの思い切りのよさや自由さを大いに楽しんでいただけるのではないでしょうか。米アマゾンが市場の人気の傾向を研究し、培ってきた経験を活かして選んだというこの作品がいかほどのものか、目の肥えた日本のロマンス小説愛好家であるみなさまにたしかめていただきたいと思います。

最後になりましたが、拙い訳者を今回も導いてくださった二見書房のみなさまにお礼を申しあげます。常に刺激と励ましである翻訳家仲間と、いつも支えてくれる家族にも感謝を。

二〇一四年　初夏

ザ・ミステリ・コレクション

仮面《かめん》のなかの微笑《ほほえ》み

著者　イーヴリン・プライス
訳者　石原未奈子《いしはらみなこ》

発行所　株式会社 二見書房
東京都千代田区三崎町2-18-11
電話 03(3515)2311［営業］
03(3515)2313［編集］
振替 00170-4-2639

印刷　株式会社 堀内印刷所
製本　株式会社 関川製本所

落丁・乱丁本はお取り替えいたします。
定価は、カバーに表示してあります。

ISBN978-4-576-14062-9
http://www.futami.co.jp/

誘惑の炎がゆらめいて
テレサ・マデイラス
高橋佳奈子〔訳〕

婚約者のもとに向かう船旅の途中、海賊に攫われた令嬢クラリンダは、異国の王に見初められ囚われの身に……。だがある日、元恋人の冒険家が宮殿を訪ねてきて!?

運命は花嫁をさらう
テレサ・マデイラス
布施由紀子〔訳〕

愛する家族のため老伯爵に嫁ぐ決心をしたエマ。だがその婚礼のさなか、美貌の黒髪の男が乱入し、エマを連れ去ってしまい……雄大なハイランド地方を巡る愛の物語

ハイランドで眠る夜は
リンゼイ・サンズ
上條ひろみ〔訳〕
〔ハイランドシリーズ〕

両親を亡くした令嬢イヴリンドは、意地悪な継母によって〝ドノカイの悪魔〟と恐れられる領主のもとに嫁がされることに…。全米大ヒットのハイランドシリーズ第一弾!

その城へ続く道で
リンゼイ・サンズ
喜須海理子〔訳〕
〔ハイランドシリーズ〕

スコットランド領主の娘メリーは、不甲斐ない父と兄に代わり城を切り盛りしていたが、ある日、許婚が遠征から帰還したと知らされ、急遽彼のもとへ向かうことに…

ハイランドの騎士に導かれて
リンゼイ・サンズ
上條ひろみ〔訳〕
〔ハイランドシリーズ〕

赤毛と頬のあざが災いして、何度も縁談を断られてきたアヴリル。そんなとき、兄が重傷のスコットランド戦士を連れて異国から帰還し、彼の介抱をすることになって…?

密会はお望みのとおりに
クリスティーナ・ブルック
村山美雪〔訳〕

夫が急死し、若き未亡人となったジェイン。今後は再婚せず、ひっそりと過ごすつもりだった。が、ある事情から、悪名高き貴族に契約結婚を申し出ることになって?

その夢からさめても
トレイシー・アン・ウォレン
久野郁子［訳］　［バイロン・シリーズ］

大叔母のもとに向かう途中、メグは吹雪に見舞われ近くの屋敷を訪ねる。そこで彼女は戦争で心身ともに傷ついたケイド卿と出会い思わぬ約束をすることに……!?

ふたりきりの花園で
トレイシー・アン・ウォレン
久野郁子［訳］　［バイロン・シリーズ］

知的で聡明ながらも婚期を逃がした内気な娘グレース。そんな彼女のまえに、社交界でも人気の貴族が現われ、熱心に求婚される。だが彼にはある秘密があって…

あなたに恋すればこそ
トレイシー・アン・ウォレン
久野郁子［訳］　［バイロン・シリーズ］

許婚の公爵に正式にプロポーズされたクレア。だが、彼にとって〝義務〟としての結婚でしかないと知り、公爵夫人にふさわしからぬ振る舞いで婚約破棄を企てるが…

この夜が明けるまでは
トレイシー・アン・ウォレン
久野郁子［訳］　［バイロン・シリーズ］

婚約者の死から立ち直れずにいた公爵令嬢マロリー。兄のように慕う伯爵アダムからの励ましに心癒されるが、ある夜、ひょんなことからふたりの関係は一変して……!?

すみれの香りに魅せられて
トレイシー・アン・ウォレン
久野郁子［訳］　［バイロン・シリーズ］

許されない愛に身を焦がし、人知れず逢瀬を重ねるふたり——天才数学者のもとで働く女中のセバスチャン。心優しい主人に惹かれていくが、彼女には明かせぬ秘密が…

永遠《とわ》のキスへの招待状
カレン・ホーキンス
高橋佳奈子［訳］

舞踏会でのとある〝事件〟が原因で距離を置いていたシンとローズ。そんなふたりが六年ぶりに再会し…!?　軽やかなユーモアとウィットに富んだヒストリカル・ラブ

恋の訪れは魔法のように
キャサリン・コールター
栗木さつき［訳］

放蕩伯爵と美貌を隠すワケアリのおてんば娘。父親同士の約束で結婚させられたふたりが恋の魔法《マジック》にかけられて……待望のヒストリカル三部作、マジック・シリーズ第一弾！

星降る夜のくちづけ
キャサリン・コールター
西尾まゆ子［訳］

婚約者の裏切りにあい、伊達男ながらすっかり女性不信になった伯爵と、天真爛漫なカリブ美人。衝突する彼らが恋の魔法にかかる…⁉ マジック・シリーズ第二弾！

真珠の涙にくちづけて
キャサリン・コールター
栗木さつき［訳］

衝突しながらも激しく惹かれあう勇み肌の伯爵と気高き〝妃殿下〟。彼らの運命を翻弄する伯爵家の秘宝とは……ヒストリカル三部作、レガシーシリーズ第一弾！

月夜の館でささやく愛
キャサリン・コールター
山田香里［訳］

卑劣な求婚者から逃れるため、故郷を飛び出したキャサリン。彼女を救ったのは、秘密を抱えた独身貴族で⁉ 謎めく館で夜ごと深まる愛を描くレガシーシリーズ第二弾！

永遠《とわ》の誓いは夜風にのせて
キャサリン・コールター
栗木さつき［訳］

淡い恋心を抱き続けるおてんば娘ジェシーとその想いに気づかない年上の色男ジェイムズ。すれ違うふたりに訪れる運命とは——レガシーシリーズここに完結！

はじめてのダンスは公爵と
アメリア・グレイ
高科優子［訳］

早くに両親を亡くしたヘンリエッタ。今までの後見人もみな不慮の死を遂げ、彼女は自分が呪われた身だと信じていた。そんな彼女が新たな後見人の公爵を訪ねることに…

二見文庫　ザ・ミステリ・コレクション